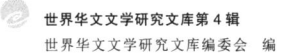
世界华文文学研究文库第4辑
世界华文文学研究文库编委会 编

华文文学在场
江少川选集

江少川 著

图书在版编目（CIP）数据

华文文学在场：江少川选集 / 江少川著. -- 广州：花城出版社，2023.11
（世界华文文学研究文库. 第4辑）
ISBN 978-7-5360-9344-7

Ⅰ. ①华… Ⅱ. ①江… Ⅲ. ①华文文学－文学研究－世界－文集 Ⅳ. ①I106-53

中国版本图书馆CIP数据核字(2022)第058755号

出 版 人：张 懿
责任编辑：李 谓　李加联　杜小烨
责任校对：谢日新
技术编辑：林佳莹
装帧设计：林露茜

书　　名	华文文学在场：江少川选集
	HUAWEN WENXUE ZAICHANG：JIANG SHAOCHUAN XUANJI
出版发行	花城出版社
	（广州市环市东路水荫路11号）
经　　销	全国新华书店
印　　刷	广州市岭美文化科技有限公司
	（广州市荔湾区花地大道南海南工商贸易区A幢）
开　　本	880 毫米×1230 毫米　32 开
印　　张	7.75　2 插页
字　　数	235,000 字
版　　次	2023 年 11 月第 1 版　2023 年 11 月第 1 次印刷
定　　价	68.00 元

如发现印装质量问题，请直接与印刷厂联系调换。
购书热线：020-37604658　37602954
花城出版社网站：http://www.fcph.com.cn

《世界华文文学研究文库》第 4 辑编委会

主　编　王列耀
编　委　张　炯　饶芃子　陆士清　陈公仲
　　　　刘登翰　杨匡汉　王列耀　方　忠
　　　　刘　俊　朱双一　许翼心　赵稀方
　　　　曹惠民　黄万华　黎湘萍　詹秀敏

出版说明

有海水的地方就有华人，有华人的地方就有中华文化的流播，也就伴随有华文文学在世界各地绽放奇葩，并由此构成一道趋异与共生的独特风景线。当今世界，中华文化对全球的影响力不断扩大，无疑为我们寻找华文文学创作与研究的世界性坐标，提供了有利的条件和新的机遇。

改革开放三十多年来，中国大陆华文文学研究界的老中青学人，回应历经沧桑的世界华文文学创作，孜孜矻矻地进行了由浅入深、由少到多的观察与探悉，取得了相当丰硕的研究成果。为了汇集这一学科领域的创获，为了增进世界格局中中华文化和不同文化之间的交流与对话，为了加强以汉语为载体的华文文学在世界文坛的地位，也为了给予持续发展中的世界华文文学以学理与学术的有力支持，中国世界华文文学学会与花城出版社联手合作，决定编辑出版"世界华文文学研究文库"。

这套"文库"，计划用大约五年的时间出版约50种系列图书。

"文库"拟分为四个系列：自选集系列、编选集系列、优秀专著系列，博士论文系列。分辑出版，每辑推出 6 至 10 种。其中包括：自选集——当代著名学者选集，入选学者的代表作；编选集——已故学人的精选集，由编委会整理集纳其主要研究成果辑录成册；优秀专著——世界华文文学研究领域的最新学术专著，由编委会评选推出；博士论文——世界华文文学研究的博士论文，由编委会遴选胜出。

"世界华文文学研究文库"将以系统性、权威性的编选形式，成就华文文学研究领域的大典。其意义，一是展示中国世界华文文学研究的整体性学术成果；二是抢救已故学人的研究力作；三是弥补此一研究领域的空缺，以新视界做出新的开拓；四是凸显典藏性，有较高的历史价值与人文价值。

"文库"在编辑过程中，参考并选用了前贤及今人的不少研究成果，在此谨向众多方家深表谢忱。由于时间仓促，遗珠之憾和疏漏错差定然不免，尚祈广大读者多加赐教。

花城出版社

2012 年 10 月

序:从"文学在场"到"经典化"之路

苏 炜

"文学在场"与"经典化",是《江少川选集》从开篇到收官的关键字。它们,恰恰贯穿了二十多年来江少川兄为海外华文文学研究开疆拓域、筚路蓝缕的艰辛途程,成为今天当代中国文学已蔚为新潮与壮观的海外华文文学(又称"新移民文学")的指向路标与上升台阶的标志。

作为一位身在海外的华文写作者,同时也置身于大学院校的学界批评语境之中,我亲眼目击并参与了海外华文文学研究与批评——作为中国当代文学一个全新话语言述体系的建构全过程。自20世纪90年代以降,全新崛起的海外华文文学作为一个学术专题领域的建构,从无到有,由微而盛,从早先各院校机构零敲碎打的"台港文学研究",进而发展成今天跨地域、跨学科的一个海外华文文学的综合言述体系,这其中,就我个人了解接触而言(原谅我或许孤陋寡闻),在中国大陆为此拓荒耕耘、又与海外华文作家交谊深笃的人物中,有一位,就是本文着墨的华中师大的江少川教授。而此书全面呈现的,正是少川兄长在华文文学研究领域如何从艰难起步到言述逐渐成型,自"文学在场"的文本细读,再到归类—综合—提升的理论阐述,而逐渐确立其"经典化"地位的跋涉历程和笔耕实绩。

随着三十年来改革开放热潮而国门大开、国力大增,海外华文作家群体迅速崛起——哈金、虹影、张翎、陈河、陈谦……十数年间,重量级的作家连贯而出,华文文学创作实绩硕果累累,甚至已呈异峰突起而海内－外争锋之势；以社科院文学所"台港澳文学室"领衔的海外华文文学研究热潮，早已突破"台港澳文学"的藩篱，而演变为"海外华文文学"再到"新移民文学"，更进而打通"世界文学"的疆畴（哈佛教授王德威的世界华文言述与哈金的英文创作频频获得西方大奖，即是明证）——领域在不断拓宽，视界日益变得高远，早已不复当年当时的"小池塘""小格局"之貌了！当代中国文学批评，反呈现出千年汉语文学史中罕见的——"海外"乃"海内"之回声、"海内与海外并重"、无"海外"则不足以言"海内"等等博大宏旷的气象。而这一切，与本书呈现的学术风貌是同步的：既是"过去完成时"也是"现在进行时"，既是"英雄造时势"又是"时势造英雄"——首先，海外华文创作的兴盛，造就了海外华文文学批评的拓荒与兴盛；海外华文文学批评的档次提升，同时又反过来促进了创作者及其创作质地、境界的提升，更大大拓展了广大读者对海外华文文学作品的接受度及其欣赏水平。在这整个拓荒跋涉的历程中，《江少川选集》所留下的履痕足迹，正是引起我自己对过往的思境狭隘的鉴察反思的，也是当今已形成团队规模与格局态势的海外华文批评界，足以安慰也足以自傲的——从"点"到"面"，从"挖井"到"汲海"，不因"小""偏""隔"而踌躇不前、妄自菲薄，反因"深""细""远"而掘得资源、获取博大——世事如斯，文事如斯，不正是本书呈现的从"文学在场"到"经典化"之路，所昭告我们的真谛吗？

回到这个"文学在场"的话题，正是在当时"文革"结束后这样百废待兴又视野狭小的"文学在场"的背景下，像本书第一辑类似《白先勇小说诗学初探》《乡愁母题　诗美建构及超越——论余光中诗歌的"中国情结"》这样的批评著述，会如何使当时饥渴困惑的读者耳目一新，评述域外全新的题材作品与作者风貌，当然不能固守以往早已轻车熟路的文学批评套路。同样可以想见，像本书中《中国长篇意识流小说第一人——论刘以鬯的〈酒徒〉及〈寺内〉》《"后设""聚焦"与生活原生态——初读寂然》等这样的言述文字，将西方全新的批评理论与域外著述的评述相糅合，在拓新读者阅读口味与理解视角的同时,为催生当代文学批评新的视野和话语系统的确立,所做出的贡献。

正是在海内海外创作、批评互促互动的大势头之下,今天,可以毫不迟疑地说,像哈金、虹影、张翎、陈河、陈谦等这样的海外新移民作家群的创作实绩,完全可以与域内群峰耸立的文学山群并峙,成为当代中国文学百花园中一片全新而夺目的绚丽奇葩。近日《羊城晚报》旗下"金羊网"一篇题为《从排行榜看海外中文写作实力》的长文如此评述:"海外中文写作群近些年愈来愈显示其非凡的韧劲和实力,也愈来愈被中国文学界重视。由2018年初相继推出的十余种排行榜的2017年小说观之,旅居海外的中文写作者的作品质量之佳、密度之高,超越历年,不啻已集结为中文写作的一支生力军。"作者预言:"中国文学的这支生力军甚至也可被视为特种部队,他们阵容精壮,士气高昂,学养丰富,实力非凡,潜力无穷,且多具备不同于国内作者的视野和观念,创作上独出心裁别有洞天的空间更广,未来中文写作天空,必将会闪现更多耀眼的星星。"(作者:阙维杭,引自2018-2-26网文)

然而,站在文学史的立场,或者说,就是站在古人说的"文章千古事"的立场,上述这一切海外华文文学的成果与实绩,都必须经过时间尺度的检验。也就是说,置身于今日信息爆炸,快餐化、碎片化的大浪淘沙的现实文化语境与氛围中,它们——他们和她们的创作,都须要经过读者和时间的择优汰劣,迈得过"经典化"的这一关。这就必须触及本文"走向经典化之路"的题旨了。——何谓"经典"?又何谓文学的"经典化"?具体地说,就是文学专门家,对于文学原创文本的理论化阐述——江少川先生,就是这么一位多年来为海外华文文学的经典地位的确立和学术领域的拓展,不断做着"加法"的阐述人,诠释人。翻开这本著述,这样的论题——《中西时空冲撞中的海外文学潮——论新移民文学的发生、特征与意义》《新移民文学的地理空间诗学初探》《一个贴近现实主义文学的灵魂——哈金〈等待〉与〈南京安魂曲〉再探析》《底层移民家族小说的跨域书写——论张翎的长篇新作〈金山〉》等等,在在都可窥见诠释者确立经典化言说的理论视野和良苦用心。正如西谚所昭示的："一千个人，有一千个哈姆雷特。"——完全可以说，无经典，则无文学史；无经典化的过程，则无文学作品的流传和文学传统的建立与传承；而无专业评论家对作家和作品的深度阐述诠释，就无今天人们所看到的古今中外经典文学之林和文学经典人物画廊的存在。对此，英语文学界的泰斗人物、笔者所任职的耶鲁大学的著名教授哈罗德·布鲁姆（半年以前，笔者有幸陪同中国记者拜访了这位早已因年迈而杜门谢客的文学泰斗），在其 1994 年出版的鸿篇巨著《西方正典：各个时代的书籍和流派》（*The Western Canon：The Books and School of the Ages*）中，曾力拒文学批评的意识形态化，重申知识评估与审美标准对于"经典"确立的不可或缺。域内西方文学批评家王宁曾对布鲁姆的"正典论"（Canon）做如是诠释："毫无疑问，确定一部文学作品是不是经典，并不取决于广大的普通读者，而是取决于下面三种人的选择：文学机构的学术权威，有着很大影响力的批评家和受制于市场机制的广大读者大众。"［王宁《中国现代文学经典的形成及世界性意义》，引自"爱思想"（http://www.aisixiang.com），栏目：天益学术　语言学和文学专栏］从上述论述可见，学术权威与批评家对作品的阐述，可以如何影响书本市场受众和作品传播的走向。可以肯定地说，设若海内外没有权威的学者教授对海外华文文学的"经典化"论述，及其对代表性作品的大力弘扬，"海外华文文学"或称"新移民文学"，难成今日之格局气候。作为海外华文创作群体的一员，我对此深涵感恩之情，是为序。

2018 年 2 月 27 日晨于耶鲁大学澄斋

目　录

第一辑　台湾文学研究

乡愁母题　诗美建构及超越
　　——论余光中诗歌的"中国情结"　3
白先勇小说诗学初探　21
高阳历史小说的悲剧意识　36
古龙武侠小说的艺术世界　55
转型期新生代小说家姿态
　　——黄凡、吴锦发、张大春小说论　63

第二辑　港澳文学研究

中国长篇意识流小说第一人
　　——论刘以鬯的《酒徒》及《寺内》　79
世纪末香港都市交响曲
　　——香港新生代小说家的都市书写　94
世纪沧桑中的澳门文学回眸　103
魔幻写实与志怪传奇：当代港澳社会写真
　　——评澳门作家陶里小说集《百慕她的诱惑》　116

"后设""聚焦"与生活原生态
　　——初读寂然　125

第三辑　新移民文学研究

中西时空冲撞中的海外文学潮
　　——论新移民文学的发生、特征与意义　137
新移民文学的地理空间诗学初探　150
一个贴近现实主义文学的灵魂
　　——哈金《等待》与《南京安魂曲》再探析　169
底层移民家族小说的跨域书写
　　——论张翎的长篇新作《金山》　182
地球村视域下现代人精神世界的探寻
　　——论林湄的长篇小说《天外》　194
陈河与其历史长篇《甲骨时光》　216

江少川学术年表　227
后记　231

第一辑　台湾文学研究

乡愁母题 诗美建构及超越
——论余光中诗歌的"中国情结"

智利诗人聂鲁达在约四十年前对一个咨询有这样的回答,问:到2000年,你认为诗歌将怎么样?答曰:"每一个时代,都曾有人将诗歌处死,可是她非但不受刑,反而长生不老,显示了旺盛的活力,焕发了蓬勃的生机,看来她会永葆青春的。"① 读这段话,我想起了著名诗人余光中和他的诗作。

大作家的名字总是与他的杰作联系在一起的。说到诗人余光中,就会想起他脍炙人口的《乡愁》《民歌》《乡愁四韵》《白玉苦瓜》等;而论到散文的余光中,就会记起那人们交口称赞的《地图》《万里长城》《丹佛城》《登楼赋》等。细品这些诗文,之所以感人心怀,正是渗融其中的,浓得化不开的中国情结。这种"中国情结"是对中国、中华民族的认同、归依;是对故乡故土的思念、眷恋;是对文化传统的挚爱、归宿。余光中诗文中的中国情结,贯穿于他半个世纪的创作之中,无论是去台湾、香港,还是去美国,这种乡思愁情梦魂牵绕、愁肠百结。正如他在《从母亲到外遇》一文中所说:"大陆是母亲,不用多说。烧我成灰,我的汉魂唐瓦仍然牵绕着那一片后土。那无穷无尽的故国,四海漂泊的龙族叫她作大陆,壮士登高叫她作九

---

① 参见《诺贝尔文学奖获奖作家谈创作》,北京大学出版社1987年版,第403页。

州，英雄落难叫她作江湖。"① 乡愁是余光中创作的母题，中国情结正是这类作品的精魂。余光中的乡愁诗约在百首以上，其中国情结的内涵是丰富而深厚的。

宏富深厚的乡愁母题

无根一代的悲患情怀。中国文学自古以来就有悲患意识的传统，从《诗经》、楚辞、唐诗宋词直至《红楼梦》，可谓"悲凉之雾，遍被华林"，而怀乡的诗作更是悲情万种。《诗经·柏舟》中的"心之忧矣，不遑假寐，心之忧矣，宁莫之知，心之忧矣，如匪澣衣"，屈原的"惨郁郁而不通兮，蹇侘傺而含戚"，杜甫的"万里悲秋常作客，百年多病独登台"，马致远的"夕阳西下，断肠人在天涯"等等都是传诵千古的佳句。现代诗人如郭沫若的《黄浦江口》、闻一多的《太阳吟》、戴望舒的《游子谣》，亦是为人传诵的名篇，可以说，中华民族的乡愁诗是世界上其他民族难以媲美的。20世纪中叶，一道海峡将中国隔离为两岸，几百万人离开大陆，漂泊到孤岛，如台湾作家白先勇所说："流亡到台湾的第二代作家，他们成长的主要岁月在台度过，不管他们的背景如何歧异，不管他们的本籍相隔多远，其内心同被一件历史事实所塑模：他们全与乡土脱了节，被逼离乡背井，像他们的父母一样，注定寄生异地的陌生环境。"② 余光中的诗作抒写了一个特定历史时期漂泊台湾的无根者的悲情。这类乡愁诗文首先表现的是一种心灵中的忧伤、精神上的痛苦。流落到台湾的离乡人与古代思乡的不同在于：时间未卜，空间上与大陆母体的阻隔。余光中在《乡愁》中，将这种悲情表现得淋漓尽致。"小时候／乡愁是一枚小小的邮票／我在这头／母亲在那头。长大后／乡愁是一张窄窄的船票／我在这头／新娘在那头。再以后／乡愁是一方矮矮的坟墓／我在外头／母

---

① 余光中：《日不落家》，台北：九歌出版社1998年版。
② 白先勇：《第六只手指》，台北：尔雅出版社1995年版，第110页。

亲在里头。而今啊/乡愁是一湾浅浅的海峡/我在这头/大陆在那头。"这首诗抒写了海峡两岸中国人的三大悲情，也是人生最重要的三大情感历程。第一节为母子别，第二节为新婚别，第三节为生死别。第四节将具象化的场景概括为故乡别。《乡愁》堪称当代同类题材诗歌的绝唱，这首诗已传遍海峡两岸四地，在海外华文社会广泛传唱。如果20世纪的新诗有那么三、五首可以留传后代的话，《乡愁》必在其中。在《当我死时》中有这样的诗句：

> 当我死时，葬我，在长江与黄河
> 之间，枕我的头颅，白发盖着黑土
> 在中国，最美最母亲的国度
> 我便坦然睡去，睡整张大陆
> 听两侧，安魂曲起自长江黄河
> 两管永生的音乐，滔滔朝东　这是最纵容最宽阔的床
> 一颗心满足地睡去，满足地想
> ……

　　写这首诗时，诗人不到四十岁，之所以想到"死时"，是感到这一生再也回不到祖国故土了，于是只有期盼死后葬于"长江与黄河之间"。其悲患何等深重、沉痛。

　　余光中这一代作家有着特殊的经历与遭遇，他们从大陆到台湾，这是第一次放逐，许多人又求学或旅居海外，这是又一次放逐。他们离开故土越走越远了，如台湾诗人简政珍所说，是一种双重放逐。余光中远赴美国，不但远离了故国，也离开了故国的台湾，尽管置身物质发达的西方社会，但在精神上却更痛苦了。与历代诗人不同的是，古代诗人被放逐，几乎都是被贬谪，而余光中却并非官员，他的放逐并没有受到肉体的折磨，完全是精神上的"断奶"。写于美国的《我之固体化》中有这样的诗句："在国际的鸡尾酒会里，我是一块拒绝融化的冰。"诗人拒绝西方，不认同西方。《敲打乐》中，诗人反复

唱道："我们不快乐""仍然不快乐啊颇不快乐极其不快乐不快乐"，因为他们的根不在异域他国。聂鲁达曾经说过："如非被逼无奈，诗人不能离开自己生根的地方。即便非离开不可，他的根也要通过海底，他的种子也要随风飘扬。诗人应具有自觉自愿的民族性，深思熟虑的民族性和乡土性。"① 余光中所抒发的正是这种无根一代的思乡情怀，这种强烈的悲患情怀跳荡于字里行间。

蕴含深广的民族意识。民族意识首先与人民大众维系为一体。余光中抒写了在特定历史时期，即20世纪下半叶，祖国被分开状况下人民的命运、期盼与心态。余光中跟父母去台湾，以后在台成家，子女也都在身边，并没有直系亲人留在大陆，而他却写出了那么动人心魄的诗篇。《乡愁》中反复歌咏的"我在这头，母亲在那头"，"我在这头，大陆在那头"，这个"我"，是诗人自己，更是人民大众的代称。自然，母亲、大陆所指是人民、故土、是整个民族。在《民歌》这首诗中，诗人更是将自己与人民融为一体，且看最后一节：

　　有一天我的血也结冰
　　还有你的血他的血在合唱
　　从A型到O型
　　苦　也听见
　　笑　也听见

诗中"我"中有"你"，"你"中有"他"，"我"与人民、与大众难以分割。这首诗从黄河之歌，到长江之歌，从"我"之歌，最后到民族之歌，唱出了人民的声音，澎湃着强烈的中华民族的意识和心声。诗集《在冷战的年代》的开篇有一首《致读者》，可以视为诗人深情的自白："一千个故事是一个故事/那主题永远是一个主题/永

---

① 参见《诺贝尔文学奖获奖作家谈创作》，北京大学出版社1987年版，第407页。

远是一个羞耻和荣誉/当我说中国时我只是说/有这么一个人：像我像他像你。"① "你""我""他"与中国维系在一起，那就是中华民族。

20世纪的中国，最重要的一页历史，便是祖国被分隔成两岸。凡大诗人，总是用自己的诗作为当代史做形象、情感的诠释。屈原、杜甫，普希金、聂鲁达都是这样的大诗人。余光中就是当代长江黄河的弄潮儿，他的诗切入到时代的神经，表达了时代的强音。

其次，民族意识总是与民族的历史紧密相连。大诗人总是善于从本民族的历史与现实中吸取丰富的营养、发掘素材。余光中虽然21岁就离开了大陆母体，但他的诗作总忘不了本民族的历史，在台湾、在香港，或远在大洋彼岸的美国，见山观水、登楼驱车，哪怕是一草一木，他的诗作总忘不了从本民族的历史与现实中发掘素材，而打上鲜明的民族印记。别林斯基说："要使文学表现自己的民族的意识，表现它的精神生活，必须使文学和民族的历史有紧密的联系，并且能有助于说明那个历史"②，旅美文学评论家夏志清也指出：他"不断重温自己童年的回忆，不断憧憬在古典文学中得来有关祖国河山的壮丽，历史上的伟大，以保持自我清醒与民族意识"。③ 余光中虽然青年时代就离开大陆，但他最不能忘怀的是祖国的人民、山川与历史文化。他在《白玉苦瓜·自序》中说："到了中年，忧患伤心，感慨始深，那支笔才懂得伸回去，伸回那块大陆，去蘸汨罗的悲涛，易水的寒波，去歌楚臣，哀汉将，隔着千年，跟古代最敏感的心灵，陈子昂在幽州台上抬一抬杠。怀古咏史，原是中国古典诗的一大主题。在这类诗中，整个民族的记忆，等于在对镜自鉴。"④《羿射九日》写史前神话，《飞将军》歌咏李广抵御匈奴的一段悲壮史，而《黄河》《大

---

① 参见余光中诗歌选集第2辑，时代文艺出版社1997版。
② 参见《文学理论学习参考资料》（上），春风文艺出版社1981年版，第598页。
③ 夏志清：《怀国与乡愁的延续》，参见《火浴的凤凰》，台北：纯文学出版社1986年版，第386页。
④ 余光中：《白玉苦瓜》，台北：大地出版社1992年版，第6页。

江东去》等诗都是在把母亲河当作历史的大书来读,是在歌咏、感叹中华民族的历史:"大江东去/龙势矫矫向太阳/龙尾黄昏　龙首探入晨光/龙鳞翻动历史/一页页滚不尽的水声。"

归依母体的文化精神。对母体文化的归依感,是余光中乡愁诗的深层内涵。余光中常常用诗为中国文化造像,他在《隔水观音·后记》中说:这类诗"是对历史和文化的探索","一种情不自禁的文化孺慕,一种历史的归属感"。这种强烈的民族文化归属感渗融在他的诗中。余光中经常说这样一句话:不要为50年的政治,抛弃5000年的文化。他的那首《呼唤》由小时候的回家想到晚年的回归,诗中这样写道:

　　就像小时候
　　可以想见晚年,
　　太阳下山,汗已吹冷
　　五千年深的古屋里就亮起一盏灯
　　就传来一声呼叫
　　比小时候更安慰,动人
　　远远,喊我回家去

这是用诗的语言作自白,这盏灯显然是一种象征,是中国优秀传统文化的象征。"五千年深的古屋"传来的呼叫是历史的呼唤,文化的呼唤。"喊我回家去"是一种归属感。余光中这类诗主要表现在两方面:其一是为中国的大诗人造像,如《漂给屈原》《湘逝——杜甫殁前舟中独白》《戏李白》《寻李白》《念李白》《夜读东坡》等诗作,表达了对古代大诗人的景仰、向往之情。这里自然不单是对屈原、李白、杜甫、苏轼的歌颂,他们在诗中是中国文化的化身。中国是有着辉煌诗歌传统的大国,历代杰出大诗人正是历史文化的塑像。在《漂给屈原》中,诗人深情地歌咏道:

> 你何须招魂招亡魂而去
> 你流浪的诗族诗裔
> 涉远济湘,渡更远的海峡
> 有水的地方就有人想家
> 有岸的地方就楚歌四起
> 你就在歌里、风里、水里

屈原是楚文化、中国文化的象征,是民族魂的象征。诗人歌颂屈原,是在歌咏一种民族的情怀,一种民族的崇高品格,表达了一种积淀数千年的民族文化心理。

其二是对中国山水古玩的吟赏,自然山川是特定地域的标识,往往打上很深的历史印记。而古董文物是一种历史形态的物化。《黄河》一诗大气磅礴,气势凌云,诗人将祖国悠久的历史文化与隔海游子的乡愁融于诗中,读来动人心魄,感人肺腑。诗人流沙河认为:"四十年来,写黄河的新诗不少,没有一首能超过《黄河》。"[1] 引起广泛反响的《白玉苦瓜》亦是典型一例,这首诗发表后,曾在台湾诗坛引起轰动,被誉为不朽的盛事。诗人说:"我又写了几首关于古玩的诗,这些东西,虽然是小玩意儿,但都是中国文化的体现,容易引起我的灵感,使我写诗。"[2] 诗中反复歌咏台湾故宫博物院的白玉雕成的苦瓜:

> 似醒似睡,缓缓的柔光里
> 似悠悠醒自千年的大寐
> 一只苦瓜从从容容在成熟
> 一只苦瓜,不再是涩苦

---

[1] 流沙河:《诗人余光中的香港时期》,《璀璨的五彩笔》,台北:九歌出版社1994年版,第154页。

[2] 余光中:《白玉苦瓜》,台北:纯文学出版社1992年版。

> 日磨月磋琢出深孕的清盈
> 看茎须缭绕，叶掌抚抱
> 哪一年的丰收像一口要吸尽
> 古中国喂了又喂的乳浆
> 完满的圆腻啊酣然而饱
> 那触觉，不断向外膨胀
> 充实每一粒酪白的葡萄
> 直到瓜尖，仍翘着当日的新鲜

这首诗中的苦瓜象征丰富，意蕴深厚。它象征艺术品、象征悠久的历史、古老的文化传统，浓缩了中华民族几千年的苦难史，表达了对祖国文化、对祖国母亲深挚的爱，包融着深沉宏阔的历史感、深邃的哲理情思。"钟整个大陆的爱在一只苦瓜"是全诗的精髓，是诗之魂。

对大陆现实的深切关注。凡爱国思乡的诗人总是热切关注祖国的现实。余光中离开大陆多年，但他并没有超然物外，隐居山野，他时刻惦念生他养他的那块热土。1974年余光中来到香港中文大学教书，处于这种特殊的地理位置，一向关心祖国命运的诗人，对大陆现状有了更多的了解和切身感受。这段时期，他写下了20多首有关"文革"，否定"文革"的诗，对当时涌动于大陆的极左思潮、个人崇拜做了无情的批判，对处于浩劫中的人民大众表现出极大的同情。如《九广路上》《北望》《望边》《海祭》《梦魇》等篇。笔锋犀利、洞察深刻、批判极有力度，如"听左颊摇撼摇撼着风雨，左颊鞭打着鞭打着浪潮，两侧都滔滔"（《台风夜》）。"七月的毒太阳滚动着霹雳大火球，当顶一盏刑讯灯，眈眈逼视，无辜的北半球，要人供出最后的一口气，一滴汗"（《苦热》）。"炼不完，一炉赤霞与紫霭"（《北望》）。期望"文革"运动早日结束。今天读来，不得不佩服诗人眼光之敏锐，思维之深邃。爱之深，才痛之切，这种对"文革"极左思潮的彻底批判，正是诗人挚爱祖国的表现。如果就"伤痕文学"

"反思文学"而言,余光中的这些诗,应当说是开风气之先。而当"文革"结束前后,诗人预感到极左风暴即将过去,对未来又充满期望,欣喜之情溢于诗中,如《初春》:

> 古中国蠢蠢的胎动
> 一直传到南方
> 神经末端的小半岛了吗?
> 一阵毛雨过后
> 泥土被新芽咬得发痒
> 斜向北岸的长坡路上随手拣一块顽石
> 抛向漠漠的天和海
> 怕都会化成呢喃的燕子
> 一路从小时候的檐下
> 飞寻而来

诗人敏感地觉察到祖国大地改革开放的春汛,按捺不住喜悦之情,直感到神州的春天来临了。余光中这类诗往往被研究者所忽视或者回避,其实,这类题材的诗作是诗人乡愁诗的变奏,是他乡愁诗的重要组成部分。正是由于这类诗作,才使我们得以从更广阔的视角、全方位地观照诗人的乡愁诗。

乡愁诗的诗美建构

题材和主题是衡量诗歌的重要美学标尺,但是必须用尽可能完美的艺术手法和形式表达出来,才能具有强烈的艺术魅力。乡愁诗自然也是这样。余光中的乡愁诗就思想的深邃与艺术的精致而言,在当代新诗中可谓卓尔不群。

第一,原型意象的心灵烛照。加拿大批评家弗莱这样界定"原型",即"典型的反复出现的意象"。或者说,它是各个民族在久远的历史长河世代相传、共同相通的心理积淀物。原型意象带有强烈的民族色彩，其意蕴也是丰富深厚的。意象是构成诗歌的生命，余光中乡愁诗作的意象不仅追求独创新奇、丰盈力度，而且具有浓郁的传统色彩、民族神韵。尤其重视原型意象的经营，如鸟类、月亮、镜子、莲等意象都是中国特有的原型意象。《当我死时》《敲打乐》《望边》《布谷》《蜀人赠扇记》等诗都选用了鹧鸪、布谷等意象，台湾诗人简政珍称之为思乡的原型。这类意象在中国古典诗词中反复出现，它具有一种民族认同感、一种永恒的生命活力。如：

    淅沥淅沥清明一雨到端午
    暮色薄处总有只鹧鸪
    在童年的那头无助地喊我
    喊我回家去……

            ——《夜读东坡》

    四十年后每一次听雨
    滂沱落在屋后的寿山
    那一片声浪仍像在巴山
    君问归期，布谷都催过多少遍了
    海峡寂寞仍未有归期……

            ——《蜀人赠扇记》

  而月亮在中国古典诗词中，更是被反复歌咏的对象，余光中的诗如《中秋月》《中秋夜》《秋分之一》《秋分之二》《中元月》《桂子山问月》都是以月作为意象的。月亮作为原型意象，其意蕴丰富、功能多重。既具有团圆的寓意，亦具乡愁别绪的意蕴，还可以作为上天的象征。如：

    一刀向人间，剖开了月饼
    一刀向时间，等分了昼夜

> 为什么圆晶晶的中秋月
> 要一刀挥成了残缺
>
> ——《中秋》

> 冷冷，长安城头一轮月
> 有一只蟋蟀似在说
> 是一面迷镜，古仙人忘记带走
> 镜中河山隐隐，每到秋后
> 霜风紧，缥烟一拭更分明
> 清光探人太炯炯
> 再深的肝肠也难遁
>
> ——《中秋月》

"布谷""鹁鸪""鹧鸪""月亮"等原型意象是一种特有的符码，都是地道的中国式的。这类意象在诗人心中涌动，与诗人的心灵相撞击，达到物我相融的境界，构成余光中乡愁诗特有的艺术魅力。此即刘勰所说的"随物婉转""与心徘徊"。

第二，奇特组合的语言张力。卡西尔在《语言与艺术》一文中指出："自我情感的丰富充沛仅是诗的一个要素和契机，并不构成诗的本质，丰富的情感必须由另外的力量，由形式力量构成和支配，每一言语活动都包含着形式的力量。"[①] 这段话强调了语言形式在诗中的重要作用。所谓语言的张力，这"张力"原是物理学中的术语，引用到诗歌中来，指所选用的语言要具有丰厚的内涵，同时通过语言的各种奇特、巧妙的组合、拼接、搭配，产生出一种新的冲撞力，给人以美感。这就是"张力"。这种张力绝非词语的简单相加所能达到的。余光中在其乡愁诗中，常常运用新奇的构想，将语言做奇特甚至反常的组合，造成"张力"，产生美的艺术效果。

一种是将抽象的乡愁与具象的语言，或者意象组合，如《乡愁》

---

① 引自俞兆平：《诗美解悟》，海峡文艺出版社1991年版，第46页。

一诗中,"乡愁是一枚小小的邮票","乡愁是一张窄窄的船票"……这里的乡愁,是抽象的,而邮票、船票、坟墓、海峡是具象的,此间用一个"是"字,显然不合逻辑,是反常态的,然而正因为两者的黏合,使乡愁具象化而有立体感了,它引起人们丰富的联想、深情的回忆,读来韵味无穷。

另一种是语言间反常、突兀的组接,如《戏李白》中:

> 你曾是黄河之水天上来
> 阴山动
> 龙门开
> 而今黄河反从你的句中来
> 惊涛与豪笑万里滔滔入海
> 那轰动匡庐的大瀑布
> 无中生有
> 不止不休
> 可是你倾倒的小酒壶?

"你曾是黄河之水天上来","而今黄河反从你的句中来"两句,自然不合通常的语法,而"轰动匡庐的大瀑布……可是你倾倒的小酒壶"?更是反常而奇谲了,然而它神奇的想象所产生的张力却令人遐想联翩,神游仙境。

第三,诗与歌联姻的律动谐美。香港作家黄国彬说:"论诗的音乐性,在新诗或现代诗人丛中,到现在,我们还找不到一位诗人同余光中颉颃。"[①] 台湾作曲家杨弦给余光中的诗谱曲,似乎从中听到了音乐。的确,余光中的诗是非常注重音乐性的,对此,他有许多形象

---

① 黄国彬:《在时间里自焚》,见《火浴的凤凰》,台北:纯文学出版社1986年版,第219页。

精辟的论断："诗和音乐结婚，歌乃生。"① "诗是一只蛋，歌是一只鸟，孵出来的新雏，仙羽夺目，妙韵悦耳，使听的人感到兴奋而年轻。"② "不错，心灵是诗的殿堂，但是耳朵是诗的一扇奇妙的门。仅仅张开眼睛，是不能接受全部诗的。我几乎可以说，一首诗未经诵出，只有一半的生命，因为它的缪斯是哑巴的缪斯。"③ 余光中的乡愁诗从音乐性的角度可以分为两类。一类是新歌谣体，一类是半自由体。第一类诗继承了中国格律诗的传统，同时又吸收了民歌的特点，在此基础上，他创造了一种新歌谣体，它较之古典格律诗更自由，较之民谣体更雅致。如《乡愁》《民歌》《乡愁四韵》等都是这类诗的杰作。如《乡愁四韵》：

给我一瓢长江水啊长江水
酒一样的长江水
醉酒的滋味
是乡愁的滋味
给我一瓢长江水啊长江水

给我一张海棠红啊海棠红
血一样的海棠红
沸血的烧痛
是乡愁的烧痛
给我一张海棠红啊海棠红

给我一片雪花白啊雪花白
信一样的雪花白

---

① 余光中：《白玉苦瓜》，台北：纯文学出版社1992年版，第171页。
② 余光中：《青青边愁》，台北：纯文学出版社1982年版，第106页。
③ 余光中：《望乡的牧神》，台北：纯文学出版社1986年版，第148页。

家信的等待
是乡愁的等待
给我一片雪花白啊雪花白

给我一朵蜡梅香啊蜡梅香
母亲一样的蜡梅香
母亲的芬芳
是乡土所芬芳
给我一朵蜡梅香啊蜡梅香

　　这首诗四节，每节句数相同，且句中字数相等，音节相同，整首诗整齐，匀称，每节换韵。而且每一节的中心意象多次重复，造成往复回环的声韵美。而且四节押韵平、仄相间，融古典与民歌的韵律美于一体，读来舒缓柔美，铿锵悦耳。以至台湾的一次"现代民谣创作演唱会"上，一批年轻的民歌手演唱了包括《乡愁四韵》在内的八首诗谱曲的歌。《乡愁四韵》等诗篇由此传遍海峡两岸乃至海外。

　　"半自由体诗"是香港学者黄维梁的概括，他称之为"诗行的长短不同，但不太参差"，这类诗较自由诗"格律"，而比格律诗自由，它更加注重内在的节奏，《白玉苦瓜》便是典型一例，全诗三节，每节句数不等，句子长短相差不大，但内在节奏感很强，读来圆融和谐。又如《大江东去》，全诗不分节，一气呵成，如开头几句：

　　　　大江/东去，浪涛/腾跃/成千古
　　　　太阳/升火，月亮/沉珠
　　　　哪一波/是/捉月人？
　　　　哪一浪/是/溺水的/大夫？

　　句子长短自由而有度，控制在三至五个音节之内。第1句五个音节，第2句四个音节，两个分句对偶工整，第3、4两个问句，句式相同，词性相对而音节略有差异。而且句首二字基本上是"仄、平"声，起句很有气势，而韵脚押在仄声上，造成整齐而错综、抑扬而和谐的声韵美。给人雄浑、厚重之感。余光中还善于运用多种修辞手法，如双声、叠字、回环、倒装、顶针等结构诗歌的音乐美，此处不一一列举。

乡愁诗的嬗变及超越

余光中的乡愁诗就其数量和质量而言，在20世纪的中国新诗中都是最为丰富、宏阔、深婉、哀痛而难以企及的。其超越意义在于：

首先，余光中由早期诗作抒发个人的忧伤哀怨情怀过渡到关注祖国前途、民族命运，从狭小的个人天地走出，到抒发出博大、深沉的情感世界，完成由"我"到"我、你、他"，由"小我"到"大我"的转折。由一个浪漫青年诗人转变成为具有强烈爱国主义、民族精神的大诗人。从乡愁诗看诗人的足迹，大约经历了这样四个时期：20世纪50年代为萌生期，年轻的余光中刚去台湾，一度苦闷、彷徨，陷于"小我"中难以自拔。《舟子的悲歌》写于诗人到台湾的第二年、1951年所作，诗中唱道："一张破老的白帆／漏去了清风一半／却引来海鸥两三／荒迹的海上谁做伴！！啊！没有伴！没有伴／除了黄昏一片云／除了午夜一颗星／除了心头一个影还有一卷惠特曼……昨夜／月光在海上铺一条金路／渡我的梦回到大陆。"这是现在我们看到的最早的一首怀乡诗。在《伊人赠我一首歌》的结尾，有"今夜／我邀你对倚一枕／陪着我一同怀乡"。此时的怀乡还仅停留在个人的情感世界。50年代末为转变期，1958年秋，诗人赴美求学，本欲到西方深造，排遣在孤岛的忧闷，岂料，西方的现代文明并不能融合诗人的灵魂，诗人倍感孤独，在《万圣节·后记》中，诗人写道："从男生宿舍四方城朝北的窗口，可以俯览异国的萧条。王粲登楼而怀乡，我根本就住在楼上。……据说，怀乡是一种绝症，无药可解，除了还乡。在异国，我的怀乡症进入第三期的严重状态。""中国对于我，几乎像一个情人的名字。……我的灵魂冬眠于此，我的怀乡症已告不治。"① 这时，他写下了《新大陆之晨》《我之固体化》等诗作。《我之固体化》中有这样的诗句："在国际的鸡尾酒会里/我是一块拒绝融化的冰/常保持零下的冷/和固体的坚度……但中国的太阳距我太远，我结晶了，透明且硬/且无法还原。"此时的诗人，已经把怀乡与中国联结在一起，这种情感远非初去台湾的诗作可以相比。诗人拒绝西方，不认同西方。第三个时期以1974年出版的诗集《白玉苦瓜》为标志，这是乡愁诗的成熟期，亦即转折期。诗人去香港以后，诗集《与永恒拔河》《隔水观音》《紫荆赋》的出版，使余光中最终完成了他的乡愁诗的转折。《白玉苦瓜》的发表，被文坛称为"不朽的盛事"。第四个时期从1992年9月开始，这一年余光中应邀访问大陆，此后，诗人的乡愁诗进入解构期。他多次访问大陆，每到一处，都留下了歌咏故国家园的诗篇。如写于北京的《登长城慕田峪段》《访故宫》，写于厦门的《浪子回头》，一直到2000年岁末写于武汉华中师大的《桂子山问月》，依然写得深情款款、真挚动人。这些诗是诗人乡愁诗的继续，是对回大陆前的乡愁诗的回应。正是这种转折，奠定了余光中作为大诗人的基石。余光中的乡愁诗与传统抒写个人羁旅之诗相比，无疑是一种超越。

其次，余光中将个人的思乡提高到一个普遍的、理性的境界。这种思乡不仅是地理的，更是精神的，历史文化的，中华民族的。由于特定历史时期诗人特殊的境遇，20世纪中国分隔时期的人民情感历程，在余光中的诗中得到最为集中、典型的反映。而这类诗又写于台湾岛或海外，这些都是古代及当今大陆诗人所不具备的。尤为可贵的是，诗人虽然长期生活在另一种政治背景下，心目中的中国却是一个整体，一个统一体，诗人盼望海峡两岸的整合、中国的统一。他执着地主张：五千年的历史文化能超越政治。在《心血来潮》一诗中，

---

① 参见《余光中诗歌选集》第一辑，时代文艺出版社1997年版，第272页。

诗人歌咏道：

> 潮水呼啸着，捣打着两岸
> 一道海峡，打南岸和北岸
> 正如我此刻心血来潮
> 奔向母爱的大陆和童贞的岛
> 这渺渺的心情，鼓浪又翻涛
> 至少有一只海鸥该知道
> 这一生，就被美丽的海峡
> 这无情的蓝水刀
> 永远切成两半了吗？

这首诗写在20世纪80年代中期，诗人近在香港，却不能回故乡。在《中秋月》中，诗人唱道：

> 一面古镜，古人不照照今人
> 一轮满月，故国不满满香港
> 正户户月饼，家家天台
> 天线纵横割碎了月光
> 二十五年一裂的创伤
> 何日重圆，八万万人共婵娟？
> 仰青天，问一面破镜

期盼祖国统一、同胞团圆成为余光中乡愁诗最洪亮、最动人的声音。就此而言，余光中的乡愁诗显然是一种超越。

三、余光中的乡愁诗，其思想意蕴具有一种超地域、超时代的意义。20世纪，两次世界大战，朝鲜、越南战争，苏联解体、海湾战争直至中东流血冲突，由于分裂、战争及政治等原因，放逐、流亡、难民潮几乎成为一种世界性的普遍现象，有家不能回，有乡不能归。

余光中有一本诗集《在冷战的年代》，其中的一组诗集中表达了诗人对战争的诅咒，对人民的同情。人民大众对故国家园的怀念是有良知的大诗人所热切关注的。余光中诗作所抒写的深沉、博大情感不仅是中华民族的，也是世界的。余光中的诗不仅广泛留传于中国台港澳及海外华人世界，同时被翻译传播到西方，他的诗抒发的是一种世纪性的，带有世界普遍意义的乡愁，必将留传于后世。

白先勇小说诗学初探

英国小说家司各特说过:"成功的小说家都是诗人,哪怕他一行诗也没写过。"① 这里的诗人的内涵,指的是应当如杨义所阐释的"诗性的智慧"。白先勇就是这样一位具有诗性智慧的小说家。他似乎没有写什么诗,他把诗的感觉都融入到小说中去了。白先勇以诗人的气质与秉性,上承唐诗、《红楼梦》之神韵,旁采福克纳、陀斯妥耶夫斯基的悲感,创作出具有浓郁诗化倾向的小说,构成了一种诗意的有情世界。海外著名文学评论家夏志清称白先勇为"中国短篇小说中少见的奇才"。② 白先勇的短篇小说诗学是一个值得认真研究的课题。所谓的诗学,就其广义而言,就是指"诗性智慧的内质和原理"。③ 他小说诗学的特质主要体现在哪些方面呢?

一、时间的诗学

莱辛早就指出:绘画是空间的艺术,诗或文学属于时间的艺术。英国小说家福斯特说:"小说中永远存在一个时钟。"④ 中国古代优秀

---

① 转引自冯玉芝《萧洛霍夫小说诗学研究》,山西人民出版社2001年版,第194页。
② 夏志清:《白先勇论》,台北《现代文学》第39期(1969年12月)。
③ 杨义:《重绘中国文学地图》,中国社科出版社,2003年5月版,第80页。
④ 福斯特:《小说面面观》,花城出版社1981年版,第24页。

的诗人对时间的体验尤为敏感,他们那些脍炙人口的传世杰作对时间的体验,表现出超人的智慧。"君不见,高堂明镜悲白发,朝如青丝暮成雪","怅望千秋一洒泪,萧条异代不同时","大江东去,浪淘尽千古风流人物",李白、杜甫对人生时间发出了悲叹,苏轼对历史的感慨也是由时间而发。台湾诗人洛夫说过:"东方智慧是中国诗人的天赋,其中心是时间的智慧。"① 白先勇多次谈到他对时间的敏感,20多岁时,就感叹道:"我虽然还很年轻,……可是对时间特别敏感,感觉到时间的流逝,时间的流逝一直是我最关心、最敏感的话题。"② 白先勇的同窗、女作家欧阳子说整部《台北人》写的都是时间,的确是真知灼见。

白先勇的两本小说集《台北人》《纽约客》的卷首都引了一首唐诗,分别是刘禹锡的《乌衣巷》和陈子昂的《登幽州台歌》。这是耐人寻味的,这两首唐诗如同解读白先勇小说时间的钥匙,让我们感觉到小说家诗人的禀性与气质。

白先勇小说时间诗学的魅力,首先来自于他对时间透视的诗性思维。时间透视是中国古代诗人常用的一种诗性思维方式。小说的结构框架是现在生存状态,它从现在时态的某一点,通过回忆将过去发生的一个个片断联结起来。"就是主体沿着时间的维度而产生的记忆直观的变化。"③ 白先勇的小说中存在两个时间系统,一个是过去,一个是现在。而联结这两个时间系统的符码是人物,小说中的这种时间打破了所谓线性的物理性的时间存在,而是将时间的时序打乱、颠倒、再重新穿插、组合。在这个戏剧性的现在时间里,实质上包含着至少两个以上的时间系统:那就是现在和往昔。作家往往在小说的时间透视中抒写人世的沧桑、人生的悲凉。如福斯特所说:把他的时钟

---

① 洛夫:《诗魔之歌》,花城出版社1990年版,第166页。
② 白先勇:《第六只手指》,台北:尔雅出版社1885年版,第446页。
③ 张晶:《中国古典诗学新论》,北京广播学院出版社,2002年版,第116页。

上下倒置，在两种时间系统的对照中，表达出对人的生命的体验。白先勇的小说世界是在月夜的灯会中蓦然回首所看到的凄美的往事。刘禹锡的《乌衣巷》中的今日百姓家与旧时王谢，通过堂前燕将它们连在一起了。而白先勇通过小说中的人物的回忆与追寻，将过去与现在联系在一起，"用小说的手法，使回忆变成一面神奇的镜子，使回忆具有诗一般的魔力"。① 米兰·昆德拉说的"发现现在时刻的结构"与中国唐诗的思维方式惊人相似。白先勇用的就是唐诗绝句的诗性思维方式。

《游园惊梦》是白先勇非常钟爱的短篇。它的现在时刻是几小时的酒宴，但时钟却"上下摆动"了人物的大半生。小说中的钱夫人蓝田玉，国民党将军的遗孀，昔日南京昆曲的名角，到台湾后住在台南，受过去南京好友，如今在台北的窦将军夫人之邀请，前往窦公馆赴宴。小说以钱夫人作视点，换句话说，是通过钱夫人的回忆，将时钟倒置到过去的一个个生活断片。酒宴上的钱夫人由于饮了花雕酒，加之眼前的昆曲演唱，使她忆起了当年的情境：正值风华正茂，在南京因唱昆曲折子戏《游园惊梦》而红极一时，被钱将军收为填房夫人。忆起了曾经有过的一段与将军副官的偷情史，忆起了她学艺操琴的师父与师娘。今日之酒宴，钱夫人蓦然感到：时过境迁、今非昔比。往日的富贵风流，与今日之落魄悲凉形成巨大反差，是钱夫人这只"燕"将台北与南京联结起来，以至于她的拿手好戏"惊梦"也唱不出来了。

《梁父吟》的框架时间只是几个小时，而它的故事时间却包含了几十年的军旅生涯。朴公参加当年老战友王孟养的追悼会归来后，忆起了昔日与出生入死的战友孟养、仲公的战斗经历。他们三人同是四川武备学堂的同学，后来一起参加武昌起义，北伐战争的打龙潭战役。《金大班的最后一夜》也是如此，以久经风尘的舞女金大班最后一夜到舞厅夜巴黎上班为时间框架，透过这一夜遇到的人和事，如年

---

① 廖星桥：《外国现代派文学导论》，北京出版社1988年版，第187页。

轻舞女朱凤的被骗怀孕、偶遇初涉舞场且带羞涩的男孩，金大班勾起了对大半生的断片回忆，忆起了年轻时的纯情及初恋的情人月如，忆起了从上海到台北的舞女生涯。时钟在上下移动，只是发生在不同的时间系统的舞场之中。

其次是悲叹时间流逝的苍凉感。白先勇对时间的穿透力、残酷性表现出惊人的敏感。他经常感叹："没有一个人能在时代、时间中间，时间是最残酷的。"① 他在小说中表现的是：时间的流逝造成美的消失，由此而产生出一种缺憾，甚至是一种恐惧。这种缺憾是因为美的一去不复返，失而不复在，它唤起了人们强烈的心理共鸣，产生出巨大的审美张力。古今中外的诗人作家对时间的审美体验都格外敏感，如孔夫子的"逝者如斯夫"，博尔赫斯说的"时间问题就是连续不断地失去时间，从不停止"。这种体验是生命个体的一种直觉，直观的领悟。作家在小说中通过现在时态中的人物，对人对事或对景，唤起对往昔的回忆，唤起回忆的场景往往是生活断片，是具体的而活生生的，具有亲历感、切身感。

欧阳子称《思旧赋》是《台北人》中最富有诗意的一篇。《思旧赋》通过将军府中的两位老女仆，已退休多年、回府探望的顺恩嫂与罗伯娘的对话与体验，叙述了具有显赫历史与业绩的李公馆由盛而衰的变迁过程，尤其是表现了今日已经败落的府中的悲凉：夫人去世，年轻的仆人盗走府中财物，从国外回来的少爷精神失常，成为白痴。一头白发的罗伯娘对顺恩嫂说：

> 我们这里的事比不得从前了，老妹……长官这两年也脱了形，小姐一走，他气得便要出家，到基隆庙里当和尚去了。他的老部下天天都来劝他。有一天，我看闹得不像样了，便走进客厅里，先跑到夫人遗像面前，跪下去磕了三个响头，才站起来对长官说道："长官，我跟着夫人到长官公馆来前后也有三十年了，

---

① 白先勇：《蓦然回首》，上海文汇出版社1999年版，第232页。

长官一家,轰轰烈烈的日子,我们都见过。现在死的死,散的散,莫说长官老人家难过,我们做下人的也心酸。小姐不争气,长官要出家,我们也不阻拦。只有一件事,留下少爷一个人,这副担子,我可扛不动了。"长官听了我这番话,顿了一顿脚,才不出声了。

这番话,仿佛是《红楼梦》中的嬷嬷们在议论荣国府中的事,"古今将相在何方?荒冢一堆草没了"。小说具有浓郁的红楼神韵,在怀旧中,对时间流逝中人世的变迁,表达出一种浓重的沧桑感。

作家还常常是通过人物独特的感悟、富有特征性的、精雕细刻的细节,来表现这种对时间流逝的体验。

《秋思》中的华夫人,是国民党高级将领之妻,到台北后仍然过着养尊处优的日子,特别注意保养自己,对时间的流逝格外敏感,美容师林小姐给她梳头的时候,有这样一个细节:

华夫人在镜子里看到头上生了白发,异常惊恐,待林小姐将白发抿进了发中,直到看不出来了,她欠身凑近镜子前,偏着头,端详良久,最后用手轻轻地摩挲了几下她的右鬓,才沉吟着说道:"就这样吧,林小姐,谢谢你。"这里写她"端详良久""沉吟着说",潜台词很丰富,或者说心理活动相当复杂,这是一位中年贵族女子对年华易逝、美人迟暮的敏感。

《岁除》里的赖鸣升,除夕夜在刘营长家正回忆当年台儿庄一战的辉煌岁月时,忽地一声划空的爆响,不是台儿庄的炮火声,而是台北除夕夜人们在燃放孔明灯。时光已过三十年,岁月就是这样无情。

其三是在为逝去的美造像,在回首追忆中塑造美。对美的流逝、对美的不常存的悲叹,白先勇有一篇文章,题目是《为逝去的美造像》,他常常感叹:"我老觉得美的东西不常存,一下子就会消失,人也是如是,物与风景也如是。"① 所谓逝去的美,这里首先是在回

---

① 白先勇:《第六只手指》,台北:尔雅出版社1885年版,第448页。

忆往昔的美，追忆美的形象，是在时间倒置中，调动艺术想象塑造美、营造审美情境。白先勇的这种看法与尧斯的观点完全一致："回忆不仅是审美认识的精确工具，它还是真正的、仅有的美的源泉。"①历史学家布克哈特也认为："历史在诗中不仅发现了自己最重要的东西，而且找到了最纯粹、最精美的源泉。"② 萨特评论福克纳的小说时有过这样生动的比喻：福克纳所看到的世界可以用一个坐在敞篷车里往后看的人所看到的来比拟。而白先勇是在月夜灯会中蓦然回首。卓越的小说家都对时间表现出独特的敏感。白先勇在小说中，运用回忆，塑造了这样几种美的形象：人的生命的青春美、人的事业价值的美及传统的艺术的美。对美表达出一种刻骨铭心的爱。而在主人公的现存生活状态中，这种美消失了，一去不复返了，正是在这种追忆与现实的反差中，表现出一种巨大的悲慨，产生审美的张力。《青春》仿佛出自于一位饱经沧桑的老作家之手，然而它是白先勇早期的作品，写这篇小说时，他才22岁。一位老画家在海边，给一位站在海边礁石上的裸体男少年画像，背景是蓝色的大海。小说写这位画家，"早上醒来的时候，阳光从窗外照在他的身上。一睁开眼睛，他就觉得心里有一阵罕有的欲望在激荡着……他想画、想抓，想去捕捉一些失去几十年的东西"，"他要变得年轻，至少在这一天，他已经等了许多年了……他一定要在这天完成他最后的杰作，那将是他生命的延长"，小说有一段文字描述那少年：

> 少年身上的每一寸都蕴含着他所失去的青春。匀称的肌肉，浅褐色的四肢，青白的腰，纤细而结实，全身的线条都是一种优美的弧线，不带一点成年人凹凸不平的丑恶。
>
> 他看到了少年腹下纤细的阴茎，十六岁少男的阴茎，在阳光

---

① 引自张晶《中国古典诗学新论》，北京广播学院出版社2002年版，第11页。

② 引自周宪《超越文学》，上海三联书店1997年版，第172页。

下天真地竖着,像春天的种子刚露出的嫩芽,幼稚无邪,但却充满了活力。

这是青春的诗、生命的歌。老画家怎么专心地画,也画不出那位16岁的美少年青春的肉色,他看见那少年优美的颈项完全暴露在眼前,他举起双手,向少年的颈项一把掐去,那少年跳到了大海里。这个短篇倾心在塑造生命的美,青春的美。他将一个年逾花甲的老画家的欲望展现得那样淋漓尽致。对小说《青春》的解读,不能简单地停留在写同性恋题材的层面。

而《岁除》中的赖鸣升,已经退役,在军队一辈子,最高的官职是连长。除夕之夜,他在昔日的部下刘营长家饮酒吃团圆饭,回忆起他的生命中最辉煌的一段日子,那就是抗日战争中的台儿庄之战。这一段记忆是他人生的骄傲、精神的依托。白先勇在这里歌咏的是一种生命业绩的光辉、生命事业的美。

有的研究者把白先勇的小说称为"殡仪馆的化妆师",是为旧时代唱挽歌。其实,作家在这种回忆中塑造的美,也寄寓着自己的审美理想,他是以追忆的方式表达对美的憧憬与期待。白先勇九岁时在上海美琪大剧院看过京剧大师梅兰芳演出的昆曲《游园惊梦》,终身不能忘怀,多少年后,那次演出还成为他创作小说《游园惊梦》以及后来改编成同名话剧的灵感的源泉。白先勇在小说《游园惊梦》及多篇文章中,对这中国古老的戏曲瑰宝——昆曲的艺术美表达出深挚的爱。多少年来,对昆曲,"震慑于其艺术之精美,复又为其没落而痛惋",[①] "那么精美的艺术形式,而今天式微了,从这里头我兴起一种追悼的感觉"。[②] 但他对昆曲的振兴却不不遗余力,2004年,白先勇精心改编的青春版《牡丹亭》在他的亲自参与策划组织下,在台湾与苏州搬上了舞台。这距离他当年发表小说《游园惊梦》,已过去

[①] 白先勇:《蓦然回首》,上海文汇出版社1999年版,第214页。
[②] 白先勇:《蓦然回首》,上海文汇出版社1999年版,第223页。

40多年了。白先勇认为：振兴、弘扬昆曲艺术，可以恢复中国人对于传统美学的自信。我们能说他小说中塑造的艺术美是在唱挽歌吗？

二、悲剧的诗学

法国《解放报》曾向各国作家提出"你为何写作"的问题，白先勇的回答是："我之所以创作，是希望把人类心灵中的痛楚变成文字。"① 白先勇是一个具有深厚悲剧意识的作家，"在看到别人痛苦那一刻，心里会感到很痛苦"。② 刘俊把这种意识概括为悲悯情怀是非常准确的。这种悲剧意识与他独特而显赫的家世，与他深厚的中西文化学养都密切相关。白先勇生于忧患，他的父亲白崇禧几乎亲历了上个世纪上半叶中国最重要的历史事件，而他本人由大陆到台湾、由台湾至美国，可谓饱经忧患。而他最为推崇的中外文学巨匠与名著，是中国的《红楼梦》，西方的福克纳与陀斯妥耶夫斯基。《红楼梦》的悲剧精神与西方两位文学大师的悲天悯人的基督情怀，白先勇视为文学的最高境界。读白先勇的小说，可谓"悲凉之雾、遍披华林"。

白先勇小说的悲剧大致可以概括为三种类型：

一种悲剧是社会的悲剧。现代社会悲剧是普通小人物的悲剧。是由现代人所生活的生存境况、或曰生存困惑所造成的。如《那片血一般红的杜鹃花》中的王雄，是一个普通的小人物，他的悲剧是特定历史时期所造成的社会与个人的冲突，是小人物的悲剧，是平凡的悲剧，是鲁迅称为的那种"几乎无事的悲剧"。20世纪中期，湖南乡下老实忠厚的农民王雄，被国民党抓壮丁到台湾，一去20年，退伍后，他尤其思念家乡、思念父母、思念他的童养媳。他把对童养媳的思念寄托在与她年龄相仿的东家女儿丽儿身上，东家小女孩丽儿长大了，不要王雄伺候了，他连这一点点的精神寄托也失去了。他听人

---

① 白先勇：《第六只手指》，台北：尔雅出版社1885年版，第453页。
② 《白先勇自选集》，花城出版社1996年版，第381页。

说，人死后，魂可以回到故土。他的苦难与不幸是时代造成的。在那个特定的历史时期，他有家不能归，不能与亲人团聚，可以说，失去了人的自由，剥夺了返乡与家人团聚的自由。而这是由社会造成的，他无法扭转。最后他跳海自杀，他的死，是对厄运的抗争。"如果苦难落在一个生性懦弱的人头上，他逆来顺受地接受了苦难，那就不是真正的悲剧。只有当他表现出坚毅和斗争的时候，才有真正的悲剧。"① 王雄承受的痛苦是巨大的，但仅仅这样还不能构成悲剧，还要看承受痛苦的人对待痛苦的方式。王雄最后以死完成了对痛苦人生的抗争。

《孤恋花》的悲剧也属于这一类。

一种悲剧是精神的悲剧。精神悲剧自然离不开社会环境，但主要的是精神因素。黑格尔认为："人的本质是精神"，雅斯贝尔斯指出："人是精神，人之作为人的状况乃是一种精神状况。"② 《芝加哥之死》中的吴汉魂，从台湾到美国求学，离开了母亲和女友，在艰难的生活中煎熬了六年，先后攻读硕士、博士学位。这期间，由于殷切盼望他归去的母亲撒手人寰，他深爱的女友已嫁别人。虽然获得学位，他却在现实中找不到自己的位置与归宿，自以为奋力拼搏登上了理想的彼岸，眼前却是"虚无一片"，"芝加哥是个埃及的古墓，把几百万活人与死人都关闭在内，一同销蚀，一同腐烂"。正是在这种苦恼中，他像梦游一般踏进了酒吧，被一个妓女所骗，事后他悔恨交加，精神被肉欲玷污的羞辱，生存的困惑与精神的重压使得他最后跳湖自杀。"他们出于某些崇高的理想，但他们的感受及由此产生的行动，却与思想发生矛盾，有能力体验这种深刻内心矛盾的人，即是悲剧性的个性。"③ 吴汉魂到美国求学是怀有美好的理想的，但在西方现代社会

---

① 朱光潜：《悲剧心理学》，人民文学出版社1983年版，第206页。
② 卡尔·雅斯贝尔斯：《时代精神状况》，上海译文出版社1997年版，第3页。
③ 波斯彼洛夫：《文学原理》，北京三联书店1985年版，第205页。

中，他的理想与现实的对立、冲突越来越严重，他的精神世界受到压抑，人性受到扭曲，他那美的理想在现实中撞得粉碎，他心灵中崇高的美失落了，陷入了深深的心理危机之中。

另一种悲剧是个人自身的悲剧。《玉卿嫂》中的玉卿嫂的悲剧与王雄不同，应当说是由她个人的过失造成的。玉卿嫂对庆生的爱炽烈专一，对他照顾得无微不至，虽然自己只是一个女仆，却倾其所有为庆生治病。她认为自己付出了爱，庆生就得言听计从，服从于自己。当她发现庆生移情别恋以后，非常痛苦，见庆生不愿回头，终于在一天夜里杀死了她曾经最爱的男人，自己也自杀在他的身旁。玉卿嫂的致命伤在于她忽视了爱是双方的，她完全没有考虑到对方的个性追求。玉卿嫂的悲剧是个人的欲望造成的。《谪仙记》中的李彤的悲剧当然有社会的原因，但更多的是来自于她自身。"许多悲剧，其原因既与社会无关，也与民族无关，而与人类自身有关——人（人类）自己，是自己悲剧的原因。"① 亚里士多德的悲剧理论中有"过失"一说，《谪仙记》中的李彤之死，自然也有其社会的原因，如父母遇难，她失去了经济来源，情场失意等，但主要来自于个人方面的"过失"，人性的缺陷与弱点是造成李彤悲剧的重要原因。她与另外三个年轻女性一同来到美国，那三位同学都先后成立家庭，逐渐适应、并融入了异国社会的生活，而心高气傲的李彤却我行我素，她的死，与其说是性格的因素造成，倒不如说是她未能摆脱人性的缺陷与弱点，是她个人的欲望使然。朱光潜早就指出："悲剧人物必须有某种过失……悲剧的遭难在一定程度上是咎由自取。"②

---

① 曹文轩：《20世纪末中国文学现象研究》，北京大学出版社2002年版，第41页。

② 朱光潜：《悲剧心理学》，人民文学出版社1985年版，第98页。

三、象征的诗学

吴福辉提出：白先勇"创造了现代中国小说的模式之一，象征性写实小说"。① 白先勇认为"中国文字不长于抽象的分析、阐述，却长于实际象征性的运用"，② 说自己"比较不擅长抽象的描写，较擅长象征、对白"。③

写实与象征相融是白先勇小说诗学的重要特征。白先勇的小说首先注重的是写实：即营构小说的人物、故事与主题。而同时，他又特别强调技巧的重要：内容决定技巧，但是技巧决定故事的成败。他认为小说要注重写实，但是单纯地写实是缺少艺术生命力的。他把《红楼梦》与《儒林外史》进行比较，认为后者之所以不能与《红楼梦》媲美，就因为它只是停留在写实的层面，而《红楼梦》的背后却蕴藏着丰厚的哲学、宗教的东西。白先勇的小说，每一篇都不只是在写实，而是包含有浓郁的象征意味。同时，他又不盲目模仿西方象征小说，单纯为了追求运用象征，使小说的人物立不起来，情节支离破碎。并舍弃了现代小说中象征晦涩难懂的弊病。白先勇的小说，写实与象征水乳交融、相得益彰。就短篇创作而言，他的小说的象征意蕴，在当代无疑是卓有成绩的大家。

白先勇的短篇塑造了一系列真实而丰满的人物形象，如玉卿嫂、尹雪艳、钱夫人、金大班、王雄、卢先生、李彤、吴汉魂等，将人物的心理世界揭示得淋漓尽致，同时他又善于精心编织故事情节、经营结构，尤其擅长描写细节。写实是他的小说的主体性载体。所以，欧阳子称白先勇是地地道道的中国作家。而同时他又能把象征融入到人

---

① 吴福辉：《永远的尹雪艳·序》，武汉长江文艺出版社1993年版，第12页。
② 《白先勇自选集》，花城出版社1996年版，第444页。
③ 白先勇：《蓦然回首》，上海文汇出版社1999年版，第268页。

物本身、人与人之间及人与社会环境之中。如将王雄的悲剧与杜鹃花,将钱夫人与游园惊梦,将尹雪艳与风、白色,将吴医生与梦、将刘行奇与菩萨等交融起来,形成象征写实的建构。

在他的小说中,象征不是作为一种符号硬附加上去的,而是小说融入艺术整体中的有机组成部分。《台北人》的第一篇小说是《永远的尹雪艳》,这篇小说以交际花尹雪艳为主角,写了她从上海到台北大半生的舞女生涯。围绕尹雪艳,小说刻画了上层社会的洪处长、吴经理、徐壮图、宋太太等人物,描写了社会的众生相。而它的象征意蕴使小说的深刻内涵远超出了"写实"的层面。

尹雪艳是《台北人》中最具有神秘色彩的人物。对于尹雪艳这个人物,欧阳子曾做了精妙的分析。的确,这个人物的象征意义远超出人物本身。

"尹雪艳总也不老","尹雪艳着实迷人","尹雪艳在人堆子里,像个冰雪化成的精灵,冷艳逼人,踏着风一般的步子","尹雪艳有她自己的旋律。尹雪艳有她自己的拍子,绝不因外界的迁异,影响到她的均衡","她同行的姊妹说:尹雪艳的名字带着重煞,犯了白虎,沾上的人,轻者家败,重者人亡"。

尹雪艳,外艳内冷,欧阳子认为"尹雪艳,以象征含义来解,不是人,而是魔"。她是幽灵,是死神。并指出白先勇用了"风"做意象,用白色来描写尹雪艳的衣着装扮,突出她象征死亡的寓意。

象征包孕诗情。香港著名学者黄维梁称白先勇的小说是:写实如史,象征如诗。这的确是精妙的概括。

白先勇善于捕捉中心意象作为象征体,并力图营构出渗融着主观情愫、浸润、扩展意象的场景。这种场景以象征体为中心,它包含两个要素,其外在向度是画面感,内在向度是抒情化。这种画面既要与小说中的人物、情节有机融合,又要包孕小说主题的丰富内涵,以表达理性的思考,获得深隽的诗情意味。

《月梦》是一篇极具诗情画意的短篇。小说的主角吴医生的回忆与现实情境,都置于朦胧的月光下。月光是这篇小说的象征体。如回忆两位青春少年月夜游泳的一段描写：

一个五月的晚上，天空干净得一丝云影都没有，月亮特别圆，特别白，好像一面凌空悬着的水晶镜子，亮得如同白热了的银箔一般，快要放出晶莹的火星来了。……湖面顿时变成了一块扯碎了的银纱……两个人从湖心钻了出来……前一个是个十五六岁的少年，身子很纤细，皮肤白皙，月光照在他的背上微微地反出青白的光来，浮在墨绿的湖水上，像只天鹅的影子，围着一丛冒上湖面的水草，悠悠地打着圈子。后一个少年，年纪较大，动作十分矫健，如同水鸭子一般，忽而潜入水中，忽而冲出水面，起落间，两只手臂带起了一串串闪亮的水花。

一对水鹪鸽惊醒了，从水草丛中飞了起来，掠过湖面，向山脚飞去。

当这两个少年游回岩滨时，月亮已经升到正中了，把一湖清水浸得闪闪发光。年轻一点的那个少年，跑着上岩，滚在一堆松针上，仰卧着不住地喘息。一片亮白的月光泻在他敞露着的身上，他的脸微侧着，两条腿很细很白，互相交叉起来，头发濡湿了，弯弯地覆在额上，精美的鼻梁滑得发光，在一边腮上投了一抹阴影，一双秀逸的眸子，经过湖水的洗涤，亮得闪光，焕发得很，一圈红晕，从他苍白的面腮里，渐渐渗了出来。

这是小说主人公的一段回忆：小说将人物、情节、氛围都融合到月光之中，构成优美、迷蒙的意境。在这个朦胧、梦幻的画面中，中心象征体是月光，两位少年，水鹪鸽，湖水，构成了一个极有诗情画意的场景。月光象征着两位少年纯洁、真挚、美好的情谊。两只鹪鸽在这里又是人物的象征。而渗透在这个场景中的是主人公一往情深的怀念，融合着浓郁的抒情，诗情包孕在象征之中。

《那片血一般红的杜鹃花》写了一个普通的小人物的悲剧，它的主题是沉重的。处理这个题材，即使是完全写实，它也是一篇非常感人的小说。白先勇没有止于写实，而是选择了杜鹃花作为象征体，王雄在丽儿家，除了照顾丽儿外，还是主人家的花工，小说多次写他种杜鹃花，关于杜鹃花的描写，已融入人物之中，小说的结尾，王雄死后，有这样一段描写：

> 当我走到园子里的时候，却赫然看见那百多株杜鹃花，一球堆着一球，一片卷起一片，全都爆放开了。好像一腔按捺不住的鲜血，猛地喷了出来，洒得一园子斑斑点点都是血红血红的，我从来没有看见杜鹃花开得那样猛烈、那样愤怒过。

杜鹃花作为富有中国古典情韵的意象，在这段文字中扩展为一幅悲壮、惨烈的画面。其内涵是丰富、深厚的：悲愤、抗争、流血、刚烈。它既蕴含着深刻的理性，又暗含诗意。

多重多样的象征形态。白先勇小说的象征是多重多样的，他的小说系列中着暗藏着一个象征谱系，几乎每篇小说中都蕴藏有象征。象征有不同层面的理解。广义的象征，是指一种艺术思维方式，狭义的象征指的是一种手法。白先勇小说的象征两者兼而有之，并常常交叠运用。

其一，整体性象征，是指一种整体化倾向。如短篇小说集《台北人》《纽约客》的书名，整体就具有象征意义。它象征从大陆流浪到台北的中国人，从大陆、从台湾流浪到美国的中国人。《台北人》中的《永远的尹雪艳》《国葬》都具有整体象征性。《永远的尹雪艳》甚至有些寓言的意味，它的主题是象征化的，被笼罩在一种神秘的气氛内。《国葬》也具有这种象征意义。

其二，象征物象多样。白先勇的小说中，象征物象多种多样，如人物象征、环境象征、空间象征、文化象征等等。《游园惊梦》中的人物名字都有其象征暗示性，如洛奇所说："小说中的人物名字从来都不是毫无意义的，总带有某种象征意味，即使是普通名字也有其普通意义。"① 如钱夫人蓝田玉，"玉"象征高贵，天辣椒蒋碧月，天辣椒象征泼辣，而妹妹月月红是月季花，每月开花，象征低贱。《芝加哥之死》中的吴汉魂，象征着一个死在异域而不忘民族的灵魂。其他如《永远的尹雪艳》中的尹雪艳、《国葬》中的刘行奇、《岁除》中的赖鸣升都有其象征用意。

小说中的空间象征也随处可见，如上海、南京、桂林等地方，在小说中总是与童年、青春、纯真、活力、美好等等相关联。

其三，多种象征并用。

白先勇的小说中常常是多种象征交迭、并用，形成丰富而多义的象征意蕴。有整体象征与细节象征并用，人物象征与环境象征结合，或空间象征与文化象征对应等等。如《游园惊梦》中的象征就有多种交迭。它选择的象征体是作为文化景观的传统戏曲《游园惊梦》。《游园惊梦》是古典悲剧《牡丹亭》中的片断。这曲戏本身就极具悲情诗意，在小说中，它的象征意义是多层的，既是主人公钱夫人命运的象征，也是古老的传统文化的象征。钱夫人在酒宴上回忆起自己的大半生命运，如同演戏、如同梦中一般，是一场真正的"惊梦"。同时，它又是中国艺术瑰宝昆曲的象征、中国古老文化的象征。作家借钱夫人的命运，对昆曲的衰微表达无限惋惜、哀痛。

---

① 洛奇：《小说的艺术》，作家出版社1998年版，第40页。

高阳历史小说的悲剧意识

17世纪西班牙剧作家维加有一句名言：悲剧以历史作为它的主题。黑格尔认为：人类的历史是悲剧性的历史。古代的历史许多都是通过悲剧的史诗和戏剧小说流传下来的，从索福克勒斯的悲剧《俄狄浦斯王》、欧里庇德斯的《海伦》到莎士比亚的悲剧《亨利四世》《亨利五世》《理查三世》等，历史与悲剧自古以来就结下了不解之缘。中外文学史上著名的悲剧作家似乎都特别钟情于历史题材，外国作家恩尼乌斯、莎士比亚、司各特是如此，中国作家亦是这样，罗贯中取材魏蜀吴三分天下的历史，创作了长篇历史名著《三国演义》，铺演了蜀汉诸葛亮及刘、关、张等英雄的悲剧。大陆当代长篇历史小说的开山之作《李自成》，以明末农民起义领袖李自成为主角，用宏大的规模描述了这位风云人物的悲剧历程。近年获得广泛好评的凌力的《少年天子》取材于清史，展现了年轻的顺治帝福临的悲剧人生。

高阳，这位"以小说造史"的历史小说巨擘，亦是以历史小说营造悲剧的大家。从他的小说所展现的中华民族的恢宏画卷中，我们读到了历史，同时亦读到了悲剧。高阳之所以最为推崇《红楼梦》，就因为曹雪芹写了一部大悲剧。高阳认为："红楼梦之所以成为最伟大的写实主义的小说"，为"他人最不及"，就在于"红楼梦中的一切""为当时贵族生活的忠实写照，写出一种必然的没落的趋势"，"深刻表现出一种'夕阳无限好，只是近黄昏'的无可奈何的惋惜、怅惘和凄凉"。① 高阳在他最具影响的长篇巨著《胡雪岩全传》中就明白道出：他倾心创作的这部一代巨贾的兴衰史就是一部"时代的悲剧"。高阳直接对悲剧发表见解的文字我虽未读到，但他有一段意味深长的话，不能不引起研究者的注意，高阳说：

"了解历史，了解民族的创造有多么艰难，民族才会有向心力，才会团结起来。"② 这段话给了我们打开高阳创作动机的一把钥匙，高阳创作的近百部系列小说，其意旨就在于让广大民众"了解历史"，"了解民族的创造有多么艰难"。他推崇《红楼梦》是如此，他创作《胡雪岩全传》《慈禧全传》、"红曹"系列小说、《金缕鞋》《荆轲》《李娃》《状元娘子》等小说亦是如此。就此而言，我们可以把他洋洋三千万言的历史小说画卷视为一部历史的大悲剧，一部民族艰难的悲剧史。

下面，分别就高阳笔下的悲剧人物系列和他营造悲剧的特色做一些粗浅的探讨。

一、历史人物的悲剧性透视

高阳在其历史系列小说中，构建了各种各样的悲剧世界，诸如宫廷悲剧、政治悲剧、爱情悲剧、士人悲剧、侠士悲剧等。他以独到的艺术概括与审美观照，重塑了形形色色的悲剧人物，诸如帝王后妃、贤臣良将、名士佳人、商贾侠士等等，这些地位悬殊，身份各异的众多人物形象，组成了丰富多彩的历史悲剧人物画廊。

帝王悲歌

反映宫廷生活的长篇，在高阳历史小说系列中占有相当重要的位置，高阳以史家的手笔揭开了皇室后宫神秘莫测的纱幔，同时将聚焦对准了人物，重塑了一批历史上的帝王后妃，其中，具有浓重悲剧色

---

① 高阳：《红楼一家言》，台北：联经出版事业公司1993年版，第94页。
② 引自《王昭君》出版前言，海南出版社1996年版。

彩的皇帝形象，引起人们强烈的兴味，其美学价值，有口皆碑。

在早期的长篇《金缕鞋》中，高阳重塑了亡国君主李煜的形象。历史上的亡国之君，并非都称得上悲剧人物，诸如秦二世、宋徽宗等似都与悲剧人物无缘。李煜虽为亡国之君，但并非阴险残暴，十恶不赦之徒，他是一位多愁善感，心地善良，而又多才多艺的皇帝。这样一位君王，倘若生在盛唐宫中，或许可以在御座上终其一生，可他偏偏生逢乱世。北方的宋朝虎视眈眈，大军压境，随时准备侵吞南唐，而李煜身为一国之君王，竟然把朝政大事置之一边，迷恋于极富浪漫情调的爱情之中，并且醉心于写诗填词。高阳在小说中以相当的篇幅描述了李煜与周皇后之妹嘉敏的爱情纠葛。且读李煜《菩萨蛮》中的诗句："花明月暗笼轻雾，今朝好向郎边去，划袜步香阶，手提金缕鞋。"从中我们看到了一位儿女情长，风流倜傥的诗人形象，然而他恰是一国之主，是一位皇帝。作为一位诗人，他才华横溢，灵气通脱，作为一位君王，他优柔寡断，贪生怕死，缺少政治家的雄韬伟略与治国之才。然而历史却把他推到一国之主的位置，在君王与诗人、朝政与情场之间，李煜欲超越前者，一心追逐诗词和情爱的波涛。从本质上说，李煜是一位富有浪漫气质的诗人，而非具有理性头脑的政治家。"政治以理性为主要特征，它在本质上是排斥情感的"①，"政治不仅要求从政治运作机制中排除情感的因素，而且也对政治家本身提出高度理性化的要求"。② 从理性上说，处于乱世之中的李煜须要发愤图强，富国强兵，抵御强国的入侵，而情感却驱使他如太平盛世的诗人沉浸于填词和爱恋之中，正是由于这种历史角色的"错位"，由于他把诗人之情感凌驾于政治家的理性之上，才最终酿成他国破家亡，身陷囹圄的悲剧。

---

① 许苏民：《历史的悲剧意识》，上海人民出版社1992年版，第238、239页。

② 许苏民：《历史的悲剧意识》，上海人民出版社1992年版，第238、239页。

《慈禧全传》中的光绪，是又一位具有深刻悲剧性的人物，在这部长篇巨著中，高阳描述了光绪这位富有戏剧性经历的年轻皇帝的悲剧人生。光绪本是醇亲王之子，按常理他本该成为一名皇室显贵，却因同治帝的早逝，四岁被慈禧抱进宫中做"小皇帝"。这期间，一直由慈禧垂帘把持朝政。19岁的光绪亲政，慈禧在颐和园颐养天年。光绪亲政以后，确有一番雄心壮志，欲摆脱慈禧的控制，做一位有所作为的皇帝。他喜好西方先进的科学技术，接受康有为的变法主张，大力推行新政，将革新派主将谭嗣同、杨锐、林旭、刘光第等皆赏四品京堂充军机章京，参与新政事宜，一切大政，都由"四京卿"拟议，发号施令，在百日维新期间，一时朝纲大振。然而光绪帝的革新遭到守旧派的顽固反对，旧党通过各种渠道向慈禧进言，要求采取决绝手段制止变法，请慈禧再度出山重掌朝政。小说逼真地再现了光绪与慈禧不可调和的矛盾冲突，已经归政的慈禧竟然当着群臣审问皇帝，欲对光绪实行"家法"，杖责皇帝，并密谋废光绪而另立新君，后来光绪虽未被废掉，却被慈禧幽禁于瀛台，这年光绪才28岁。此后的光绪被剥夺了一切自由，隔绝了与外界的联系，身体上、精神上受到巨大摧残。10年之后，正当壮年的38岁的光绪，病死于瀛台，走完他可悲的人生历程。

　　光绪的悲剧具有十分厚重的历史感：其一，光绪的悲剧是改革者的悲剧，从表层看，光绪是宫廷权力争夺中的失败者，从历史进程分析，光绪作为革新力量的象征，他与慈禧的这场斗争实质上是新生事物在新旧较量中遭扼杀。马克思在《黑格尔法哲学批判》中说："当旧制度还是有史以来就存在的世界权力，自由反而是个别人偶然产生的思想的时候，换句话说，当旧制度本身还相信而且也应当相信自己的合理性的时候，它的历史是悲剧性的。"① 光绪所支持的"百日维新"就产生在旧制度的存在还具有合理性的时候，它的合理存在必然会导致代表新生的进步力量的毁灭。高阳在小说中，艺术地表现了

---

① 《马克思恩格斯选集》第一卷，人民出版社1972年版，第5页。

这种深厚的历史感。中国历史上的每次改革都要付出血的代价，而且大多以失败而告终。光绪悲剧的特殊意义在于：改革者的悲剧性，即使是皇帝也概莫能外。

其二，光绪是封建宗法制度的牺牲品，光绪虽然位于至高无上的帝位，接受文武百官的朝拜，然而回到后宫还得向慈禧下跪，因为在传统的血缘关系中，慈禧是母后，"无父何怙，无母何恃"，慈禧搬出祖宗家法，以所谓的孝道来遏制光绪，光绪的革新信念顿时土崩瓦解。

其三，光绪从小以来，慑于慈禧的威严、专横、寡情，性格向来谨慎、小心、软弱，对这位母后，一向畏惮多于敬爱，亲政以后，大事仍然是秉命办理，因此，新旧两党的斗争从一开始，就很难想象光绪会采取果敢决断的强硬手段，光绪的失败其实在意料之中。

士子悲歌

在中国封建社会中，"士"属于中间阶层，在政治上，他们处于支配和被支配的中间地位。古代的"士"与当今所谓的"知识分子"的内涵大体相近而又不完全等同。高阳的历史系列小说中，几乎部部都离不开"士"，他重塑的各式各样的"士人"的悲惨人生，使我们窥探到了古代杰出的知识分子的命运。

其一，写清官廉吏的悲剧。

高阳在《清官册》中塑造了康熙年间著名的清官汤斌的形象。作家根据掌握的史料，追踪蹑迹，描述了他一生的政绩，小说着力突出了汤斌品性的三个方面：第一，汤斌是清代的理学名臣，他不薄程、朱，更信服王阳明，特别推崇王阳明的知行合一，认为学者读书在于经世致用，他向来襟怀宽阔，抱有济世救人的宏愿。

第二，以国计民生为依归，勤求民隐，关心百姓疾苦。汤斌，顺治九年进士，后膺选为庶吉士，先授国史院检讨，后出任潼关道，康熙十七年，汤斌被荐为博学鸿儒科，出任江苏巡抚。他出任地方官，广开言路，断案公允。在潼关，他振兴文教，整顿潼川书院。到江苏，他革除地方陋习，奏请减免田赋，千方百计购粮救济受灾民众。康熙皇帝临幸苏州，他为保护民众利益，坚持不拆民居，不开跸道。他任官之地，百姓称他"汤青天"。

第三，清正廉洁，操行清谨。汤斌从来不巴结亲贵、重臣，也拒受一切贿赂。尤为可贵的是，他生活清贫，艰苦卓绝。汤斌出任潼关道，因行装、行李简朴，以至于把关的兵丁都不将他放在眼里。在苏州，他自奉刻苦，经常采巡抚衙门后园的野蔬供膳，市上买菜，每天必有一味是豆腐，因此得了一个看似不雅，实为尊敬的外号"豆腐汤"。夏天，汤斌居然从典当铺里买旧夏布帐子来用，他多年来未制新衣，生活苦得如黄连。汤斌花甲之庆，地方士绅送来八幅装潢讲究的寿屏，他不但不受，连见都不见，最后只得派人把寿屏上的序文抄下来，原件仍然"璧谢"。

如汤斌，大清一代难得的清官，因修河道之争，被当政的大学士明珠及其党羽设阴谋陷害，奸佞之臣抓住汤斌卸任苏州巡抚时所出的告示中有"爱民有心，救民无术"之语大做文章，诬陷汤斌，皇帝偏听偏信，竟指责汤斌为"假道学"，给予"降五级的处分"，明珠等人不甘休，欲置汤斌于死地而后快，又以"未参加内阁奉旨议事"为罪名，上奏弹劾，降二级调用，实际上汤斌已降七级。

汤斌的一生光明磊落，勤政廉洁，却为官场权贵所谗害，他死得寂寞而凄惨，去世时，只剩下八两俸银，连买棺材的钱都不够，几乎无以为殓。他的故居板门竹篱，简陋异常。

王亚南指出："官僚政治是专制政治的副产物和补充物。"① 张谦认为："中国古代的官场文化，是依附在专制主义机制上的一种奇特的亚政治文化，它使人们在复杂野蛮的人际关系中相互消耗，使政府

---

① 张谦：《〈资治通鉴〉与中国政治文化》，中国广播电视出版社1993年版，第129、133页。

行政在低效和腐化中丧失生命力。"① 汤斌身在古代专制社会,立志做一名清官,欲超越封建社会腐败的官场,自然为封建的专制政治和依附于它的官僚政治所不容,他的悲剧概括了古代官场优秀知识分子的悲剧。鲁迅先生曾高度赞扬古代有识之士的清正廉洁,"为民请命""拼命硬干"的精神是一种奋进的民族主义精神,对汤斌这样具有民族文化精神的人物的悲惨遭遇,高阳的笔端流泻出深深的痛惜,汤斌在官场的悲剧人生是极具典型意义的。

其二,写改革的先驱者的悲剧。

在《慈禧全传》之五的《胭脂井》中,谭嗣同,这位被重塑的改革者形象,虽着墨不多,却被刻画得光彩照人,感人肺腑。

江苏候补知府谭嗣同,积极主张新政,被光绪帝赏加四品卿衔,充军机章京,参与新政事宜,是康梁"百日维新"的主持者之一。光绪变法遭到以慈禧为首的守旧派的顽固反对,疯狂反扑,终以失败告终。光绪帝被幽禁瀛台,六君子被慈禧太后下令诛杀。高阳在《胭脂井》中以浓墨重彩再现了这位改革的先驱者的悲剧。在晚清这个封建专制时代,谭嗣同,与康有为、梁启超一样,无疑是中国最早的革新者、觉醒者。谭嗣同深知守旧派势力的强大,慈禧训政的上谕发布后,谭嗣同在生死之际的危急关头慷慨陈词:"天下之事知其不可为而为之,亦是我辈的本分。"这是改革的先驱者清醒而坦然的自白。谭嗣同被捕以后在狱壁题诗曰:"望门投止思张俭,忍死须臾待杜根,我自横刀向天笑,去留肝胆两昆仑!"表现出他宁死不悔的志向,坚强不屈的品格。恩格斯评价历史悲剧《弗兰茨·冯·济金根》提出的著名论断:"历史的必然要求和这个要求的实际上不可能实现之间的悲剧性冲突"②,用来评价谭嗣同的悲剧是非常恰切的。谭嗣

---

① 张谦:《〈资治通鉴〉与中国政治文化》,中国广播电视出版社1993年版,第129、133页。

② 恩格斯:《致斐·拉萨尔》,见《马克思恩格斯全集》第29卷,第585—586页。

同等人所提出的革新主张，无疑体现出历史的必然要求，然而在晚清顽固腐败的专制统治下，革新派的要求不可能实现，谭嗣同等人惨遭血腥镇压。他死得英勇悲壮。他之死是时代的悲剧，亦是改革者的悲剧。他是鲁迅称为的"中国脊梁式的人物"，是一位兼具英雄性与悲剧性的人物。

娼女悲歌

娼妓现象作为中国古代社会的一个特殊层面，是高阳历史小说极为关注的视点。他在《李娃》《状元娘子》《小凤仙传奇》等长篇中，以饱蘸情感的浓墨，刻画了李娃、李蔼如这样的风尘女子，透过她们在爱情生活中的曲折经历，谱写了一曲曲凄婉动人的悲歌，令人潸然泪下。不知是出于偶然，还是有意，高阳在《李娃》和《状元娘子》中塑造了李娃和李蔼如两位名妓的形象。值得人们深思的是：两位妓女深恋的意中郎君，《李娃》中的郑徽，《状元娘子》中的洪钧，都进士及第高中了。郑徽不改初衷，执意娶李娃为妻，却被李娃拒绝；而洪钧却弃信忘义，违背诺言，拒李蔼如于门外。两位名士虽然对红粉知己的态度迥异，两位女子的命运虽全然不同，然而她们的结局却惊人相似，都是悲剧性的。两部长篇中，虽然没有写到死亡与毁灭，同样表现为深刻的悲剧。

中国的古典小说、戏剧家一般不情愿让钟爱的人物结局悲惨，从传统的"中和"的审美思想出发，往往给人物以大团圆的结局。如王国维所言："始于悲者终而欢，始于离者终于合，始于困者终于享。"① 唐人白行简的《李娃传》中，郑徽进士及第、授官后与李娃成婚，并受到皇帝恩宠，封为汧国夫人，可谓典型的大团圆结局。而高阳重塑的李娃，一反白行简的路子，她送郑徽赴任，途中退回，未与郑生成亲。郑生也未负李娃，对李娃的爱情忠贞不渝，李娃虽然也深深爱恋郑生，却终未与他成亲。表面看来，这部小说似乎是一个正

---

① 王国维：《红楼梦评论》，见《中国近代文论选》下册，第752页。

剧的结尾，其实它是悲剧性的。作品深刻之处就在于：按照人物性格发展的逻辑，写出了人生悲剧的必然结局。李娃深爱郑生，郑生应试高中授官又决意娶她，李娃为何拒绝？其实李娃口头拒绝内心却异常痛苦。究其因，无非是出身卑贱，身陷娼家。唐律明文规定：官家子弟不能与这类女子通婚，说到底，李娃仍然是封建专制制度下的牺牲者。胡适曾经有这样的论述："团圆快乐的文字，读完了，至多不过使人觉得一种满意的观念，决不能叫人有深沉的感动。例如《石头记》写林黛玉与贾宝玉，一个死了，一个做和尚去了，这种不满意的结果方可以使人伤心感叹，使人觉悟家庭专制的罪恶，使人以于人生问题和家庭社会问题发生一种反省。"① 高阳摒弃大团圆的结尾，重写李娃的结局，正是他高于白行简之处。

《状元娘子》中李蔼如的悲剧亦是动人心魄。李蔼如，名臣之裔，战乱兵荒之中沦落风尘。她知书识礼，秉性高洁，才貌双全，她渴望得到爱情，渴望获得真正的幸福。苏州才子洪钧家庭败落，游幕烟台，与烟台名妓蔼如相识，两人情投意合，相亲相爱，许下婚事。李蔼如一念怜才，对洪钧期望很深，她先是资助洪钧赴江宁乡试，得中举人，后又倾家荡产，全力资助洪钧进京应试。洪钧信誓旦旦，许诺蔼如："生我者父母，知我者蔼如，洪钧绝不相负。"蔼如闭门谢客，守身如玉，痴心盼望洪钧的喜讯，洪钧在京高中状元以后，蔼如母女得知消息苦苦等候了两个月，却不见洪钧派人来接，而且信息全无。小说中的洪钧并未被写成喜新厌旧、见利忘义的薄情郎、大恶人。他高中状元之后，京城各种压力纷至沓来，朝中老太师和一帮新贵抓住蔼如沦落风尘的出身，用"娶妓为妻"会招致革职、降职来恫吓、威胁洪钧。洪钧虽然矛盾重重，不忍负蔼如，无奈在重压之下，为了保前程，保功名富贵，仍然屈服于封建的门阀观念，最终背弃了蔼如。蔼如母女千里迢迢赶来京都，却被拒之门外，蔼如成为封

---

① 胡适：《文学进化观念与戏剧改良》，见《中国新文学大系建设理论系》，上海良友图书公司印行，第382—383页。

建礼教的又一牺牲品。

　　李蔼如选择并委身洪钧，反映了一个烟花女子追求幸福爱情的理想，洪钧虽然也爱恋蔼如，但他却热衷仕途，视金榜题名为追求目标，美妾佳人充其量也只是他锦绣"前程"中的补充物或陪衬。他们的价值取向与追求原本就大不相同，面对传统的封建门阀观念的兴师问罪，洪钧怯弱、畏惧，不堪一击，在爱情与前程之间横卧着"礼法"，他无法逾越这个"礼法"，更无力改变传统的等级观念，皇上朱笔亲点的新科状元娶青楼女子为妻自然是大逆不道，甚至会断送前程，为此，他原有的海誓山盟顷刻间灰飞烟灭，这样，背信弃义，抛弃蔼如也就顺"理"成"章"了。李娃与李蔼如，敢与名门公子相爱，这在门阀等级制度森严的封建社会是不容许的。既无"父母之命，媒妁之言"，更是"门不当，户不对"。当时的社会全然不具有产生这种爱情婚姻的土壤，她们的这种选择与行为，是对当时社会与时代的抗争，是对现实的一种超越，"是希冀突破现实生活的进取欲望"①，她们正是在超越中陷于痛苦的"两难"境地，陷入悲剧。

商贾悲歌

　　五卷七册的长篇巨制《胡雪岩全传》铺叙了晚清一代巨贾发迹致富，由盛而衰的传奇性经历，展现了这位亦官亦商的"红顶商人"暴起暴落，一世英名，付之流水的悲剧。

　　年轻时的胡雪岩，开始在钱庄当学徒，由于他解囊相助的朋友王有龄发迹于官场，他趁此机会，自己办钱庄、开丝行。胡雪岩依靠官场势力做后盾，同时利用漕帮、外商买办的头面人物，拉拢富商，生意越做越大，终于成为杭州、上海一带的巨贾。

　　胡雪岩从发迹、逐渐达到鼎盛，以至最后破产、衰败，成在三"场"，败亦在三"场"。这所谓三"场"，即官场、商场与洋场。

　　胡雪岩从初始经商，就投靠了官场。或许是胡雪岩有眼力，或许

---

　　① 张谦：《〈资治通鉴〉与中国政治文化》，中国广播电视出版社1993年版，第129、133页。

是他讲义气，由于他借了笔款子给候补盐大使王有龄北上"投供"，使得王有龄在官场发迹，得官后的王有龄视胡雪岩为生死之交，有王有龄做后台，胡雪岩在杭州、湖州办起钱庄，开设丝行。以后，胡雪岩又依仗何桂清，是官场势力为胡雪岩经商打开了一条通达之路，由经营钱庄、丝茶、医药发展到做军火生意，特别是因为力助左宗棠西征，筹措军饷，借"洋债"有功，得到左宗棠赏识。左宗棠西征节节胜利，他的所请在朝廷无有不准，由于左宗棠的力荐，胡雪岩得以封官，授二品顶戴，成为清代亦官亦商的"红顶商人"，他的老母授正一品的封典。胡雪岩恃左宗棠为靠山，生意愈做愈红火。

胡雪岩在商场上有其独到的经商之道和用人之术，他精于谋划，巧于运作，善于审时度势，抓住机遇，且手段灵活。所谓"钱眼里翻跟斗""死棋肚里出仙招""花花轿儿人抬人"都是他生财之道的名言。他知人善任，喜交朋友，讲究义气，尤善于以精细的连环计算，收买、笼络人心，加之他精通于混迹、应付社会上的三教九流，如黑帮、赌棍之流，所以他的商事发展迅猛。

而在洋场，胡雪岩抓住海禁大开之机，瞄准洋务运动的机遇，开做洋务生意之先河。他向洋商借债，开船运局，购买西洋新式枪炮，军火生意越做越大。周旋、结交外商买办，使他的商事愈加轰轰烈烈，一时商事达于巅峰。胡雪岩的商事，十多年间，发展迅速，钱庄遍及半个中国，财资雄厚，事业达到了鼎盛。而胡雪岩商事的败落，首先在于失去了官府的倚靠。南北洋两大臣左宗棠与李鸿章向来不和，矛盾很深，进而发展到誓不两立。为了打击左宗棠的势力，李鸿章的谋士认为，剪除左宗棠的羽翼，第一个目标就是胡雪岩。胡雪岩依靠"官僚的个人"做靠山发达商事，本身就是一场冒险的赌博，如同冰山会消融一般，靠山倒，他商事的失败必然是毁灭性的。加上法国挑起战事，上海市面紧张，刮起金融风潮，胡雪岩在上海的阜康钱庄挤兑，弄得开不了门，李鸿章、盛宣怀趁机雪上加霜，说公款存在阜康被倒无着，密电查封胡雪岩的典当铺，最终，阜康银号倒闭，典当铺被查封。在洋场上，胡雪岩同洋人打"商战"自然斗不过，晚清的手工业式的商业作坊遭到工业革命后的西方大机器生产的强大挑战；中国的丝茶贸易也受到洋商的严重排挤，胡雪岩在蚕丝竞争中，一败涂地，受到致命打击。在晚清生产力低下的历史条件下，胡雪岩所经营的民族工商业完全不具有与经济发展的西方列强抗争的能力，而他却野心勃勃，商事发展到鼎盛阶段还企求继续扩大，发展，与洋商一比高低，这种"手推磨式的生产"与"蒸汽机式的生产"的竞争，必然造成主体动机与结果的背反，导致一种反因果律的结果。胡雪岩同当时的清政府一样，面对西方列强日益加剧的军事侵略和经济渗透束手无策。单枪匹马、势单力薄的胡雪岩，没有政府做后盾，怎能与代表一个国家的各方列强抗衡？加上胡雪岩自身的穷奢极侈、挥霍无度和用人的失误，他的商事由盛转衰，上海阜康钱庄倒闭，各地商号、典当铺遭查封，轰轰烈烈的一番事业终于破产，官职被革掉，家产被查封，旦夕之间，胡财神变成了一无所有的"赤脚财神"。

一代豪商胡雪岩由兴盛到败落的悲剧绝非他个人的悲剧，作为文学形象的胡雪岩，他的兴衰史极具典型意义，显然，高阳意在通过胡雪岩，概括半封建半殖民地社会的中国民族资本家的悲剧。在晚清至近代这段特殊的历史时期内，中国民族资本家自生自灭，由盛而败是势所必然。胡雪岩的失败固然有自身的因素，然而更为重要的是时代使然，正如高阳在《胡雪岩全传》的《后记》中所言：胡雪岩"不甘屈服于西洋资本主义国家雄厚的经济力量之下，因而在反垄断的孤军奋斗之下，导致了周转不灵的困境"，同时，又"是李鸿章与左宗棠争夺政治权力，争夺发展路线下的牺牲者"。作家无限深情地感叹道："他的失败，可说是时代的悲剧。"① 中国台湾青年作家林耀德也指出："高阳写作'胡雪岩系列'的架构呈现的是悲剧模式，而且是兼具'性格悲剧'与'命运悲剧'的制作。"②

---

① 高阳：《烟消云散·后记》，中国友谊出版公司1992年版。
② 见《高阳小说研究》，台北：联合文学出版社1993年版，第109页。

侠士悲歌

《荆轲》是高阳早期的长篇,亦是一部深刻的悲剧作品。小说塑造了荆轲、夷女吉、田光这样一群悲剧人物,写出了人物的价值,展示了他们美的品格,同时逼真而形象地描写了这些人物的毁灭。"风萧萧兮易水寒,壮士一去兮不复还",这曲慷慨悲歌在高阳的小说中又翻出新声,悲壮的旋律给人以强烈的悲剧美感。

荆轲从小立下高尚的志向,期望辅助明主,施展强国治世之才,他十年养气,磨炼自己的意志和品德,企求遇到伯乐以实现自己的宏愿。终于,他漂泊至燕国,得到燕国处士田光的推荐,受到燕太子丹的信任。他受雇于燕太子丹,其动机和行为都是正义而高尚的。燕太子丹委以他行刺秦王毕竟代表了六国人民抗争强暴的愿望,是弱小向强暴的抗争,正义向邪恶的挑战。荆轲允诺这一特殊使命,从一开始就注定了他悲剧的结局。因为此举无论成功还是失败,最后都会落得被毁灭的下场。更何况,单枪匹马的荆轲深入到秦国心脏的咸阳,无异于飞蛾扑火,显然是凶多吉少,生还的可能性近乎不可能。然而荆轲仍然认真筹划方案,精心做好准备,当然,在咸阳宫的秦王殿前,图穷而匕首见,荆轲遭惨败。

荆轲的毁灭兼具悲剧性和英雄性。高阳重塑的荆轲,突出了他的崇高精神和美好品德。荆轲在接受、筹划并实施刺秦王这一特殊使命时,表现出为正义而献身的大无畏精神,"生非我惜,死非我惧"。他将个人的功名、富贵、爱情抛向一边,以实现自己"轰轰烈烈干一场,青史留名"的夙愿。荆轲临危不惧,视死如归的牺牲精神,以死表现出的崇高气节在小说中得以生动展现,这在高阳其他的小说中很少见到。

荆轲的悲剧是必然的。在当时历史条件下,秦王是顺应历史潮流的统治者,统一六国是大势所趋,而代表弱小向强暴抗击的荆轲,尽管体现了人民善良的愿望,体现着正义的呼声,却并未顺应历史大河的潮流。荆轲的这种超越必将带来毁灭的结局。

二、历史小说悲剧特色探微

高阳的历史小说营构悲剧有哪些特色呢?

一、铺演历史悲剧的必然性

悲剧美的根本规律是它的社会性、必然性。普列汉诺夫在论及历史悲剧时指出:"真正的悲剧以历史的必然性的观念做基础"①;席勒说:"不要把灾难写成是造成不幸的邪恶意志,更不要写成由于缺乏理智,而应该写成环境所迫、不得不然。"② 鲁迅高度评价曹雪芹的悲剧艺术,指出他在《红楼梦》中,把握"事体情理""按迹循踪",真实而深刻地再现了中国封建社会末期"树倒猢狲散"的悲剧必然性。高阳在小说中营构历史悲剧,首先是潜心研究历史资料,考证历史事实,洞悉历史上"悲剧"的演变过程,以便从各个角度揭示产生悲剧的社会因素与个人因素,发生悲剧的必然性与偶然性。而作为艺术的悲剧,不是历史事实的简单演绎,只给人一个理性的判断,而是要通过人物形象的塑造,性格的刻画,以及情节发展的设计等,将悲剧冲突艺术地揭示出来。高阳将历史与文学、理性与形象有机地融为艺术的整体,营构出有声有色的历史的"活悲剧",对产生悲剧的社会、历史因素做了深刻而艺术的展示。

以光绪的悲剧为例,历史上光绪的悲剧结局,尽人皆知,正史、野史均有记载。高阳在《慈禧全传》中依据他搜集、整理的史料,以史家的眼光,用相当长的篇幅展现了光绪亲政前后,两派政治力量的较量。慈禧虽然退居,她仍然牢牢掌握住兵权,光绪虽然亲政,遇有大事,都要请示慈禧。特别是朝中的保守势力强大,而光绪依靠的新派,只是处于萌芽状态的新事物。保守派与革新派力量之悬殊非常明显。而同时,高阳以小说家的才能,刻画了光绪软弱怯懦、优柔寡

---

① 见《普列汉诺夫哲学著作选集》第4卷,第67页。
② 席勒:《论悲剧艺术》,见《古典文艺理论译丛》第6辑,第101页。

断的性格,他缺乏政治家大刀阔斧、雷厉风行的行为作风,对保守势力未及时采取断然的措施。而慈禧的精明强干、工于心计,她的凶狠、残忍、野心及权力欲在小说中更是描写得栩栩传神。《慈禧全传》将光绪失败的无法挽回铺展得淋漓尽致,具有震慑人心的悲剧效果。

从《胡雪岩全传》中胡雪岩由兴盛而败落的艺术画卷中,我们似乎很难找到悲剧主人公失败的偶然性与巧合性。随着胡雪岩商事的迅猛发展,清政府日益腐败无能,官场政治势力的角逐加剧,西方列强的军事威胁,经济侵略愈来愈嚣张,中国的民族工商业被逼到了死胡同。小说对主人公胡雪岩的思想、性格因素的开掘,较之光绪,显然更加充分。胡雪岩的破产由时代的社会历史因素所致,也与他本人的性格因素相关。他的悲剧既是时代的悲剧,亦是性格的悲剧。

二、展现有价值人生的痛苦

车尔尼雪夫斯基说:悲剧是人的伟大的痛苦。鲁迅认为:"悲剧将人生的有价值的东西毁灭给人看。"① 纵观高阳历史系列小说中的悲剧人物,上至帝王后妃,下到庶民娼女,他着力发掘的是悲剧人物"人生的有价值的东西"。高阳重塑的历史人物形象,突破了那种"恶则无往不恶,美则无一不美"的人物模式,而是着重于在人物身上开掘属于他们特有的"人生价值",也就是在一定历史条件和环境下,他们对文明社会的进步所做的精神上和物质上的贡献以及那些人性中真、善、美的东西。对于谭嗣同、荆轲这类兼具悲剧性与英雄性的人物,高阳充分肯定了他们人生的价值,他们人格的美。这类人物的毁灭,给人们的震撼是强烈的。在李娃、李蔼如这类青楼女子身上,作家写她们命运多舛,误入风尘,力图展现她们的美丽、聪慧、高尚、多情,突出她们美的品质、美的人性,她们倾尽人生的善良与真情去追求幸福和爱情,最终却理想破灭,落得悲惨的结局。

---

① 鲁迅:《再论雷峰塔的倒掉》,见《鲁迅全集》第1卷,人民文学出版社1973年版,第178页。

李煜作为一个亡国的君主，似乎无"人生价值"可言，其实不然，高阳重塑的李煜，他身上也存在着"人生有价值的东西"。假使他生于普通的官宦或书香之家，他潜心于诗歌创作，以他的诗才，定然会以一位天才的大诗人留下美名，而他偏偏生于帝王之家，当了皇上又恰逢乱世。李煜的悲剧就在于：把一位诗人的李煜错放在金銮殿的御座上。高阳所肯定的"人生价值"，就是作为诗人李煜的"有价值的东西"，而作为皇帝的李煜恰是无价值的，是应当予以否定的。

所谓人生有价值的毁灭，这"毁灭"在高阳的作品里，很少表现为牺牲或死亡，作家着力所展现的，是有价值人生的痛苦的忧愤。没有牺牲、死亡同样表现出深刻的悲剧，如《汉宫春晓》中的王昭君，《曹雪芹别传》中的贾宝玉，《故乡》中的闰土都没有死亡，他们的悲剧仍然感人心怀。高阳善于用饱蘸血泪的笔，发掘悲剧人物内心的矛盾冲突，精神世界的痛苦与伤痛，那种深藏于人物内心的痛苦心理被表现得极有深度与力度。

从《李娃》中主人公结局的重大改动，我们深刻领悟到高阳的悲剧意识。李娃深深爱恋郑生，郑生应试高中也准备娶李娃，可是由于"礼法"横陈其间，她不得不斩断情丝，反而违心、主动地离开了她的钟情而敬重的意中人，她心中的痛苦能不深重？而李蔼如倾其所有，包括物质上、精神上的一切，把希望寄托在洪钧身上，洪钧高中状元，她欣喜如狂，望穿双眼，只等洪钧接她进京完婚，然而最后，洪钧竟违背许诺，抛弃了蔼如。李娃与李蔼如的结局虽然不同，然则她们的内心痛苦却同样沉重，浩大得无边无际。谁能说她们的心灵没有被"灭"？谁能说她们的苦痛就亚于愤而跳江的杜十娘？

三、于"平常悲剧"中显示悲剧艺术的魅力

西方的悲剧作品大都矛盾冲突尖锐激烈，剑拔弩张，悲剧主角大都具有某种超常的本领或神奇的意味。而高阳笔下的悲剧作品，一般并未构置紧张激越的矛盾冲突。他塑造的人物，即令是皇帝、后妃，也都是现实生活的人，丝毫没有什么非凡特殊之处。高阳似乎是在冷

静地写实,将历史上一幕幕的悲剧,力图按生活的本来面目展现出来。社会生活中虽然不乏惊风黑雨、狂涛巨浪,然而更多的却是平常事、家常事。鲁迅评价《红楼梦》时指出:"《红楼梦》中的小悲剧,是社会中常有的事,作者又是写实的,那结果并不坏。"① 他在评述果戈理的作品时说:"这些极平常的,或者简直近于没有事情的悲剧,正如无声的言语一样,非由诗人画出它的形象来,是很不容易觉察的。然而人们灭亡于英雄的特别的悲剧者少,消磨于极平常的,或者简直近于没有事情的悲剧者却多。"② 高阳津津乐道的"唤起同胞对历史的温情"那句话,用来解释他的悲剧作品,其实就是按历史的本来面目去写悲剧,而非违背历史去编造悲剧。

如果将高阳的历史系列作品从题材的角度分类,大体包括以下几类悲剧:(1)宫廷悲剧;(2)官场悲剧;(3)士子悲剧;(4)女性悲剧;(5)商贾悲剧;(6)侠士悲剧。在这些悲剧作品中高阳写的都是平常人、生活事。高阳笔下的皇帝后妃,如李煜、光绪、珍妃、王昭君,虽然身份显贵,作家却把他们当作平常人、普通人来写,李煜最后国破家亡,并没有什么"宫廷内乱"之类的偶然事件,而是社会时代使然,极具可信性。而慈禧与光绪的政治冲突亦是放在宫中以母子的冲突展开的。慈禧只是在斥责光绪不"孝",辜负了她一片苦心与期望,所以用养"病"将光绪幽禁一旁。一场惊心动魄的政治风雨在高阳笔下,以"家庭悲剧"的形式,极平常地展现出来。

"与西方悲剧冲突中那种尖锐的,不可退让的血淋淋方式很不相同,可以说,中国悲剧作品特有的表现冲突的方式很难体现激扬高蹈的悲剧精神,而这正是中国民族性格的一种表现。"③ 高阳的悲剧作品所体现的正是这种民族性格。《胡雪岩全传》的结尾,有几句意味

---

① 鲁迅:《中国小说的历史变迁》。
② 鲁迅:《几乎无事的悲剧》,见《鲁迅全集》第6卷,人民文学出版社1981年版,第371页。
③ 邱紫华:《悲剧精神与民族意识》,华中师范大学出版社1990年版。

深长的话，胡雪岩彻底破产，他心里酸酸地想哭，"真正是一场大梦"，他想起一句俗话："年三十看皇历，好日子过完了。"胡太太也用了"树倒猢狲散"这句话感叹家业说败就败。胡雪岩的悲剧真如同皇历一样，一天一天翻过去，最终他破产、败落，仿佛自然而然的平常事，只不过是一场梦醒了。它自然使我们联想到《红楼梦》的悲剧，高阳深得红楼之神韵，大商贾的兴衰以一场场的小悲剧演化出来。读《李娃》《状元娘子》，小说中也并未出现恶魔化身的对立面，郑徽与洪钧都是平常人，甚至连坏人都算不上，情节的发展极为平静、自然，两位女子的悲剧实在是"近于没有事的悲剧"。

四、构建浓重的悲剧艺术氛围

高阳历史小说中所营构的悲剧，不是个别、局部的存在，他所展示的是悲剧的完整整体。

悲剧的艺术氛围渗融在完整的悲剧演示过程之中。纵读《李娃》《状元娘子》《胡雪岩全传》《荆轲》等作品，莫不如此。鲁迅称《红楼梦》的悲剧氛围为"悲凉之雾、遍被华林"；莱辛在《汉堡剧评》中特别指出："周围环境和我们环境最接近的人的不幸，自然会最深地打动我们的灵魂。"① 高阳深悉其中的奥妙，在悲剧展示过程中，布满愁云惨雾，到小说的结局，早已营造成"水到渠成"的态势。

《李娃》的开篇，写荥阳公子郑生来到长安三曲娼家，与李娃一见倾心，两人有过一段温柔欢乐的岁月。此时郑公子向李娃问起李姥的身世，于是李娃讲述了李姥前半生遭蹂躏、受污辱的惨痛经历，这段情节绝非仅是对书中人物身世的交代。年轻时的李姥，风华绝代的晋娘的遭遇比较典型地概括了风尘女子的不幸命运，这一悲剧音符给全书定下了悲剧的基调。小说的情节发展，从表层上看富于传奇性，如细读全篇，就会发现，小说的悲剧氛围一直笼罩全篇。李娃从开始

---

① 转引自《德国文学史》。

与郑生相恋,就清醒地意识到:"迟早还是个'散'字。"随着与郑生情感的逐渐加深,李娃的内心愈加痛苦:"平康坊只有薄命的红颜……指望有个知心合望的人,厮守一生,那是永不可能实现的痴心妄想!"而后来,郑生高中授官,李娃毅然离开郑生,其实她内心痛苦万分:"人生果真如此凄凉?当她自己提出这样的疑问时,她所感到的是无边的恐惧。"悲剧的氛围自始至终浓云不散。

《慈禧全传》中光绪的悲剧命运,似乎在他四岁抱进宫中就注定了。甚至可以说,同治亲政的局面就是光绪悲剧的"前奏"。具有强烈权力欲的慈禧之所以重立一位小皇帝,目的就在于继续操纵朝中大权,为所欲为。光绪选后,不能选择意中人,而要按慈禧的意志去办,她的独断、专横、凶狠,已给光绪的前程蒙上浓重的"迷雾",而此后光绪与珍妃的爱情生活也遭到慈禧的横加指责和干涉,"百日维新"失败,六君子被杀,更是给了光绪一个信号,所以后来光绪囚禁瀛台,最后郁闷至死的悲剧,只是他悲惨人生的一个句号罢了。

古龙武侠小说的艺术世界

近40年来，台湾武侠小说出版总数在2000部以上，作者人数达300余人。武侠小说过去、现在都存在，而且拥有相当广泛的读者群，在中国台湾、香港、大陆及世界华人社会，读武侠作品的人数以千万计。在台港武侠小说作家中，掌"帅旗"者，首推古龙。

古龙（1926—1985）原名熊耀华，祖籍江西，出生于香港，13岁随父母迁往台湾。中学毕业后，考入台北淡江文理学院外文科读书，因家境困难，一年后便弃学走向社会谋生。他从小热爱文学，于是拿起笔写小说，并直言"是为了吃饭而写稿"。1960年，他发表第一部武侠小说《苍穹神剑》，从此步入武侠小说的王国。25年中，古龙创作了80多部小说，总字数在2000万以上。古龙的武侠小说创作可以分为三个阶段：初期创作为20世纪60年代前期，有《苍穹神剑》《孤星传》《残金缺玉》等作品。中期创作为60年代中、后期，主要作品有《武林外史》《大旗英雄传》《浣花洗剑录》《一剑镇神州》《绝代双骄》等。这个时期的作品在内容和形式方面都有所创新，从而使古龙跻身于台湾武侠小说名家之列。第三阶段以70年代初发表的《多情剑客无情剑》为发端，接着，《楚留香传奇》《萧十一郎》《陆小凤》《流星·蝴蝶·剑》《白玉老虎》等大批力作相继问世。这些作品突破传统，求新求变，使古龙成为台湾新派武侠小说之翘楚，独领风骚于台湾武侠小说文坛，与香港武侠小说大家金庸、梁羽生齐名。他的武侠小说一度在中国港台甚至海外多种报刊连载，根据古龙作品改编的电影、电视剧，在台港作家中名列前茅。

求新、求变、突破传统,是古龙武侠小说的突出特色。中国的武侠小说源远流长,其"源头"可追溯到司马迁的《史记·游侠列传》;到明代,产生了"话本"武侠小说;清末,长篇武侠小说《儿女英雄传》《七剑十三侠》《施公案》等作品相继出现,蔚为大观。到现代,20世纪30年代华北文坛的"北派五大家",将武侠小说创作推向新的高潮。20世纪50年代初,台湾《大华晚报》首家刊出郎红浣的长篇《古瑟哀弦》,开台湾武侠小说之先河。1957年,崛起两位武侠小说名家,即伴霞楼主和卧龙生,接着诸葛青云、司马翎登上武侠文坛。一时,台湾"武侠世界",风云际会,人才辈出。约1960年前后,古龙闯入"武侠天地"。古龙认为:武侠小说"要求变,就得求新,就得突破那些陈旧的固定形式,尝试去吸收"①。古龙以大量的优秀作品实现了这种创新。台湾小说评论家胡正群指出:"武侠小说只有到了古龙才算是'新',才堪称为'新派'。也正因为古龙的'脱胎换骨','重临江湖'才又为武侠小说缔造出另一高峰。"②这种"变"和"新",首先表现在将现代思想观念引入到武侠作品之中,如现代人的爱情婚姻观、审美趣味、处世哲学等。古龙笔下的许多男女主人公,敢于冲破封建礼教的桎梏,完全不理睬"男女授受不亲"的清规戒律,尤其是女性对爱情的追求,大胆、主动、火热,充满现代意识。如《多情剑客无情剑》中的孙小红爱上大侠李寻欢,《武林外史》中的七姑娘钟情于少年英雄沈浪等都是这样。而《陆小凤》中的陆小凤与沙曼乘一叶扁舟、海上漂流的浪漫恋情都具有现代风韵。古龙还在大侠的身上表现出现代人的"孤绝感"和"寂寞感"。如《萧十一郎》中的主人公萧十一郎,总是感到现实中难以找到"我"存在的位置,心灵里充满寂寞与孤独,似乎只有远离现实才能求得解脱。"只要我做得对,又何必去管别人心灵的想法。"在

---

① 古龙:《多情剑客无情剑·代序》,海天出版社1992年版。
② 胡正群:《台港新武侠小说精品大展·总序》,《风云第一刀》,学林出版社1994年版。

《楚留香传奇》中，大侠的这种情感抒发得更加浓烈："古来英雄多寂寞，一个人在低处时，总想往高处走，但走得越高，跟上去的人就少，等到他发现高处只剩下他一个人时，再想回头已来不及了。"显然，他们的身上，注入了现代西方存在主义的哲学意识。在台湾经济转型时期，受西方的影响，现代人思想中存在的孤独感，被古龙移进了武林高手的精神世界中。

这种"新"，还表现在将现代文艺技巧用于武侠小说创作之中。其一，古龙在作品中融进了现代侦探小说的推理手法。在《多情剑客无情剑》中，小说开头，就设下了捉拿梅花盗的悬念，而作恶多端又武艺高强的大盗仍无踪影，李寻欢从多方面分析，推断这名大盗是女而非男，当问到女盗如何奸污妇女时，他推理为：女盗可利用男人做傀儡，到必要时再伺机除掉这男人，这岂不是更巧妙地掩护了自己。在《英雄与枭雄》一章中，李寻欢面对在决斗中战死的郭嵩阳的尸体，冷静地进行了分析，他从郭嵩阳正面的19处伤口，背面的9处伤口，及受伤的部位、深浅，推理道：郭嵩阳在这次决斗中是故意露出破绽，用意在将对手荆无命的出手部位告诉朋友，以便将来对付这名枭雄的武功，置其于死地。李寻欢这番周密而富逻辑性的高论犹如现代影视片中的探警。

其二，古龙还引进了现代电影中的蒙太奇技巧。在《陆小凤》之四《寻寻觅觅》一节中有这样一段描述：

> 风。海风。
> 海风吹在陆小凤身上，陆小凤站在悬崖上。
> 浪潮轻拍，那节奏的韵律一起一伏地传入陆小凤的耳中。
> 他想起一种声音。呼吸的声音。
> ——沙曼甜睡时细微均匀的呼吸声。
>
> 他忽然了解到一件事。
> 他了解到，为什么情人都喜欢到海边，注视着茫茫的海水，

去寻找昔日的回忆。

原来海水轻抚岩岸和沙滩的声音,就和情人在耳边的细语一样。

…………

这段文字简洁、利落。先出现海景,再出现人物,接着是景物与人物的组合,然后将人物的心理幻化为形象,一幅幅画面,犹如电影分镜头似的拼接起来。这种"散文诗"式的写法,凝练、明快,古龙的许多优秀作品都具有这种特色。《多情剑客无情剑》中,李寻欢与郭嵩阳决斗一段,悲壮、激烈,富有诗的意境。这种风格独特的"古龙文体"显然吸收了现代电影和海明威等名家艺术手法的精髓。

其三,以虚代实写武功,"无招胜有招"。古龙之前,武侠名家如梁羽生、金庸等都对武功做过细致、精彩的描述,古龙在早期作品中也曾费尽心机设计武打套路,但很难超越前人。于是古龙断然采用了以虚代实、以"不写为写"的新招。《多情剑客无情剑》中的"小李飞刀,例无虚发",一刀必中。小说中几次大决斗都是虚写。结尾时李寻欢大战上官金虹,战前剑拔弩张、惊险万分。古龙将他们的恶战安排在铁门内进行,等铁门打开,李寻欢只淡淡一句道:"他输了!"《陆小凤》中陆小凤大战宫九,仅用一长鞭,战斗过程一笔带过。其他如楚留香、沈浪、叶开等大侠都没有什么招数,如出手必是"一发必中"。这种反传统的写法,"无招胜有招""无声胜有声",令人回味、想象无穷。

将武侠"人化""性格化"是古龙小说的又一特色。武侠的形象,自古有之。武侠是中国式的神,中国百姓心目中的英雄。长期以来,武侠小说中的"侠"形成一种类型或模式,甚至被神化了。"侠"的共性往往淹没了个性。古龙的作品没有把"侠"神化,他笔下的"侠"是人,他着力表现人的性格、人的情感,表现人性的复杂。正如金庸所指出的:"武侠小说的故事不免有过分的离奇和巧合。我一直希望做到,武功可以事实上不可能,人的性格应当是可能的。"① 古龙力图在作品中打破类型化、模式化，写出侠的鲜明个性。古龙的代表作中的大侠，如李寻欢、楚留香、沈浪、陆小凤、熊猫儿等，都性格鲜明，绝不相混。比如同是少年英雄的阿飞（《多情剑客无情剑》）和江小鱼（《绝代双骄》），两人年龄相仿，武功超人，却都很有个性。阿飞倔强、冷漠、意志坚定，讲义气，重友情，由于年轻，有时易被虚假现象所迷惑，曾一度陷入美丽而狠毒的林仙儿设下的美人陷阱而不能自拔。而江小鱼机智勇敢、明辨正邪，同时心地善良，因从小在"恶人谷"长大，从"十大恶人"那里学到各种恶作剧的本领，所以又有放浪无形的一面。两位年轻的"侠"，前者如"孤独的狼"，后者似"机灵的鱼"，都刻画得活灵活现。

　　古龙笔下的侠具有丰富复杂的情感世界，而非超尘脱俗，不食人间烟火的神。古龙认为："你可以说，世上根本没有神，却不能说，神是绝不流泪的，因为神也有感情，没有感情的，非但不能成为神，也不能算是个人。"② 李寻欢是古龙笔下的名人，他是武林豪客，绝顶高手，刚直不阿，智勇双全，同时亦是一位有高尚品德、美好人格，有情有欲的英雄。他出身名门，为报答朋友的救命之恩，离别故园、离开了热恋中的情侣林诗音，然而十年中，他痴心不改，刻骨铭心地思念林诗音，稍空，就拿起小刀雕刻她的头像。"多情自古空余恨"，爱的痛苦总是在折磨着这位大名鼎鼎的英雄。他同时还极为看重人间真挚的友情，信守"人生得一知己足矣"的格言，对血性青年阿飞，他患难与共、关怀备至、一腔真情，李寻欢拥有一个集侠义、情爱、友情于一怀的丰富的精神世界。

　　古龙注重写人性、写人性的冲突。人性中的善与恶、正与邪、美与丑、灵与肉等等方面的冲突常常交织、渗融在同一个人物身上。例如《楚留香传奇》中的楚留香，号称"盗帅"，风流倜傥，他有人性中善的一面，也有恶的一面，可是他总能将恶的一面控制得很好。他

---

① 金庸：《神雕侠侣·后记》，时代文艺出版社1990年版。
② 古龙：《楚留香传奇·桃花传奇》，安徽文艺出版社1993年版。

免不了暴力，但从不杀人。古龙称之为"优雅的暴力"。他"神经，但时时有自嘲的幽默。他微笑，但能面对最大的挫折"①。他有时会做好事做得很多，但傻事做得也不少，但绝不做自己不愿做的事。又如阿飞这个人物，就常常处在一种"灵"与"肉"的冲突之中，有时来自"性欲"的诱惑使他丧失理智，不能自我控制，而清醒时又非常懊悔。人的生理性和社会性的冲突使这位英雄少年矛盾痛苦万分，正是由于这样出色的描绘，使得"侠"的"人化"，获得了生命。

构思奇妙、情节曲折、悬念重重，是古龙小说的另一特色。传奇性是武侠小说的重要特征。古龙在继承中国武侠小说"传奇"特色的基础上，力求构思新颖、情节离奇。他的上乘之作既不重复于前人，也不雷同于自己，故事情节奇巧绝世，千变万化，引人入胜，表现出通俗文学的特殊魅力，为广大读者喜闻乐见。金庸曾这样评价古龙："古龙的小说独创一格，构思奇妙，有成就。"② 以《绝代双骄》为例，叙说的不过是一个正义最终战胜邪恶的故事，类似的题材在"武侠世界"不知重演了多少遍。古龙却以跌宕起伏、遇合无常的情节构思征服了读者。天下第一美男子、风采绝世的江枫和移花宫的徒弟花月奴相爱、私奔，在途中生下一对双胞胎。追求江枫未成的移花宫主恼羞成怒，杀死江枫、花月奴后，将他们的双生子小鱼儿和花无缺带走一个、留下一个，等这对兄弟长大，安排他们结为仇人、互相残杀。在两兄弟生死决斗的紧要关头，小鱼儿巧使妙计，让移花宫主说出了他们身世的秘密，挫败了移花宫主蓄谋20年的毒计。小说构思新奇，情节的发展波澜迭起，悬念环生，而其中又包含了深刻的人生哲理。又如《陆小凤》描写了江湖人陆小凤的浪子生涯，充满了神奇色彩。他为金鹏王朝追寻被叛臣侵吞的宝物，历经曲折艰险。小

---

① 林无愁：《访古龙谈他的〈楚留香新传〉》，见《楚留香传奇·桃花传奇》，安徽文艺出版社1993年版。

② 转引自《港台文化名人传》，人民中国出版社1993年版，第27页。

说布置了一道又一道疑案难关，设计了一个又一个悬念，陆小凤凭着超人的勇气与智慧，冲破险阻，"过五关，斩六将"，大破青衣楼，擒拿绣花盗，入幽灵山庄，闯海上孤岛，最后发现了当今王子欲弑父篡位的阴谋，在惊心动魄的大追杀中，陆小凤最后战胜了王子。小说的构思如同当今的惊险系列剧，情节一波三折，环环相扣。

揭示人生与人性的哲理也是古龙小说的特色之一。透过众多武林高手的命运及其惊险打斗的故事，古龙在作品中表达了对社会、对人生冷静的思考，小说的寓意严肃而深刻，用古龙的话说：是想使"读者在悲欢感动之余，还能对世上的人与事，看得更深，更远些"。这种哲理意蕴或寄托于作品的整体构思，或深藏于人物命运之中，或通过武功比斗点化，或运用对话抒情加以揭示，使古龙的作品不但"好看"，而且"耐读"，经得起咀嚼、回味，达到了一种"雅俗共赏"的艺术境界。

《多情剑客无情剑》中有这样一段对话：

> 老人道："普天之下，万事万物，到了巅峰时，道理本就全差不多。"
>
> 少女道："所以无论做什么事，都要做到'无人无我，物我两忘'时，才能达到化境，到达巅峰。"

这段对话本是阐发武功的原理，其中深含禅宗的妙谛，它蕴含的道理显然超出了武林范畴而具有普遍意义，给人以很深的感悟和启迪。

在古龙的许多作品中，常常妙语警句如珠，哲理丰富，意境豁出。且读以下短句："走对了路的原因只有一种，走错了路的原因却有很多。"（《风云第一刀》）"道德如河流，越深越无声。"（《剑气满天花满楼》）"只道无情却有情，情到浓时情转薄。"（《多情剑客无情剑》）"世上有很多看来很复杂玄妙的事，答案往往都很简单。"（《刀城刀声》）这些类似佛偈一样的短语在古龙作品中闪闪发光，且又内蕴醇厚。

古龙的优秀之作未尝不可以看成是哲学"大寓言"。它启导人们认识世界,省悟人生。《多情剑客无情剑》的结尾,李寻欢打败上官金虹,他胜利了并不兴奋,反而觉得寂寞,"完全成功了,已没有什么事好让他去奋斗的"。此时,一英挺少年负剑远行,正与多情少女话别,少男发誓要成名,要像上官金虹、李寻欢那样有名。目送那少年,直到身影消失,沉声道:"我若是他,也会这样去做。"这意味深长的结尾,内含深沉,引发出对人生许多深邃的思考。

古龙如此众多的长篇,都是在报刊上连载登出,结集后又来不及精细修改,所以难免良莠不齐,瑕瑜互见。古龙的小说,抹去时代背景,不记年代,使人有远离现实生活之感。有的作品,过分追求惊险、刺激,情节荒诞不经。有些语句在不同作品中雷同出现,似曾相识。有的作品中"旁白"、议论冗长,有画蛇添足之嫌。遗憾的是古龙已经去世,不然,就可同金庸先生一样,将自己的作品全面修订一遍了。

转型期新生代小说家姿态
——黄凡、吴锦发、张大春小说论

对台湾新生代作家而言，20世纪50年代是个具有分水岭意义的时间，按台湾学者通常的看法，新生代指50年代以后出生的年轻作家，弹性时间可划到1945年至1949年。这些作家出生在台湾，大多70年代从文坛脱颖而出，到80年代显示出强劲的创作力而成为台湾文坛的生力军。新生代小说家踏上文坛之际，正是台湾社会经济转型之时，这批作家以开放的思维空间，开辟了崭新的题材领域，在艺术上锐意创新，勇于试验，呈现出现代与后现代的艺术倾向。

都市文学的翘楚

黄凡是新生代作家的杰出代表，有人称他为"期待的大师"。台湾新生代评论家高天生指出："新生代作家中，黄凡是最受议论，也最具传奇性地崛起的一位"，"黄凡的小说，近年来已跃为新生代最具有发展潜力的代表与翘楚"。① 黄凡的小说具有强烈的社会意识，敢于严肃地面对现实生活，冷峻地剖析人生。他的作品题材领域宽广，在政治小说、都市小说、科幻小说等方面都取得了令人瞩目的成绩。

黄凡，原名黄孝忠，1950年出生于台北市一个不幸而穷苦的家

---

① 高天生：《暧昧的战斗》，台湾《自立晚报》1984年4月17日。

庭，父亲早逝，靠母亲含辛茹苦抚养成人。他于1974年毕业于台湾中原理工学院工业工程系，曾先后在贸易公司和食品工厂任职，并曾任《联合文学》业务经理，现为该刊特约撰稿人。1979年10月，他发表处女作《赖索》，获《中国时报》文学奖小说首奖而一举成名。1980年，以《乡归》和《雨夜》获第五届《联合报》小说奖和《中国时报》小说奖。1981年，短篇《国际机场》、中篇《零》分获《联合报》短篇和中篇小说奖。1984年，《慈悲的滋味》获《联合报》中篇小说奖。1985年，《战争的最高指导原则》获《中国时报》第五届科幻小说奖。他出版的作品有：中、短篇小说集《赖索》《大时代》《自由斗士》《都市生活》《零》《慈悲的滋味》《你只能活两次》《曼娜舞蹈教室》《东区连环泡》；长篇小说《反对者》《天国之门》《伤心城》《上帝的耳目》。此外还有散文、杂文集《黄凡频道》《我批判》《黄凡专栏》等。

  黄凡的小说广泛涉猎到台湾的政治生活、政治事件，敢于针砭时弊，批判了政治派别斗争中的种种丑陋现象。《赖索》是黄凡政治小说的发轫之作，白先勇评价这篇小说，认为它"是真正能够反映现代的文化和政治气候的一篇小说……有非常重要的政治讽刺"，"主题深而且广，触及台湾现实的核心"①。赖索出身贫寒，是生存于都市社会的普通小人物，生活平凡而且艰苦，完全由于事出偶然，他糊里糊涂加入了"台湾民主联盟"。这以后，该组织的头面人物韩志远成为赖索心中崇拜的偶像。当这个参与"台独"活动的组织被取缔时，韩志远溜往日本避难，而赖索却因为此事锒铛入狱十年。而后，在海外逍遥的韩志远摇身一变为华侨返回台湾，成为新闻界的座上客，接受电视台采访，这时，饱受囚徒之苦而出狱的赖索找到电视台求见，竟然被这位韩先生拒之于门外。小说以犀利的笔锋揭露了韩志远这类政客卑鄙丑恶的嘴脸，而对赖索这样受愚弄且无知的小人物，在发出可悲感叹的同时又表现出一种同情和肯定。黄凡认为："当政

---

① 季季：《1979年短篇小说选》，台湾尔雅出版社1988年版，第212页。

治理想和小人物的尊严不可两全时,我宁维持小人物的尊严,而贬低政治理想。"① 小说不仅把矛头指向从事阴谋活动的"台独分子",也抨击了国民党当局政治运作形式中的弊端。

短篇《示威》中的普通老百姓柳四成因自家房屋遭损害到立法院示威讨公道,恰巧这天是民进党和"爱国战线"的示威专利日,两党正在立法院门前对阵示威、互相叫骂。柳四成进退两难,后来为了逃出这是非之地,一头撞在墙上昏死过去,结果,民进党和国民党从各自政治目的出发,互相攻击对方有"施虐行为"。柳四成,一个微不足道的小人物的偶然受伤,两个政党却借题发挥,大做文章,小百姓成为政客们玩弄、摆布的赌具和玩偶。从这场寓意很深的讽刺闹剧中,我们窥探到所谓台湾式民主的虚伪性和欺骗性:示威天天有,立法院中根本没有人而且永远没有效果,"民主""自由"只不过是装潢门面的摆设而已。

黄凡的小说还多方位地反映了现代都市社会的风貌,揭示了以经济为支撑点的都市社会复杂多样的结构特征,刻画了现代都市人的生存、行为和思维方式。《人人需要秦德夫》是黄凡都市小说的早期作品。秦德夫从小家境贫苦,生活坎坷,没有享受到家庭的温暖,以后他闯入商界,经过一番苦斗,逐渐发迹,成为拥有多家公司的大实业家。秦德夫精明强干、勇于奋进,又狡诈多谋、善于投机。他拥有钱财、别墅、美女,他向教育界捐款兴学,得到社会各界的器重,而同时,他的内心却孤独、寂寞而苦闷,他渴望得到真诚的理解,纯洁的感情。秦德夫属于那种"难解的、急速变化的社会的代表人物"。由于适逢台湾经济转型时期,加上自身的勤奋苦斗,善于钻营,他获得了成功,成为大财阀,而畸形发展的工业社会所带来的虚伪、狡诈、人情淡漠又困扰着他的心灵世界。秦德夫在一次手术事故中去世了,他被视为都市人的精神楷模和行为规范。秦德夫如同五光十色的都市社会所投射的一个焦点,从他身上,反射出都市社会的急剧变化,反

---

① 转引自高天生《暧昧的战斗》。

射出社会、家庭和人际关系的裂变,揭示了工商社会在"拜金主义"侵蚀下,人性腐蚀、人情淡化、道德沦丧的种种丑陋现象。

《雨夜》中的主人公詹布麦,在一个雨夜,好心将一个男孩送往医院去看望母亲,得到的却是警察的反诬,后来他把这个男孩送回他家,孩子的父亲不但不领情,反而一阵辱骂。回到自己家中,他不敢以实情相告,编了一套假话骗过妻子。具有美好心灵的詹布麦,发扬人道主义精神为社会做好事,却得不到应有的同情和理解,反而招来误解和污辱。这里,詹布麦高尚的人品与每况愈下的丑陋社会风气形成鲜明对照,小说尖锐的批判锋芒不言而喻。

黄凡后期写都市题材的小说,如《东区连环泡》,主要反映进入后工业文明期都市光怪陆离的众生相。前期作品中都市强人的形象被庸碌无为的猥琐人物所取代。《到东区的500种方法》描述了台北楼房拥挤、交通严重堵塞的状况,以致人们无法乘车、行走,而一批无赖却步步设卡,趁机敲诈勒索。《求职记》中的大学生排队求取"墓地推销"的职业,无非为了追求高薪、保险和出国的短期享受。《拒绝毕业的大学生》中的大学生胸无大志、不思进取,为牟取一时的高额收入而赖在学府经商不走。《雌雄大盗》《杀贼的滋味》展示了高度发达的都市社会盗贼迭出,窃贼连环偷,甚至出现所谓"贼仔终结公司"的怪异现象。而《黄金时代》中,人类进入电脑工业的黄金时代,人的工作却被电脑、机械所取代了,连日常生活也要受到电脑的操纵、支配。人真正被"异化"为"机器人"了。这一组幽默讽刺小说,反映了超前进入后工业文明时期的台湾工业社会的种种弊端,触及现代都市人们普遍关注的敏感的社会问题,具有鲜明的时代色彩和深刻的社会意义,值得人们深思。

黄凡小说的艺术特色主要表现为:继承写实传统与借鉴现代文学技巧相融合。所谓"现实为体、现代为用",是对黄凡小说艺术的精要概括。黄凡的小说成功地运用了西方现代文学的技巧,却又大胆触及台湾的社会现实,反映人们急切关注的社会热点问题,具有深刻的思想内涵。

黄凡的小说成功地运用了西方意识流手法。他的《赖索》明显受到美国作家索尔·贝娄《何索》的影响。黄凡说看了三遍《何索》，觉得看更多次更能发现作品中的技巧和结构的特点，可以从别人的"方法"中寻找自己的脉络，找到适合自己的表现方法。《赖索》用人物的意识流动，采用时序颠倒、时空跳跃、叙述视角变化等多种手段，展现出赖索这个小人物从少年、青年到中年的可怜而又可悲的生活命运，并通过赖索的心路历程尖锐批判了台湾现实。而那些主张全盘西化的现代派作家，不仅在形式上模仿西方，内容上亦逃避现实，空虚无聊，而黄凡的可贵之处就在这"洋为中用"；黄凡娴熟地运用意识流技巧得到台湾评论家的赞赏："将全篇小说的情节任意剪裁、打散、弄乱之后，再以不着痕迹的巧思，把它弥缝于无形的技巧，是不可多得的才华。"在短篇《大时代》，长篇《伤心城》等作品中，黄凡运用意识流手法展现杂沓、纷繁的现代都市生活，在形式和内容上都达到了比较完美的融合。

如果说，黄凡早期的作品，在艺术上明显受到现代派的影响，那么，近期的作品则更多地吸收了后现代主义的方法和技巧，如小说集《东区连环泡》，已从现代主义的象牙塔中走出，表现出一种"平面性"。《东区连环泡》由一组微型小说构成，它所讲述的是发生在人们生活表层的故事，诸如交通堵塞、谋求职业、被盗窃，甚至戒烟等，并且运用轻松、幽默、调侃、富于口语化的语言表达出来，所以更适合后现代化社会愈益商品化的生活方式，更贴近大众的生活。

运用幽默，是黄凡近期都市作品的又一艺术手段。黄凡认为：幽默不仅是开怀大笑而已，幽默是一种深沉的喜感。在《戒烟》中，"烟囱"恳求医生给他戒烟，医生的各种分析规劝都没有效果，最后，"烟囱"临走时请求医生"一巴掌把我嘴上的香烟打掉"。"烟囱"竟是如此心灵怯懦，缺乏自控，读罢令人啼笑皆非。

套路宽广的新秀——吴锦发

吴锦发,笔名仓浪,1954年生于台湾省高雄县美侬镇,台湾中兴大学社会学系毕业,曾任电影公司助理导演、编剧,《台湾时报》副刊主编等职,现任《民众日报》艺文组主任。20世纪70年代后期登上文坛,1979年,《烤乳猪的方法》获第二届《中国时报》小说佳作奖,1981年,《堤》获第11届吴浊流文学佳作奖;1985年,《叛国》获吴浊流文学奖,1987年,《春秋茶室》获《联合文学》小说奖。著有中、短篇小说集《放鹰》《静默的河川》《燕鸣的街道》《消失的男性》《春秋茶室》《秋菊》等,散文集有《永远的伞姿》。

吴锦发的小说创作大体可以分为三个阶段。

第一阶段指写于20世纪70年代末期的作品,这个时期的小说取材广而杂,多写自己的生活经历与体验。诸如写农村生活的《烤乳猪的方法》,反映了猪价猛跌,养猪的农户赔光血本、生活困苦的惨痛现实;写大学生生活的《堂吉诃德的梦魇》,描写了青年学生为争取编报的权利,争取言论自由,反对校方干涉人权的抗争;《巨鼠》从写人鼠斗争经过中引发出人性的自我反省;《放鹰》写的是电影武打演员艰辛痛苦的从艺经历。吴锦发初期的小说写作路子多样,显示出他的创作潜力。

第二阶段指20世纪80年代初期的创作,这个时期的作品以小说集《静默的河川》为代表,吴锦发把他的目光集中在写生于斯、养于斯的故乡。他的"荖浓溪系列故事"包融了故乡的历史与现实,描写了在时代变迁中故乡的变化,写了在历史新旧交替中各种不同人物的情感与心态,交织着作家的挚爱、痛苦、抑扬褒贬等复杂的思想情感。《堤》是"荖浓溪系列故事"中的佳作,60多岁的阿公,为对抗荖浓溪洪流的侵蚀冲击,保护自己的土地,以顽强的精神筑堤固堤,然而刚筑起来的堤一次又一次被河水冲垮。老人不知道,他的儿子早已把这块土地卖给城里的工厂主了,而且暗中破坏堤岸,把石头撬翻下河,把堤翻崩,阿公终于病倒了。小说反映了从农业社会向工业社会的转变时期,新、旧思想,新、旧价值观念的尖锐冲突。作品尽管表现了农民对土地执着依恋的情感,表现了老一代农民勤劳、顽强、百折不挠的愚公精神,但更可贵的是,写出了历史洪流的不可抗拒;《兄弟》反映了退役老兵的生活遭遇,描写了来自大陆的老兵与本省同胞亲如兄弟的骨肉之情。他们共同生活、患难与共、扎根本土,作品表现出亘古以来子民们对大地母亲无比依恋的美好宽广的情怀。

第三阶段是指20世纪80年代中期以后的创作,以《燕鸣的街道》为标志,吴锦发的创作在思想上和艺术上日臻成熟,进入了一个崭新的阶段。这个阶段的作品可以按时间顺序归纳为"山地小说"、"都市人小说"和"成长小说"。

《有月光的河》《燕鸣的街道》属于写山地题材的作品。在《燕鸣的街道》中,古老山地的赛夏女青年,在台湾现代文明的冲击下,流入都市,从到餐厅演奏,到"陪人上床",到与经理同居,赛夏女到平地寻找希望,填补空虚,但她善良的愿望落空了,在遭受欺凌与玩弄之后,她精神崩溃,走向堕落,心灵受到扭曲,于是以一种"放荡"的方式来反抗现实,然而,在她心灵深处仍然埋藏着未被泯灭的美好的东西,所以她对那些来台湾的日本观光客非常厌恶,"他们那几个长得那么丑,我看不上眼,十万块一个晚上我也不来!""妈的,把我当作什么人?"从这里我们看到了存在于幼玛身上的双重人格。小说中的男青年"我",渴望得到爱情而非追求情欲,对幼玛采取宽容而温和的态度,极力保护,感化这位年轻的赛夏女。小说无情揭露了台湾高度商业化的严酷社会现实,描写了山地少女道德的沦丧,人性的扭曲,以充满人道主义的情怀,发出了人性复归的呼唤。

《消失的男性》以荒诞的手法叙说了一个都市人离奇的故事。青年编辑李欲奔,有一天忽然发现自己身上长出了鸟的羽毛,他看了各科医生都没有结论。后来精神病医生指出这是一种逃避心理。李欲奔喜欢写诗,后来又改行研究鸟,但是他的爱好遭到现实社会的无理干涉。他的这种逃避心理"高涨炽盛",不能消除,使他身上的羽毛一长再长,布满全身,变成一只野鸭,"男性"也萎缩消失,最后他失踪了,有人说他幻化成一只鸟向空中飞去。小说看来怪诞,实质上谴责了现实社会对人权的侵犯,对人的尊严的干预。正如宋泽莱所指出的:"它原来是一篇讽刺谴责小说","带着很强的争人权的味道,并集中对基本人权(言论自由、人的尊严)做抗争"。① 表达同类主题的小说还有《乌龟族》,小说家、副刊编辑阿根,面对上司的训斥无可奈何,只得缩头,久而久之,练就特异的缩头功,从此白天为正常的人,黑夜梦化成为龟,变成亦人亦龟的"乌龟族"。这篇小说与《失去的男性》有异曲同工之妙。

1987年和1989年,吴锦发创作了中篇小说《春秋茶室》和《秋菊》,属"成长小说"的题材。这两部中篇从独特的视角、新鲜的主题丰富了台湾的乡土文学。《春秋茶室》描写了几个乡村少年的一段饶有情趣而颇具传奇色彩的生活故事。四个正值十七八岁的乡村男孩处于由少年时代转入青春期的年龄,他们逃学、打鸭子、摸鸭蛋,尽干恶作剧。同时,他们同心合作,竭尽全力搭救出雏妓陈美丽,做出了见义勇为的侠义"壮举"。小说以细致的笔触,描写了处于青春期男孩的天真、幼稚、纯朴;描写他们的同情心、侠义精神及由骚动不安而引起的性意识的萌动和朦胧的爱情心理。小说把几位少年的情态、心迹刻画得活脱欲出,传神毕现。同时,通过山地少女陈美丽遭凌辱的命运,揭露了台湾社会的"人贩子"拐卖少女的严酷现实。

吴锦发的小说具有以下艺术特征:

第一,善于运用多种笔法驾驭不同生活题材。吴锦发创作路子宽广,不同题材抒写自如,各臻其妙。写农村题材的小说,用传统写法,大量采用民间方言俗语,具有浓郁的乡土味。反映都市生活的作品,借鉴、吸收西方现代派的艺术技巧。取材青少年的小说,细腻、逼真,充满青春浪漫气息。

---

① 宋泽莱《〈消失的男性〉评介》,《台港文学选刊》1987年第5—6期。

第二，成功地运用了荒诞、变形的艺术手法，把虚幻和写实相结合。吴锦发的《消失的男性》《乌龟族》等作品借鉴了马奎兹、卡夫卡的幻想写实手法，表现了现代人的苦闷与困境。李欲奔研究诗不成，转而研究鸟，但他的自由、爱好遭到了干涉，于是产生了想变成鸟逃走的心理。从生理上看，人异化成鸟是虚幻的、荒诞的，但从小说提供的社会背景，从心理分析，这种怪诞，这种幻化又是可能的、可以理解的、小说将日常平淡无奇的生活现象与荒谬悖理的幻想结合为一个整体，寓奇异于平凡，获得了美妙玄奇的艺术效果。

第三，移植、运用了电影蒙太奇的技巧。由于从事过电影导演和拍摄工作，吴锦发在小说创作中也经常使用电影艺术的技法。在《有月光的河》《燕鸣的街道》等作品中，常可见到作家将不同时空的画面精心组接、重叠起来，使得情节紧凑，结构严谨。以增强小说的艺术表现力。

神奇诡谲的怪杰——张大春

张大春，1957年生于台北市，原籍山东济南。1975年考入台湾辅仁大学国文系，1979年入辅仁大学国文研究所，1983年毕业，曾任《中国时报》副刊编辑。1985年退伍后从事专业创作，现任《中时晚报》撰述委员、辅仁大学及文化大学文学院讲师。1976年，他的《悬荡》获幼狮文艺小说奖。1977年，他创作历史小说《剑伎》《干戈变》，1979年发表《鸡翎图》，获第一届《中国时报》小说奖，《将军碑》获第九届《中国时报》小说奖和洪醒夫小说奖。他的小说曾多次入选台湾年度小说选。已出版小说集《鸡翎图》《公寓导游》《四喜忧国》《大说谎家》《病变》，长篇科幻小说《时间轴》，长篇武侠小说《刺马》《人云游手》及杂文集《雍正的第一滴血》。

张大春是新生代作家的多面手、怪才，他尝试写多种题材，进行过多样化的艺术实践，诸如现实的、历史的、科幻、武侠、侦探、后设等都有佳作问世。在艺术上，他套路多种、奇招迭出，不断翻新、融汇、运用了魔幻写实、意识流、黑色幽默、科幻传奇、后现代等各种写法。台湾作家司马中原评价说:"在当代文坛上,张大春'闪电'确是耀人眼目,他学习钻研的玩意儿,统括了上九流中九流和下九流,他天生具有一种敏锐的内感,一种冥冥的灵动,加上不是常人所能比拟的想象和组合能力,以及极具爆发性的语言创造力,这许许多多因素造就了他,我曾形容他为'野鬼托生的文学怪胎'。"①

张大春的早期创作以《悬荡》和《鸡翎图》为代表,为取材现代社会生活的写实小说。《悬荡》写一位联考落榜的学生乘坐旅游缆车时,由于缆车在空中发生事故所产生的复杂的心理联想。在《鸡翎图》中,老家在大陆的老兵蔡其实,来台后为寄托对家乡和亲人的思念,在军营中养了一群鸡,他精心饲养、照料这群鸡,对鸡之感情超出一般。部队接到紧急换防的命令,鸡要全部处理掉。蔡其实坚持不肯论斤两把鸡卖给鸡贩子,声称"俺的鸡不上秤,蔡其实没有贱价钱",他忍痛把鸡杀死,宁埋而拒卖,表现了一位老兵深厚的怀乡思旧之情和维护人格尊严的倔强性格。

进入80年代以后,张大春对文学创作的思索日益深入,他认为文学不应"沦为教谕或宣传的工具",决意"尝试着走出那些情绪化的感动",他逐渐疏离了传统的写实方法,开始进入艺术实验期。《公寓导游》是他艺术探索中的成功之作。小说没有中心情节,没有主要角色,场面转换频繁,人物关系扑朔迷离。现代都市的十二层"富礼"公寓大厦,住着各色各样的人,有退役少将、退伍中校军官、单身时髦女郎、贸易公司经理、商务律师、茶庄老板、画家、孤独的老太太等,作品把读者带进一个又一个家庭,写他们鲜为人知的私生活,写他们的人际关系,展示了现代都市人的众生相。住在公寓的这些人,或直接或间接,互相都有些交往和关系,从表面看也算"亲密"而彬彬有礼;而实际上他们内心孤独、寂寞、焦灼,人与人

---

① 转引自朱双一《新世代小说家论札——张大春论》,《台港文学选刊》1992年第5期。

之间关系淡漠、疏离,以至于齐老太太因邻人开错门而受惊吓,心脏病猝发死去好几天,都没有惊动公寓的其他人,隔壁的画家闻到死尸的怪味竟然还能在幻想中作画。公寓取名"富礼",实在是绝妙的讽刺。在这篇小说中,张大春试图运用一种"即兴表现"法,突破传统写法的框框,用黄凡的诠释是:"《公寓导游》中充满挑战意味的即兴表现,这种文类综观中国近代小说史,可以说极为稀少,'即兴表现'的一项目标是,企图打破长期困扰作家的'时空限制',时空本来是不可以分割的,是个完整的概念,但是由于文字描述自身的缺陷及人脑接受影像的秩序感,时空便给割裂了。"① 张大春的这种试验使人耳目一新。

他的《透明人》以一个神经异常的病人为叙述者,运用意识流的手法,描绘出一个看似虚构却又真实存在的疯狂而病态的社会的剖面。《如果林秀雄》,以林秀雄这个人物为主线,运用各种不同的假设、推断,想象出人物可能会出现的遭遇和结局。这两篇作品都显现出作者艺术探求的轨迹。

张大春接受魔幻现实主义的影响,用魔幻写实的手法创作了七八个短篇。《将军碑》就是其中的代表作。小说表面的故事并不复杂,武镇东将军,一位已经退役的上将,已83岁的高龄。他具有一种"穿越"时间的特异功能,能周游于过去与未来之间。他既可以回到已经消逝的岁月,如20世纪20年代的北伐战争,"四一二"大屠杀,抗战时期的台儿庄大战;又可以超前造访未来,如"参加"他死后的葬礼,"出席"儿子为他90冥诞的纪念碑揭幕典礼等。将军有过赫赫战功,喜欢回顾光荣的历史,并希求独子维扬继承父业,铭记父亲的业绩。然而,将军的儿子只是承认那段历史,并认为它已经过去了,"那是您的历史,爸!"儿子选择了社会学,成为社会学的教授。他对父亲的征战史冷静而陌生,父子两代人之间的摩擦、矛盾、裂痕

---

① 黄凡《评〈公寓导游〉》,《海峡小说1986》,台湾希代出版有限公司1987年版。

显而易见,两代人所处的不同环境造成了他们之间的"代沟"。小说的深层意蕴还在于作者对历史的探究,张大春曾为《中国时报周刊》撰写过"历史扫描"的专栏,对历史有独特的看法,他通过《将军碑》想告诉人们:"每一代人只能认识其当代的一部分""历史是不断改变的东西,每一代观察历史时,都在决定诠释历史,对于功过是非自然有不一样的评价。"①

《饥饿》是张大春更为典型的魔幻写实之作。小说构思奇异,情节荒诞,极具神奇的魔幻色彩。祖居在偏僻、荒瘠、充满饥饿的小岛上的雅美人巴库,天生一种特殊功能:能"吃"。他的超常食量,百食不满,被南界老板所看中、利用。巴库从小岛到太麻释迦园,到高雄来福公司,最后到台北精点斋,他成为"吃遍天下无敌手"的广告明星,被逐渐商品化。巴库可以敞开大"吃",在生理上不再"饥饿"了,然而他在老板们的"约束""囚禁"中(如言语的限制,强迫饮搀了砒霜的"红酒"等)已丧失了人的自由,而异化为恶商挣钱的工具和机器,陷入精神的"饥饿",最后在吞吃电脑传真机时,肚子被撑破而死去。巴库的"吃",如一顿吃掉30斤水果,每天吃掉35盘鱼肉等等是荒诞不经的、超现实的,然而他在现代文明社会的遭遇,他的人性、情感被剥夺却是真实的。小说透过荒诞怪异的情节寄寓着深邃的哲理:偏僻、原始的世界虽然物质匮乏,却充满人情的温暖,保持着人性的美好;而高度发达的现代文明世界,一切被金钱主宰,人性丧失,人情虚伪。小说的标题《饥饿》意味深长,令人深思。魔幻现实主义的创作原则是"变现实为幻想而又不失其真",张大春的《饥饿》《最后的无知》等篇将神奇诡谲的"魔幻"描写与反映现实社会生活的真实密切融合,成为台湾魔幻写实的杰作。

1987年,张大春创作了短篇《四喜忧国》,它运用喜剧的形式表现小人物的精神悲剧。退役老兵朱四喜是一名清洁工,他没有文化,大字不识,长期以来,他生活在报纸上充斥着文告的时代,他家的墙

---

① 转引自《台湾小说选讲新编》,复旦大学出版社1991年版。

板上糊满了报纸，他已习惯了那种环境。"总统"去世后，文告很少，四喜认为这个社会"什么毛病都出来了"，他模仿文告的写法，修改誊抄了几十遍，写出《告"全国"军民同胞书》，不断地投寄报社，结果是或者被吞没，或者退回。朱四喜及其周围的人们，目不识丁，愚昧无知，却受到生存环境的影响：受到被扭曲的意识形态的愚弄，于是才干出了令人可笑的滑稽荒唐举动。小说以一种荒乱变态的幽默，对现实社会的特殊人物做了嘲讽，为张大春"黑色幽默"的代表作。

1986年到1988年，张大春又把目光投向了历史的领域，他创作了《欢喜贼》大荒野系列短篇和长篇历史传奇小说《刺马》与《大云游手》。两部长篇以晚清社会为背景，以社会底层小人物为主角。《刺马》写清代刺客张汶祥浪迹江湖的一生及他行刺西江总督马新贻的骇人之举。《大云游手》写广东沿海一带海盗、扒贼之间为争夺一座岛上所藏鸦片而发生的一场生死之斗。他的历史小说兼有历史传奇与武侠小说之长，表达出"真正属于民间的喜怒哀乐及其执着的生活追求，愿以反逆官府的民间正义观念为遭受冤屈的历史人物在心灵深处加以平反，以此逼近民族传统和民族心理的核心"。[1]

1989年，张大春创作了"探子王"系列中篇小说，塑造了私家侦探杜子厚这样一个特殊的人物形象，这是一个极端自私、颓废、堕落，从行为到内心、彻头彻尾坏透顶的人物，他之所以自甘毁灭，自以为是对充满罪恶社会的惩罚。他的近作《大说谎家》《迷彩叛将》更是糅合了魔幻写实、新闻报道、侦探小说等多种文体的写法，新招层出不穷，令人眼花缭乱。

张大春在艺术上勇于探索，锐意创新，不断推出佳作。尽管他对语言能否真实反映事实的真相，再现历史表示质疑，他仍然希求自己的作品建立"新文化"，使人们摆脱"环境"的支配，复归人性。

---

[1] 转引自朱双一《新世代小说家论札——张大春论》，《台港文学选刊》1992年第5期。

第二辑　港澳文学研究

中国长篇意识流小说第一人
——论刘以鬯的《酒徒》及《寺内》

曾几何时,关于香港有没有文学的争论犹在耳边回旋。20世纪90年代,一个叫贝岭的美国人说:美国人认定香港没有文学。时至今日,说到香港文学,也有的文学研究者不以为然。而在大陆90年代后期出版的一部关于中国现代派文学的史论著作中,竟然对刘以鬯及《酒徒》只字未提,实在令人迷惑不解。对香港通俗小说作家研究的专著数以十计(这自然值得肯定),而对有"香港文学泰斗"之称的刘以鬯的研究还远远不够,没有引起足够的重视。殊不知,在60年代初,当中国大陆文学与西方还处于封闭隔离状态,中国台湾的现代小说还处于起步阶段之时,一部惊世骇俗的奇书,一部新颖独特的杰作,堪称华文文学第一部的长篇意识流文本就在中国香港问世了。他就是香港作家刘以鬯的《酒徒》。著名学者杨义曾撰文对刘以鬯做了这样的评价:"在南天一隅出奇制胜,率先使华文小说与世界新锐的现代主义文学接轨。那么他在香港,甚至在中国现代文学史上的地位就凸现出来了。"① 法国著名作家莫洛亚曾经说过:"时间是唯一的批评家,它有着无可争辩的权威,它可以使当时看来是坚实牢靠的荣

---

① 《刘以鬯小说艺术综论》,《杨义文存》第4卷567页,人民出版社1998年版。

誉化为泡影；也可以使人们曾经觉得是脆弱的声望巩固下来。"① 是的，时间对刘以鬯做出了判断。

现代意识流长篇的开山作

刘以鬯在 1962 年 10 月开始在香港《星岛晚报》连载长篇小说《酒徒》，1963 年 10 月这部长篇由香港海滨图书公司出版。1979 年远景事业出版公司出了此书的台湾版，20 世纪 80 年代、90 年代，大陆的中国文联出版公司和中国人民大学出版社相继出版这个长篇。

刘以鬯的《酒徒》最可宝贵的，就是它的独特和贡献。它是华文文学第一部意识流长篇，是借鉴、吸收西方现代小说技巧写中国题材的成功试验。作为意识流长篇的开山之作，它在文学史上具有不可替代的地位。

一、探索"内心真实"的东方意识流

小说如何才能做到"真实"？"小说应当怎样写"？20 世纪前半期，西方的小说家向传统发起了挑战。并产生了像乔伊斯的《尤利西斯》、福克纳的《喧嚣与骚动》这样光耀史册的伟大作品。伍尔夫认为：对现代人来说，最重要的并不是外在因素，而"很可能在于心里的隐曲"。刘以鬯具有深厚的西方文化修养，他用自己的长篇创作试验对这个问题做了回答。《酒徒》就是运用意识流创作的长篇文本。

刘以鬯认为："传统的现实主义不能做到真正的'写实'。既然做不到，像 J·乔伊斯这样的小说家开始在小说中探索内在世界，像 W·福克纳这样的小说家就倾力刻画'人'的灵魂与人类的内心冲突。"② "小说家不能平铺直叙地讲一个故事就算，他需要组织一个新

---

① [英] 弗吉尼亚·伍尔夫：《论小说与小说家》，上海译文出版社 1986 版。

② 《刘以鬯卷》，香港书店有限公司 1991 年版。

的体制。……内在真实的探求成为小说家的重要目的已属必须。"①

《酒徒》的背景是20世纪五六十年代的香港,主人公是一位穷愁潦倒的职业作家,小说主要"写一个困处于这个时代而心智不十分平衡的知识分子怎样用自我虐待的方式去求取继续生存"。② 通过对人物精神活动、意识流程的揭示,透视和折射出香港转型期的工商社会的五光十色。"我",即小说中的"老刘",具有深厚的中西文化修养,多年从事文艺工作,办过报纸文艺副刊、编过文艺丛书、知识广博,然移居香港以后,为生活所迫,不得不靠卖文为生。在商品主宰一切的现代都市社会,严肃的文学艺术失去了市场,"我"这个有良知的作家内心痛苦,不得不违心地给报纸副刊写武侠小说、黄色小说。

作品通过"我"的意识流、思想流揭示了他心灵的痛苦、灵魂的异化和人格的分裂。并通过他表现出现代工商社会的种种病态:"文章变成商品。爱情变成商品。女孩子的贞操也变成商品。"③ "这是一个人吃人的世界!这是一个丑恶的世界!这是一个只有野兽才可以居住的世界!这是一个可怕的世界!这是一个失去理性的世界!"④

《酒徒》中人物的思想流、意识流大体表现在三种形式。

其一,人物的内心独白,如小说中大段大段括号中的文字都是人物的内心独白。这些文字相当真实地袒露出内心世界的真实轨迹。其二,人物的自由联想。这种联想打破时空顺序、逻辑联系,如天马行空、来去自由。如小说的第6节,以"潮湿的记忆"开头,在"现实像胶水般粘在记忆中。母亲手里的芭蕉扇,扇亮了银河两旁的牛郎织女星。落雪日,人手竹刀尺围在炉边舞蹈"一段文字之后,以下用了26个以"轮子不停地转"做开头句的自然段,从童年、到北伐、

---

① 《〈酒徒〉初版序》,香港海滨图书公司1963年版。
② 同上。
③ 见《酒徒》,香港海滨图书公司1963年版。
④ 同上。

到抗战、到二战结束、到香港、到新加坡。一系列横断面组接起来，浓缩了丰富的社会内容。其三，人物的醉境与梦幻。小说中几乎每一节都会出现"酒徒"饮酒而出现的醉态，加上梦幻的描写，逼真地再现出人物的潜意识，蒙上迷茫朦胧的色彩。

然而，刘以鬯并非盲目照搬西方作家的小说技巧，他认为："一个民族的作家、艺术家吸收另一个民族文艺作品的技巧时，总不是全面的，无条件的，总是带着本民族的文化特点。"① 他在吸收、借鉴的基础上加以改造、创造，将人物的意识流动与外部世界加以融合，明显地带有东方色彩。它表现在：第一，用理性控制对"内在真实"的探求。《酒徒》中有一段对话可以看作刘以鬯的"自白"，作品中的麦荷门问："你的意思：诗人仍须用理智去写诗？""是的。在探求内心真实时，单靠感觉；或无理可喻的新奇，是走不出路子来的。"② 这段对话的意思很明白，探求"内心真实"不能非理性，小说不能写得像"天书"，"难懂的诗是可以接受的；不懂的诗必须扬弃"。刘以鬯正是依照这种见解创作《酒徒》的。今天读《酒徒》，虽然有些部分要反复阅读，反复领悟，也颇为难懂，但并没有出现像西方意识流小说那样晦涩难解，留下的谜团至今不解，或者如乔伊斯《尤利西斯》中莫莉的一段独白，四五十页不打标点的章节。这就是我们所称的东方意识流。

第二，人物活动的踪迹有线索可依，尽管小说的故事性不强、不连贯，但小说中酒徒的活动线索、人物关系是清晰的。如麦荷门邀"酒徒"办《前卫文学》，"我"与报馆、麦荷门，与司马莉、张丽丽、杨露、包租婆等女性的关系，"我"的几次搬家等。

第三，人物有其活动的具体环境，人物的意识流与外部环境相关联，而不是与情节割裂、完全不相干。小说中最突出的是写"我"

---

① 《知不可为而为——刘以鬯先生谈严肃文学》，《八方》编辑部记者，《八方》文艺丛刊第6期，1987年8月版。

② 见《酒徒》，香港海滨图书公司1963年版。

饮酒，一杯、两杯……总是在一定环境中，由清醒而逐渐进入醉态，到意识模糊的幻境中的。如小说第五节，先写"我"与麦荷门交谈，话题是对"五四"以来小说创作的评价，有外部环境、情节氛围，接着写饮酒，"一杯两杯"……四次出现，人物逐渐进入醉态，"地板与挂灯调换位置，一千只眼睛在墙壁上排成一幅图案……理性进入万花筒……"

二、"心理时间"与象征符号相交叠的结构

意识流小说的结构与传统小说不同，没有完整、连贯的故事情节做线索，不注重塑造人物性格，

"心理时间"由柏格森最早提出，英国小说家伊丽莎白·鲍温形象地归纳为"戏剧性的现在"，并解释说："一篇好故事是一连串效果极强的'现在'。"刘以鬯深深认识到，构建一部长篇，结构是非常重要的："好的小说必定是经过悉心安排的。不经过刻意的经营，不可能写出好的小说。"① 而运用意识流来创作长篇，就要打破传统的结构方法。他受到西方作家的启发，提出"横断面的方法"，认为"现代社会是一个错综复杂的社会，只有运用横断面的方式去探求个人心灵的飘忽、心理的变幻并捕捉思想的意象，才能真切地、完全地、确实地表现这个社会环境以及时代精神"②。这段话清楚地道出：表现这个错综复杂的社会，要用横断面的方式，即"心灵的飘忽""心理的变幻"。这既是内容的需要，也是形式的需要。

《酒徒》全书43节，节与节之间在时、空方面并无连贯，故事组接也不很明显。主要依赖人物的"心理时间"。每一节都是一个横断面、戏剧性的现在，它忽而过去、忽而现在，忽而现实、忽而梦幻，用"心理时间"一环套一环，将各节巧妙地串联、组合、拼接起来。

即使在每一节，也都情节淡化，打乱时空次序，而是把各种现实

---

① 《现代中国短篇小说的几个问题》，见《短绠集》，中国友谊出版公司1985年版，第99页。
② 《〈酒徒〉初版序》。

碎片拼接、组合在一起。如小说的第四节：

潮湿的记忆

现实像胶水般粘在记忆中。母亲手里的芭蕉扇，扇亮了银河两旁的牛郎织女星。落雪日，人手竹刀尺围在炉边舞蹈。

轮子在不停地转。母亲的"不"字阻止不了好奇的成长……

轮子不停地转。打倒列强……

一连用了26个"轮子不停地转"，把互不相关的生活断片，或曰"心理时间"联结成一个相对独立的"整体"。

如果说，用"心理时间"结构小说始于西方，那么，苦心寻找一个贯穿整部作品的象征意象作为小说的深层线索，便是刘以鬯的精心创造了。"酒"就是这样一个蕴含丰富的象征符号，小说中的每一节都是一个环，那么联结或曰套环成串的就是具有象征意义的"酒"符号。它一方面象征人物的欲望、痛苦与矛盾，同时，人物的酒醉与酒醒的相互叠、陆续递嬗，又构成了小说的深层线索。同时，"酒"也是具有中国色彩，与文人关系密切的象征意象。小说名曰《酒徒》，可见主人公是以酒为命，离不开酒。整篇小说以酒徒的酒醉与酒醒为主线，展开了一个一个"戏剧性的现在"。应当说，"酒"意象的苦心经营，是刘以鬯的独特创造。

三、现代诗与小说相嫁接的诗情话语

刘以鬯说："小说和诗结合可以产生一些优秀的作品。诗和小说结合起来，可以使小说获得新的力量。小说家走这条路子，说不定会达到新的境界。"①

首先，《酒徒》采用了第一人称的自叙视角。西方的意识流经典

---

① 转引自香港《文艺杂志》季刊第四期，1982年版。

之作如《追忆似水年华》《尤利西斯》都是采用第一人称叙事的。小说中的世界都是用"我"的眼睛去观察、用"我"的心灵去感受,而非纯客观的叙述。这样就便于抒发人物的心理变幻、倾吐人物的隐曲心声。

其次,小说一反传统小说的写法,大量采用现代诗的语言,如运用意象的密集、反复、重叠,象征、隐喻、暗示等建构朦胧的意境,造成诗意的美感。

这样的例子在《酒徒》中随处可见、俯拾即是,如开篇的一段:

> 生锈的感情又逢雨天,思想在烟圈里捉迷藏。推开窗,雨滴在窗外的树上眨眼。雨,似舞蹈者的脚步,从叶瓣上滑落。但开收音机,忽然传来上帝的声音,我知道应该出去走走了。

这里为了表现心绪的烦闷、飘忽、失意,选择了雨、烟圈、舞蹈等意象。"在烟圈里捉迷藏"也是隐喻,喻情感的失落,思想的迷茫,找不到精神寄托,寻不到出路。

第三,用灵视烛照客观外物世界。

台湾著名诗人罗门说:"任何具有创造性的诗人与艺术家,都必须不断扩展一己特殊性的灵视,去向时空与生命做深入性探索,以便把个人具有卓越性与特异性的'看见'提示出来。"① 刘以鬯在小说中,借酒徒之话说:"诗人受到外在压力时,用内在感应去答复,诗就产生了。诗是一面镜子,一面藏在内心的镜子。"这里的一段话是灵视的最好注脚。也就是说,小说家尽量减少或不用客观的叙述与描绘,而是通过人物的心灵去感知外在世界。换句话说,外在世界是人物心灵烛照的印象。

第四,形式上的分行排列,比较整齐而又有变化的长串排比句。

在许多节中,刘以鬯采用分行排列的长串排比段落,如第四节用

---

① 萧萧:《现代诗入门》,台湾故乡出版社1982年版,第200页。

了26个"轮子不停地转……",第六节用了14个"我欲乘坐太空船……"

《酒徒》是中国长篇意识流小说的第一篇,亦是世界华文文学长篇意识流的第一篇,对这部作品的意义及在文学史上的地位应该给予充分的重视。

第一,创新求变的探索精神。

创新求变是文学发展的生命之泉。

刘以鬯首先表现在小说观念之新,他经常说:"作为一个现代小说家,必须有勇气创造并试验新的技巧和表现方法,以期追上新的时代,甚至超越时代。"①"写小说的人要是没有勇气探索新路的话,一定写不出好作品。"② 这些见解是难能可贵的。在小说中借酒徒之口,他一再颂扬文学创作的创新精神,借人物之口说"曹雪芹的创作方法是反传统的"!

其次,刘以鬯以自己的创作实践体现了自己的主张,他生活的香港,是比较早进入工商社会的现代都市,在商品浪潮的冲击下,严肃文学举步维艰,难以生存与发展。正如《酒徒》中所揭示的,充斥文坛的是武打小说、黄色小说、四毫小说。写实作品尚且难有阵地,更不用说用现代技巧写的文学作品了。而刘以鬯却在20世纪60年代初,一反传统的写法,引进西方意识流手法创作长篇。这种探索勇气与精神令人叹服。刘以鬯的《酒徒》无疑是一部反传统之作。他的短篇小说集《天堂与地狱》《寺内》《一九九七》《春雨》《黑色里的白色 白色里的黑色》都是他苦心探索的结晶。从艺术视角,对人物内心的探求、结构和小说语言的运用,都可谓匠心独具。《打错了》《对倒》《春雨》《寺内》都是中、短篇小说的创新杰作。

第二,《酒徒》在文学史上的贡献。

"五四"以来,勇于创新的小说家在文学史上留下了步步闪光的

---

① 《〈酒徒〉初版序》。见《刘以鬯研究专集》第63页。
② 见《短绠集》101页。

足迹。早在1918年,鲁迅的《狂人日记》就做了运用意识流手法的初步尝试,1922年郭沫若的短篇《残春》也运用了意识流手法。30年代的上海,施蛰存的《将军的头》《梅雨之夕》,穆时英的《夜总会里的五个人》《上海的狐步舞》,都曾引进意识流手法。但这些作品都限于中短篇。而将意识流这种艺术表现形式引入长篇创作的,刘以鬯当推华文文学第一人。《酒徒》堪称开山之作。就此而言,《酒徒》在中国20世纪的长篇创作中的特殊位置是无可替代的。

《酒徒》打破中国小说的传统写法,借鉴西方技巧写中国题材、创作长篇的成功试验,开拓了长篇创作的新境界。

它填补了中国现当代文学史上意识流长篇的空白。堪称现代长篇经典之作。

第三,《酒徒》的超越意义。

酒徒所反映的社会现实,距今已近半个世纪,但它却具有一种超时间、超空间的价值。《酒徒》所表现的香港社会转型期的种种社会现象或问题,如工商社会物欲横行、精神道德的沦丧,文化日益商品化的倾向,在当今其他地区也普遍存在。

古典名剧的现代意识诠释

"五四"新文学以来,从鲁迅始就不断有作家用"新编"演绎古代"故事",刘以鬯创作于20世纪60年代初的《寺内》及以后的《蛇》《追鱼》《蜘蛛精》和《除夕》等五篇故事新编,继承了鲁迅的优秀传统,用现代意识,并吸纳西方现代手法与技巧,对古老的故事传说做了新的诠释。使传统题材焕发出奇异的光彩。刘以鬯说:"我觉得用新的表现手法去写家喻户晓的故事,在旧瓶中装新酒,至少可以给读者一个完全不同的感觉。"① 刘以鬯的这组小说与鲁迅的"新编"相映生辉,堪称经典,在文学史上是值得书写的。中篇《寺

---

① 《刘以鬯的一席话》,香港,香港文学,1979,(1)。

内》更是这类"新编"的翘楚之作,如果把它喻为当代"新编"的一座奇特秀美的山峰,我想并不为过。

一、用精神分析做全新观照

《寺内》取材于古代名剧《西厢记》,与《西厢记》构成互相指涉关系。它脱胎、改编于《西厢记》,但绝非西厢的简单演绎。他运用弗洛伊德精神分析学理论审视《西厢记》中的人物,对人物的心理世界做了大胆而新颖的艺术处理。

其一,开掘人物的性欲望心理。

弗洛伊德的潜意识说主要指人的本能,本能论的核心是性本能。弗洛伊德认为:性本能就是性的原欲,性冲动实际上包括所有用爱来形容的念头。性本能即爱本能是永恒的,性本能是艺术的根源。刘以鬯《寺内》中的人物、故事情节、结局都是向《西厢记》的指涉。但对小说中人物的性欲望心理的描写却是现代的,作品对主要人物崔莺莺、张君瑞、红娘、老夫人都做了这方面的透视或暗示。旅美香港学者容世诚敏锐指出:"重新评估《西厢》故事的人物的性和人性的关系。通过刻意的性心理描写,重复的情感母题,将本来只属于暗流的情欲成分,在小说中推向前景,加以突出,也就是把原作中潜藏的或被压抑了的性欲,翻过来,以呈示在读者的面前。"①

《寺内》中对莺莺的性欲望心理做了充分的揭示,如写她的自恋:

荒谬的今夜。夜在孕育胆量。

崔莺莺用手抚摸自己的胴体,爱上了自己。她是因为爱自己才向张珙挑战的。

(他是一个读书人,她想。读书人在床上的疯狂必使孔子流泪。)

(孙飞虎是一个粗人,她想。粗人的动作可以想象得到。)

(所以,她想,为了满足好奇,应该祈祷白马将军早日来临。)

---

① 容世诚"本文互涉"和背景,香港文学探赏,香港,三联书店,1991。

又如写她的性想象：

镜子最诚实，坦白告诉莺莺："你的脸色很难看！"

莺莺第一次对自己有了怜悯，忙将丝巾覆盖镜面。镜子里的"我"有一对饿狮的眼睛。这完全不能解释，但心事似野猫在昼间所做的甜梦。

这两段描写袒露莺莺内心深处的隐秘，毫不掩饰，把一位青春少女的性欲望、性想象展示得纤毫毕露、细致入微。且非常切合人物的特殊处境与年龄特征。

其二，以梦显现被压抑的潜意识。

弗洛伊德在《梦的解释》中曾分析了梦的成因机制，认为做梦是人在不清醒状态的精神活动的延续，做梦的内容多数是最近及孩提时代的资料。提出梦是一种被压抑的、被抑制的愿望、经过改装的满足。弗洛伊德关于梦的理论被刘以鬯吸纳到小说之中，作为解析人物心理符码的重要手段，《寺内》中精心设置了莺莺、张生及老夫人的梦，这些梦精彩动人、五彩缤纷，各式各样，现代色彩浓郁，惟妙惟肖地揭示了人物心灵的隐秘与潜意识。

《寺内》中的梦有用意象演绎的，先看张生的梦：

> 他做了一场梦。
>
> 梦见自己变成一块手帕，被崔莺莺的玉指抓紧着。坐在格子窗外的风景前，手帕包裹着的忧郁被泪水浸湿了。
>
> 这是很有趣的经验，做一块手帕。
>
> ……

再看莺莺的梦：

> 她也做了一场梦。
>
> 梦见自己变成一个小偷，轻步走进张君瑞的心房。那是一个奇异的地方，虽狭小，却展出了现实世界所缺少的一切。秘密坐

在船上，探险者迷失路途。这里有春天的花；也有忧郁的音符，这里有万花筒的幻变，每一转，一个离奇的构图。

这是很有趣的经验，做一个小偷。

……

与传统小说中的梦不同，这两个年轻人的相思梦，都是用意象符号完成的，没有具体、连贯的情节。而这种意象正适合显现人的潜意识。张生与莺莺梦见自己变成手帕与小偷是外显内容。手帕可与莺莺朝夕相伴，可亲近、有肌肤之接触才是其内隐思想。而多愁善感的莺莺期望窥探张生内心的隐秘，知晓他心中之所想，无法公开做到，只能做一个小偷。

小说中还用意识流动的诗语言把人物的梦演绎得如万花筒般多姿多彩，抽象画似的五光十色：

张君瑞在梦中追求新鲜。

一对娇艳的眸子。蓝色与紫色。如来佛有两只大耳朵。蹑手蹑脚的闺阁千金。兰闺深寂寞。无计度芳春。墙。墙。墙。墙似高山。南无阿弥陀佛。"妇人郑氏，带着一位十九岁的小姐，名唤莺莺，字双文……"极乐世界。院中虫鸣唧唧。喝第二杯龙井。针与线。珠帘的狂笑，贺客们喜做猥亵的调侃。床前两对鞋。所有的忧愁全忘记了。魔鬼最狡狯。意外的邂逅。妖怪在黑暗中舞蹈。湖面上的疾步。喜鹊搭成一座桥。牛郎欣然越过银河。……

这个梦美丽绚烂，扑朔迷离，完全没有情节，叙述成无序状，由一系列的意象构成一幅幅图画拼贴起来，由意识流动演绎构成。

小说中也有情节的梦，那就是作家大胆设计的老夫人的荒唐的梦。老夫人竟然做了一个缠绵悱恻的梦，一年轻男子走进自己的卧房并与之同床共枕，而此人竟是张生。眼前一对年轻人的恋情勾起她封沉多年的青春时代的憧憬。老夫人在潜意识中的人性并未完全泯灭。虽荒谬却不悖理。

二、魔幻、寓言与意象杂糅一体

刘以鬯的"新编",从意识到手法都是现代的,他说:"在《寺内》中,我尝试以现代人的感觉去表现古老的故事,有些是超现实的手法。"①《寺内》中出现的人物以外的自然都拟人化了,包括动物、植物与无生物都赋予了灵性,各式各样的物都赋予了性情,甚至开口说话,与人物交流。作家借用魔幻与寓言手法,移情于物,借物作喻,赋予物以生命,既营造了意境,又增添了神秘奇特的气氛。小说中的鹦鹉、麻雀、蝴蝶、小虫、槐树、古梅、琴、风都活起来了。

如:

夜风喜述桃色的故事,却无力揭去魔鬼的面纱。

第一只穿窗而入的蝴蝶,最先看到和谐与融洽。

失眠的月亮突发奇想,太阳也会走来与寂寞决斗吗?

《寺内》中有物与物的对话,如第二卷中槐树与古梅对话,是在分析莺莺的心理活动。有人与物的对话,如张生与琴:

"琴呀,"张君瑞说,"请你将我的眼泪送过墙去。"

"弹吧,寂寞的人,大胆弹吧,"琴说,"我将为你画一幅灰色的图画。"

"声音也会误入歧途。"张君瑞说。

"潦倒的书生,你有太多的顾虑,因此不再记得初春的狂妄。"琴说。

"琴呀,给我力量!"

"胆小的猎者,快快拿出不爱穿彩衣的勇气。"

这里的琴自然是人格化了,其实"我"与琴的对话未尝不是"我"与自我的对话,是张生心理的剖白。

更为奇特的是,普救寺的万物都"人"化了:

如第一卷中:

---

① 《刘以鬯的一席话》,香港,香港文学,1979,(1)。

张君瑞抵受不了香味的引诱；

小和尚抵受不了香味的引诱；

小飞虫抵受不了香味的引诱；

金面孔的菩萨也抵受不了香味的引诱。

香味来自两双绣花鞋：莺莺和红娘。青春亮丽的少女出现在古老的普救寺庙，使这里顿时充满生机。人活了，如张生、小和尚；"物"也活了，包括动物小飞虫与静物泥菩萨。作家点物成趣、文字灵动，古典意境与现代手法交融，充满诗质与浪漫气息。

三、蒙太奇与拼贴画

刘以鬯不仅受到现代哲学、心理学的影响，而且广泛借鉴西方现代艺术的技巧，如现代电影、现代绘画的技法，极大地丰富了小说的艺术表现空间。《寺内》中经常运用电影中的蒙太奇组接，如第一卷：

风不大，烛光却在黑暗中发抖。第一对绣花鞋踏过石板。第二对绣花鞋踏过石板。轻盈似燕子点水；是的，轻盈似燕子点水。

先出现烛光的特性镜头；接着是一双绣花鞋，又一双绣花鞋的中景；再接上叠化的燕子点水的近景。一组镜头巧妙组接，具有极强烈的视觉感与现代色彩。

再看下面一段：

袈裟与道袍。

四大金刚与十八罗汉。

磬与木鱼。

香火与灯油。

崔莺莺与张君瑞。

攻与被攻。

这里运用了拼贴手法。源于法国立体派画家的拼贴意为托裱与粘贴。一组概念同时拼贴于一个平面，一个拼块与一个拼块间似乎没有什么必然关联，但通过一组语符的拼排，构成特殊的时空、特殊的互动、特殊的勾连，不仅具有巧妙的隐喻作用，而且在平面上构成三维空间感，即塞尚所说的视觉立体透视效果。而结尾"攻与被攻"更是暗示出莺莺与张生在恋情中的主动与被动关系。这种抽象的风格确有立体画的现代感。

世纪末香港都市交响曲
——香港新生代小说家的都市书写

检阅香港繁芜驳杂的文坛,三位新生代小说家的现代都市书写令人眼睛一亮。他们出生于 20 世纪 60 年代,以现代的话语、深邃的洞察,以及蕴含丰富的文本叙述着香港都市生活的多维空间。他们风格独异的作品为香港文学涂抹上浓墨重彩的一笔。

试验小说的新秀——董启章

董启章属于那种创作起点高,又勇于试验、探索的小说新人。他的小说给读者打开了一扇奇异、新鲜的窗口,令人惊奇。他 1967 年生于香港,1989 年毕业于香港大学比较文学系,1994 年在此系获硕士学位,曾任中学教师、大学助教,现从事写作及兼职夜校教师。1992 年在《素叶文学》发表第一篇小说《西西利亚》,并撰写书评。1993 年与友人创办《文化评论》。著有校园中短篇小说集《纪念册》《小冬校园》《安卓珍尼》《名字的玫瑰》和长篇小说《双身》,杂著《地图集》、编著阅读与评论合集《说书人》,与黄念欣合著《讲话文章——访问阅读香港十位作家》等。长篇《双身》获台湾第十七届联合报文学奖长篇小说特别奖。

他的中篇《安卓珍尼》夺得台湾联合文学第 8 届小说新人奖中篇小说首奖。这次评奖是匿名的,当评审完毕,谜底揭晓,众评委对作者的性别大感意外。因为评委们从文本判断:作者很可能是女性。

而香港作家董启章却是一位男士，这年27岁。同时，他的短篇《少年神农》亦获此届短篇小说推荐奖。从此，董启章这个名字为文坛所关注。他的小说写得扑朔迷离，属于难懂一类，它往往蕴含理性的思考，呈现多义性。《安卓珍尼》是他的代表作，小说中的主人公"我"，是一位年轻的研究生物学的女学者。她与丈夫的感情产生危机，独自来到荒野的山中寻找一种动物：斑尾毛蜥，它是一种雌性的单性繁殖的动物。她的丈夫是一个温文尔雅的商人，很有修养，但却把她当作学生似的予以管教，她无法忍受。来到荒山，却被另一个沉默寡言、举止粗野的男人强暴了，并怀上了孩子。在文明社会，丈夫用知识统治她；在蛮荒山野，男人用暴力占有了她。她欲摆脱男性，甚至想能使女性自身生产出另一个单倍体以和卵子结合，自行创造生命。小说给人的思考是多方面的。"当我在一个世界感到窒息，我可以逃到另一个世界去吗？而在另一个世界里，我肯定我便能够得到解放吗？还是，那里，有另一种暴力，另一种压抑？"作品启示读者，逃避是不能获得解放的。小说可以当作女性主义小说来解读，是对男权社会女性地位、人格与命运的反思。这位女生物学家，显然也是个女权主义者，她的这段"奋斗史"有其豪壮的一面，然而真的能找到一个摆脱或者没有男性的"女儿国"吗？离开男性，她可以创造新的生命吗？《安卓珍尼》的副题是"一个不存在的物种的进化史"，斑尾毛蜥实际上是不存在的。小说中的"我""在安卓珍尼的身上看到了自己的命运"。就人类的生存与发展而言，小说提出的问题发人深思。台湾作家杨照高度评价这部中篇，说"这是我看过非常非常少数的女性书写，其中穿插的生物学知识是非常成功的穿插，因为每一个穿插到最后都让读者知道作者的用意在哪里。中间的故事乍看之下很像通俗的罗曼小说，但是最后却让我们知道作者传达的完完全全不同于罗曼史的信息"。①

董启章常常从自然科学的书本知识获得启示与想象，《永盛街兴

---

① 杨照《关于〈安卓珍尼〉》，台湾《联合文学》1994年11期。

衰史》中的"我"跟父母移民加拿大四年后返回香港，开始收集爷爷旧居的老屋所在地永盛街的资料，依据《香港地图绘制史》所绘的不同时期的地图，"我"在推测、想象这条街的兴衰历史，并由此构想从曾祖父起，直到现在的几代人的家史。作者曾经出了一本关于地图的杂著《地图集》，副题是"一个想象的城市的考古学"，他在这本书中说："在这本体例混杂和难以归类的地图阅读结集中，作者以一种罔顾现实的态度在纵横拼合的点线和色块间，读出各种既共同又私密的梦魇、缅怀、渴想和思辨。"① 这句话正是《永盛街兴衰史》的最好注脚。小说通过一条街道的变化写城市的变迁，人世的沧桑。小说中还穿插了《粤曲歌坛话沧桑》中的《客途秋恨》的曲词，以诠释或映衬人物的心绪、感受，构成文"曲"互涉，并与地图等等有关知识的叙述，形成贯穿全文的三种奏。

　　董启章的小说企求把文学与自然科学联姻，如《安卓珍尼》之于生物学、《永盛街的兴衰史》之于地图学、《聪明世界》之于心理学、《少年神农》之于医药卫生学等等，小说中的故事框架与某学科知识相穿插、交错。小说中的故事线索清晰可寻，人物形象的身份、经历也并非模糊不明，而它的主旨又与某学科知识密切相连。这种结合并不生硬、牵强，《安卓珍尼》中的生物学文本乍读之下，似乎觉得枯燥，但仔细品味才察觉，它与女主人公的感觉或觉悟是一致的，是互为结合而非累赘。因而它给人的留下的不仅仅是社会、伦理或情感层面的，而涉及到人与自然，人类的生存与发展等值得探索的问题，更启发人们做深层次的理性思考。

　　董启章非常讲究小说的结构艺术。《安卓珍尼》采用了故事文本与生物学文本相穿插的复调叙述。而《少年神农》则由神话故事与现代生活两个板块组成，前半部分是虚幻的神话，后半部分是今日之现实，把古今勾连为一体，古代的神农与当代的医药学大学生相呼应，在结构上呈现出对称的美。

---

① 董启章《地图集》，台北联合文学出版社1997年版。

取向独异的小说新军——黄碧云

黄碧云1961年生于香港,曾就读香港中文大学新闻及传播专业,后去法国第一大学学习法文及法国文学,返回香港后,曾任记者,做过6年的新闻工作,曾到越南、泰国、孟加拉、老挝采访,当过编剧,并作为自由撰稿人为报纸刊物写稿。从1991年起,她出版了三部小说集,即《其后》《温柔与暴烈》和《七种静默》,都由香港天地图书有限公司出版。其中前两种都获得香港中文文学双年度奖小说奖,并获香港艺术发展局首届文学奖。散文集有《扬眉女子》和《我们如此很好》两种。

在香港作家中,黄碧云走的是颇独特的小说路数。她的小说的写法与众不同。她用一种极平静而超然的口吻叙说着一个个爱与恨、生与死的故事,从中读不出理想与寄托,也看不出谴责与批判,只是透露出悲凉。

小说集《其后》大体有两类叙事,一是爱情,一是漂泊。《盛世恋》是她写婚姻爱情的代表作。小说写的是太平盛世的婚恋故事,没有大波大澜,没有离奇曲折。书静与老师方国楚,由师生关系演变成夫妻,婚后书静发现,曾高举理想之旗的老师,如今一味苟且,原来,她并不爱他,他们之间没有爱情。终于她决定离婚。他们的离婚很平静。小说写得自然、平淡无奇,却相当深刻地揭示了一个年轻女子的复杂迷茫的心态。小说的结尾是这样的:"太平盛世,最惊心动魄的爱情故事也只能如此。八十年代的香港。"《她是女子,我也是女子》中的叶细细是一个女同性恋者,她一往情深地恋着同学之行,两人关系超过平常人,原以为可以厮守终生,不料,之行背叛了她,最终离她而去。这两篇小说如颜纯钩所指出的:"读这小说,便觉人生只是无数姿势而已,爱是姿势,恨也是,聚散也是,升华与沉沦都是。"[1] "友情会

---

[1] 颜纯钩《推荐意见》,《台港文学选刊》1990年12期。

过去，亲情也会，爱也是一点点在消逝的东西，甚至恨也是。"① 另一类作品写人生的漂泊，主人公往往漂流在异国他乡。《一个流浪巴黎的中国女子》中的主人公叶细细，流浪法国的年轻中国女子，为求学、工作，生活困窘，又因失恋而孤独寂寞，"我来巴黎以后，我学会不大想将来，反正亦无将来可言，就不要去想了"。最后，她在郁郁寡欢中自杀而死。《其后》中的"我"，一位中年男子患了乳癌，妻子自杀、妹妹在从政中被谋杀，他回到乡下探望大哥，大哥带他去看两个刚挖的新坟，告诉他是为哥俩准备的。临别时，哥哥叮嘱说："要戒烟，早睡，好好地死。"这里，哥哥的嘱咐，竟然不是好好地活，而是好好地死。在他的思想意识里，死与活似乎没有什么区别了。这类作品，作者突出的是生命的漂泊无依，人的内心的痛苦。小说中的人物只有过去，没有将来也不想将来。

《温柔与暴烈》与《其后》相比，充满了罪恶、暴力、凶杀、血腥，而作家的叙说仍是那么平静。《失城》中的陈路远杀死了妻子和四个小孩，居然对邻居说："你们都进来吗？没关系，他们都死了。"而事后他坦言："我只是无法背这爱情的十字架。"

黄碧云小说中人物的名字在不同的作品中反复循环出现，他们不是同一个人，这些名字只不过是一个符号而已。女性如叶细细、赵眉、陈玉，男性如詹克明、陈路远，如果说，在《其后》中，这些人物还有情感和理性的线索可寻，那么在《温柔与暴烈》中，这些人物渐渐失去理性，充满怪诞的念头，荒唐的行为，处于精神病人的状态，近乎一种"怪物"。

《呕吐》中的叶细细是一个混血儿，童年时母亲的惨死给了她可怕的刺激，从此，她患上一种病，感情强烈，无法控制时就呕吐，她敏感、早熟，喜欢出走，对生活感到厌倦。她清醒时是一个正常人，呕吐时就呈现精神病态。黄碧云的小说就在探索这种人生的困境，以及人在这种病态下的感觉与行为。《捕蝶者》中的陈路远小时候父亲

---

① 《其后》编后语，天地图书有限公司1994年版。

离家出走,母亲也死得早,18岁那年杀死第一个女子。以后,他杀了人,连自己都几乎忘记,"仿佛杀人十分应该",最后,他杀死了与其有性关系的女子赵眉而被香港警方缉拿。小说中构成互涉的穿插文字"每一存在都播下了它毁灭的种子",或许是解读这篇作品的钥匙。

黄碧云生在香港,又在法国上大学,回港后,香港已进入高度发达的工业社会。加之她经常独自离港,周游欧美各国,同时又值世纪末香港历史命运转折的特殊时刻,所以她的作品表现出浓重的现代、后现代文化倾向,从价值取向到艺术手法,都受到现代文学、后现代文学的影响。也许是留学法国的缘故,法国"新小说派"对她的创作的影响不可低估。"新小说派"的代表作家罗布·格里耶宣称:"'新小说'的创作方法的特征之一,就是捕捉存在——人的存在和物的存在,而这种存在又是游离于大社会和人群之外的孤立现象。"[①]综观黄碧云的小说,虽然有背景交代,但都是淡而模糊,人物的命运与社会基本上是游离的,人物的遭遇看不出前后因果关系,作家着意于写人的存在、写人生的体验,诠释人生的困境,表现人的无奈、悲凉,人的痛苦。

在艺术上同样如此,她直言:"我却认为无情节,甚至无人物,只呈现语言形式的现代小说(更精确地说,是新小说),是文明的一大进步。"[②] 黄碧云的小说不着意于故事情节,不注重刻画人物性格。时空次序任意颠倒,着力营构意象、象征,常用拼贴式写法。如《双世女子维洛烈嘉》选择了三个不同时空的场面拼贴而成,几乎没有故事情节,而同一人物虽然在不同场景中出现,却理不出前因后果关系,主人公维罗烈嘉只是每个特定时期的一种存在。《呕吐》中,呕吐这一生理现象作为一个中心意象贯穿全篇,亦可视为一种象征。

读黄碧云的小说,常常被那种可怕的梦魇窒息着,压得人透不过

[①] 转引自《外国现代派小说概观》,江苏人民出版社1985年版。
[②] 黄碧云《金戒指的静默》,《台港文学选刊》1991年第5期。

气,因为她在作品中表现了人的存在的痛苦和悲凉,这也是小说的一种写法,而作家写得又很有才气。

早慧的才女作家——钟晓阳

18 岁时,钟晓阳的长篇小说《停车暂借问》出版后便一鸣惊人,迅速引起文坛高度关注,这一年,她获香港第八届青年文学奖散文高级组第一名及第二届作中文文学奖第一名。她 1962 生于广州,长于香港,中学就读于香港玛利学院,后赴美留学,毕业于美国密歇根大学电影系。她十三四岁就开始写作,在诗词、散文、小说方面都显露出才气。出版的短篇小说集有《流年》《爱妻》《哀歌》,散文集《春在绿芜中》,1995 年她又出版了长篇小说《遗恨传奇》。

《停车暂借问》是钟晓阳的成名之作,小说叙述了女主角赵宁静的两次爱情故事,时间从 20 世纪 40 年代的东北直到 20 世纪 60 年代的香港。第一部《妾住长城外》的背景是抗战时期,情窦初开的宁静爱上了日本军官之子,大学生吉田千重,由于中日正处在抗日战争期间,日军投降之后,这段刚刚萌生的爱情也跟着夭折了。第二部《停车暂借问》,宁静与表哥爽然相爱,两人情投意合,由于爽然的父亲已给他订婚,他又无法与家庭决裂,加之宁静也在父亲的压力下被迫定亲,所以尽管爽然深深爱着宁静,最终俩人却没能结合。第三部《却遭枕函泪》写的是 15 年后,早已结婚的宁静与爽然在香港相遇,爽然仍然孑然一身,而宁静的婚姻已濒临破裂,当宁静毅然与丈夫离婚,准备与爽然建立新家时,爽然却离开香港赴美国,一去不归。宁静的两次爱情经历都以悲剧结束,小说以细腻、委婉而清丽的笔调把两段爱情故事写得如梦如幻、哀婉动人。

钟晓阳以后的创作主要以爱情婚姻为题材,《二段琴》叙说了一个穷苦出身的青年二胡琴师莫非的两段爱情故事,他与凤回的爱情是真挚的,虽然有了孩子但却不能结合。以后遇见的杨清妮,死死缠着他,却不能激起他爱情的火花。《哀歌》中的我深深爱着那位商业渔夫，最终未能结为夫妻而留下永久的缺憾。钟晓阳的小说叙述的都是这样的爱情，男女主人公真挚相恋，而结尾恰恰总是悲剧，"此恨绵绵无绝期"，小说的艺术魅力也就在此处。人们期望作品中的男女主人公结合，而他们偏偏不能团圆，小说编织的这种缺憾美给读者以深深的震撼。钟晓阳小说中的爱情是理想化的，严峻的生活现实往往使得这理想化的爱情不得不屈从、泯灭、最终以悲剧而结束。有的研究者把它概括为"古典与现实的两难"是有见地的。

1996年，钟晓阳发表了长篇新作《遗恨传奇》，这部长篇拓展了原有局限于婚恋的创作题材，描写了香港豪门的情仇故事，作品人物众多，情节曲折，在广阔的社会背景上展开了复杂的矛盾冲突，标志着作家创作的新起点。

钟晓阳非常善于开掘人物的情感世界，尤擅长揭示人物在恋爱状态中丰富、复杂而细腻的心理活动。如《二段琴》中，莫非等恋人凤回来访时的心情："她不来的晚上，莫非便心神不定，意兴懒怠，明知道她不会来了，有意无意，还是要侧着耳朵听听门铃有没有响，有时只不过在他心里响起来，他倒一溜烟地冲去开门，有一回，门铃响了，他又疑心是自己的幻觉，反倒很镇静地继续拉二胡，但门铃继续响了几下子，他试探着去开门，几乎不相信是她。"这里把人物的那种期待、焦虑、心神不定的情态揭示得惟妙惟肖。作家描写青年人的恋爱心理深得《红楼梦》之神韵，擅长揭示出人物复杂的体验、感悟，隐藏在内心深处的隐秘。《停车暂借问》中就多次写到宁静读红楼，由此可见钟晓阳对红楼的研究也非同一般。台湾作家王鼎钧极为赞赏《停车暂借问》，指出："作家写熊家，态度冷静，多用史笔，如曹雪芹之写宝钗；写林家，心肠热烈，多用诗笔，如曹雪芹之写黛玉。如果我们说《停车暂借问》深受《红楼梦》的影响，把《红楼梦》中的一男二女的三角关系变奏为一女两男的关系，或不致受识者的苛讥。"① 这种

---

① 王鼎钧《挑灯说传奇》，见《评论十家》，台湾尔雅出版社有限公司，1993年版。

评价是中肯而有眼光的。

  钟晓阳小说的语言充满灵气，她善于抓住瞬间的印象，并能将这种感觉逼真地传达出来，仿佛使人看得见、听得着似的。如"她不由自主地回过头去，那男顾客也转过身来，瞬即成了她的镜子，照着和她一样的神情、眼光和往事"。（《停车暂借问》）"明媚的阳光下，芥菜花好看地开着，为了蝴蝶的爱"。（《哀歌》）前者写人、后者写景，都能用一种印象式的写法表达出来，让人感悟得到。

  她小说中的语言常常饱和着诗意，呈现出一种诗意的叙事风格。如《停车暂借问》中写宁静与千重的一段，"两人缓缓步出大门，循路走着，夹道的茅屋草房莫不高挂灯笼，月亮升起来了，光晕凝脂，钟情得只照三家子一村；宁静手里也有月亮，一路细细碎碎筛着浅黄月光，衬得两个人影分外清晰；灯笼有点动动荡荡的，人影便有些真切不起来，倒像他们在坐船渡江，行舟不稳，倒影泛在水上聚聚散散"。又如"不如以我一生的碧血，为你在天际，血染一次无限好的、美丽的夕阳；再以一生的清泪，在寒冷的冬天，为你下一场大雪白茫茫"。（《哀歌》）这两段语言中，意象的选用，浓郁的情感色彩及抒情笔调，都极富表现力，前一段文字中月亮、灯笼的意象相辉映，后一段中"夕阳""大雪"的意象营造都给人留下深刻的印象。有论者指出：钟晓阳作品的语言受到张爱玲的影响，的确如此，如氛围的渲染、意象的创造，语言的张力等，但她又能从中跳出，自成风格，形成鲜明的个性特色。

世纪沧桑中的澳门文学回眸

米兰·昆德拉这样说过："对小说家来说,一个特定的历史状况是一个人类学的实验室。"① 季羡林先生指出："在中国五千多年的历史上,文化交流有过几次高潮,最后一次,也是最重要的一次,是西方文化的传入。这一次的起点,是明末清初,从地域上来说,就是澳门。"② 澳门,被葡萄牙人占领四百多年,但它始终没有割断同祖国大陆的史缘、血缘与地缘联系。几个世纪以来,它处于中西交汇、华洋杂处的特殊形态之中,成为中西文化交流的窗口与桥梁,欧式的三巴教堂遗址与古老的妈祖庙,犹如历史的雕塑并立在澳门这南国半岛狭小的土地上。澳门文学正是在这种特殊的历史、文化形态中孕育、形成并发展起来的。而今,澳门文学这个陌生而又颇带神秘的"实验室"的大门正在向我们开启。

一

澳门旧文学要上溯到明末清初,如果从葡萄牙人占领澳门算起,从那时到20世纪30年代可称为澳门旧文学。据韩国全北大学李德超教授考证,从明末到民国,有130多位文人到过澳门,留下诗文400

---

① 米兰·昆德拉《生活在别处》第5页,作家出版社1989年版。
② 转引自《话说澳门》第165页,卫平、冬萌著,长春出版社1999年版。

多篇。这个时代的文学大致可以划分为三个时期,第一个时期为明末清初,"明末清初,澳门颇为多诗,作者多为忠于明室的明遗民诗,其中不乏寄托之作"。① 此时为澳门诗歌比较繁荣的时期,陈恭尹、屈大均、释大汕等人都写下了咏澳门的诗作。屈大均数次到澳门,成诗23首,《澳门六首》之一:"广州诸舶口,最是澳门雄。外国频挑衅,西洋久伏戎。"描述了当时澳门港口的兴旺,充满爱国主意激情及对外国入侵者的谴责。"洋货东西至,帆乘万里风",展现了澳门这座商贸港的繁忙景象。清初,著名画家吴历来澳门,曾到圣保禄教堂(即三巴)修天主教,居住了两年之久。他在澳门写下了著名的诗集《三巴集》,收录诗歌30首,这是第一部以澳门胜迹命名的诗集,在澳门文学史上具有重要意义。《三巴集》中有诗曰:"关头阅尽下平沙,濠镜山形可类花,居客不惊非误入,远从学道到三巴。"记述了诗人到澳门教堂学修天主教的境况,具有重要的史料价值。

第二时期为清代中、末期,这个时期的作品多为南巡官员、岭南诗人来澳所作。如李珠光、陈官、张汝霖都写有歌咏澳门的佳作,"濠镜艨艟朝百粤,海门风雨涌三巴"这样的诗句极有澳门特色。据考证,到雍正年间,澳门开始出现本土诗人的诗作,澳门妈祖阁就留存有赵园义、张道源的石刻诗,赵氏的石刻七律诗被澳门学者认为是本土诗人的开山之作。清末,郑观应、丘逢甲、康有为有关澳门的诗作或抒发爱国赤诚、或描绘风物人情,如康有为的《濠镜观马戏》:"香江陆海感苍茫,濠镜山川对夕阳,若问先生果何见,诡奇马戏及蛮装。"再现了当时澳门小城中西相融的民俗风情。

第三个时期为民国时期,清朝灭亡以后,一些文人流寓澳门,留下许多诗文。汪兆镛自诩清朝遗老,前后多次居住澳门,时间达13年多,写下了《澳门杂咏》《澳门竹枝词》《雨屋深镫词》,计105首。他在澳门居住时间长,对澳门社会洞察、体验深刻,其作品之量

---

① 郑炜明《16世纪末至1949年澳门华文旧体文学概述》,《澳门文学研讨集》第83页,澳门日报出版社1998年版。

与质，在澳门诗歌史上都占有突出位置。另有几位诗僧也有佳作传世。民国时期，一批寓居澳门的文士，逐渐本土化，与明清时代"过客"的身份已有所不同，"雪社"就是以澳门本土文士为主体的文学团体，亦是澳门第一个文学社团。

澳门旧文学有这样几个特点：第一，作者多为南巡官员、宦游文士，或明清改朝换代之际，来澳避难的遗民。澳门旧文学的作者以"过客"为主体，只到民国以后才出现本土作者。第二，体裁以诗歌为主，多为抒发个人情怀，歌咏澳门胜迹风光以及在澳门所见到的西洋民俗风情。对于澳门旧文学，澳门学者郑炜明先生评价道："可以说中国文学在澳门这块土地上，是从来没有间断过的，其间虽有盛衰起落，但中国文化强而有力的生命感，则早已在历代作家的努力下表现无遗。"① 这个评价是准确而中肯的。

二

澳门的新文学的起步晚于大陆、台湾和香港，据澳门学者李成俊先生回忆："澳门早期新文学应该是'9·18'救亡运动以后逐步开展起来的。最早是爱国人士陈少俊先生从日本回来，开设第一间供应文艺书刊的'小小书店'。著名学者缪朗山教授，组织过多次专题报告会，辅导青年阅读爱国文艺作品。"② 澳门新文学从20世纪30年代至今，可以分为三个时期，早期为30至40年代，中期为50至70年代，近期指80到90年代。澳门早期的新文学发轫于抗战时期，澳门日报总编辑李鹏翥先生指出："远在抗日战争时期，澳门的文艺活

---

① 郑炜明《16世纪末至1949年澳门华文旧体文学概述》，《澳门文学研讨集》第131页，澳门日报出版社1998年版。
② 李成俊《香港·澳门·中国文学》，《澳门文学论集》第42页，澳门日报出版社1988年版。

动蓬勃一时。活动的中心主题,都与抗战这个历史使命有关。"① 30年代后期,几家报纸副刊如《大众晚报》《华侨报》《学生报》都开辟有报纸副刊,发表有关抗战题材的作品。当时的报纸副刊还连载通俗小说,如言情小说《温柔滋味》、武侠小说《芝加哥杀人王》、侦探小说《侦缉王》等。30年代末,诗人蔚荫发表了长诗《在街上》,有5部687行,批判了当时社会的种种丑恶现象,表达了对光明和美好的渴求。这首诗至今仍为澳门新诗史上最长的一首诗。1941年太平洋战争期间,澳门先后出现了"艺年剧团"和"中流剧团"。抗战胜利后,作家茅盾、张天翼、于逢都曾来澳门小住。但整个20世纪40年代,澳门文坛比较沉寂。澳门新文学的发轫期有以下几个特点:第一,直接受到祖国"五四"新文学的影响,作家来去自由,澳门与内地文化交流密切;第二,抗战期间,澳门文学与内地相呼应,许多文艺界知名人士来澳门宣传抗战文艺。

50至70年代,为澳门文学的生长期。新中国成立后,澳门在政治、经济、文化等方面都受到内地的影响,澳门文学也开始打破40年代的沉闷局面,出现富有生机的新景象。1950年3月创刊的《新园地》为社团出版的文学性期刊,同年创办的《学联报》也开辟有创作栏目,夏茵、鲁茂、胡培周都为这家刊物写短篇小说。1958年,《澳门日报》创刊,其综合性副刊仍用《新园地》,副刊首先就连载了香港著名作家阮朗的小说《关闸》,同时还注重发表短篇小说。1963至1964年出版有《红豆》期刊14期。这期间,诗人余君慧、李丹、汪浩瀚、江思扬都开始崭露头角。70年代,《澳门日报》、澳门归侨总会、中华总商会都曾举办文学讲座,阮朗就曾来澳做讲演。此时澳门作家还把作品寄到香港发表,凌钝把这些作品编为《澳门离岸文学拾遗》,分上、下册,收有新诗、散文和短篇小说。这个时期的澳门文学总的来说,发展较缓慢。其一,50年代后,由于社会

---

① 李鹏翥《澳门文学的过去、现在和未来》,《濠江文谭》第4—5页,澳门日报出版社1994年版。

形态、政治等方面的原因，内地作家不能自由往来，外来作家来澳较少，澳门作家队伍单薄；其二，澳门社会比较封闭，与外界缺少交流、联系；其三，出版事业不发达，文学作品发表园地很少。

三

80至90年代为澳门文学的繁荣期，这个时期的文学一般又称为过渡期文学。80年代的澳门文学是在这样的背景下开始的，第一，1979年，中国与葡萄牙建立外交关系；第二，中国"文化大革命"结束，开始实行改革开放，澳门与内地的联系、交流日益密切；第三，澳门经济逐渐进入起飞阶段。1984年中英关于香港问题的联合声明签署，1987年中葡关于澳门问题的联合声明签署，澳门文学逐渐发展，走向繁荣，进入澳门文学有史以来最为辉煌的时期，其标志为：

第一，作家队伍壮大，作家主体意识加强。80年代以来，随着澳门社会的变革，经济的起飞以及内地改革开放政策的影响，澳门人口剧增，由内地、东南亚及欧美移居澳门的学者、作家与本土作家会聚一起，经过十多年的发展，形成了一支颇具数量而有实力的作家群，出版了一批有影响的、足以令澳门文坛生辉的文学作品集。尤为值得提出的是，澳门作家已经自觉意识到要树立澳门文学形象，1986年在澳门东亚大学（澳门大学前身）与澳门日报社联合举办的"澳门文学座谈会"上，作家韩牧呼吁树立澳门文学形象，会后出版了《澳门文学论集》，这是有史以来第一次对澳门文学进行系统探讨的论文集，其意义非同小可。此前，1984年，东亚大学云力教授主编了5本一套的澳门文学丛书。到1996年，澳门基金会出版了《澳门新诗选》《澳门短篇小说选》《澳门散文选》，比较全面地展示了澳门几代作家的创作成果。作家们在这个时期出版的文学作品集约在百种以上，形成澳门文学史上最为辉煌的壮景。1997年冬，澳门大学中文学院召开了关于澳门文学的学术研讨会，来自澳门、香港和大陆的代表，全面回顾并检阅了澳门文学的历史与现状，会后出版了论文集《澳门文学研讨集》。

第二，涌现一批高素质的写作社团。澳门人口不算多，各种社团却成百上千，由于社团众多，每月都举办多种多样的文化活动，如书展、画展、邮展、书法展、摄影展以及音乐、绘画活动等。80年代中期，文学社团纷纷成立，形成澳门文坛新景观。1987年，澳门笔会宣告成立，这个社团聚集了澳门从事文学创作的大部分成员，并出版了文学刊物《澳门笔汇》。1989年，五月诗社成立，这个诗社会集了澳门老、中、青几代诗人，堪称名副其实的诗歌重镇，并出版有《澳门现代诗刊》。1990年，澳门中华诗词学会成立，出版有《镜海诗词》，1992年，澳门写作学会成立，办有会刊《澳门写作学刊》，澳门大学师生联合办有文学刊物《蜉蝣体》。这些文学社团举办各种文学活动，如文学讲座、赛诗会、征文比赛、研讨会等，有力推动了澳门文学的发展。五月诗社在1995年、1997年两度举办澳门青年诗歌大赛，《华侨报》还与澳门学生联合会举办过两期澳门青年文学奖征文比赛，促进了青年文学创作的发展。

第三，报业、出版业迅速发展，文学阵地扩大。报纸副刊是澳门作家发表作品的重要阵地，澳门报业历史悠久，中文报业已有百年历史。现在，澳门有中文报纸8家，《澳门日报》发行量最大，约占中文日报发行量的80%。1983年夏，作家秦牧访问澳门，与《澳门日报》社长李成俊先生，总编辑李鹏翥先生商定，在该报创办文学副刊，这年6月，《镜海》文学周刊在《澳门日报》诞生，这是澳门历史上第一个纯文学副刊，并成为澳门作家发表作品的重要阵地。步《镜海》之后，《华侨日报》《市民日报》《星报》《正报》《澳门人周报》都开辟了文学副刊，这些报纸的文学专栏，大量刊登文学作品，包括短篇小说、诗歌散文、随笔小品等等，同时还连载长篇小说，如作家鲁茂、周桐坚持创作连载长篇小说多年，作品甚丰，使澳门文坛出现前所未有的繁荣景象。出版业的发展更使澳门文学如虎添翼，过去，澳门出版业萧条，作品很难结集出版，进入80年代，澳门的报界，如《澳门日报》《华侨报》《大众报》都设有出版社，澳门出版社、澳门星光出版社先后成立，澳门基金会、澳门文化司署和澳门写作学会、五月诗社、澳门笔会也纷纷成立出版机构，近20年出版的文学作品集逾百种，超过澳门历史上的总和。

第四，走出半岛，架设文学桥梁。澳门虽然开埠四百多年，但由于种种原因，澳门文学比较封闭保守，与外界缺少联系沟通，直到进入过渡期，澳门文学才逐渐打破这种沉闷局面。内地实行改革开放，文学新潮迭出，充满活力与张力，澳门与内地的交流日益密切，1991年，澳门派出黄晓峰、庄文永、廖子馨等5人参加在中山市举行的第五届台湾香港澳门海外华文文学国际研讨会，并提交了《澳门新生代诗歌》等几篇论文。这是澳门作家首次在国内的华文文学讨论会亮相，也是澳门文学走出澳门的重要转折。同时，澳门与台湾、香港的文学交流也逐渐频繁，并有作家参加台湾、香港召开的有关文学研讨会。澳门的诗人还频频参加内地、香港与台湾的诗歌评奖，诗人苇鸣的诗作，就分别在内地、香港和台湾的诗歌评奖中获奖。1997年冬，澳门大学中文学院召开澳门文学学术研讨会，邀请了海峡两岸暨香港的代表参加，澳门文学的形象已经引起海内外华文文学界的广泛关注。

四

澳门，由于其特殊的历史文化背景及社会形态，形成了它在文学上独有的特色，澳门文学有哪些特点呢？

其一，母土性。正如澳门是中国领土的组成部分一样，澳门文学也是中国文学不可分割的特殊组成部分。自16世纪以来，葡萄牙人占领澳门已四百多年，但在这块土地上，华人仍占96%，他们所使用的口头和书面语言仍然是汉语，汉语是澳门所有华人使用的母语。葡萄牙在其殖民地果亚、汶来和巴西，都能推广葡语，但在澳门却行不通。澳门作家几乎没有人懂葡语，对葡萄牙文学知之甚少，更谈不上受其影响。澳门作家都认同,澳门文学的根在中国。李鹏翥先生说:"澳门文学的根须是从我们伟大祖国树干伸延出来的","华文文学流淌着的血,总是有中国人的血,有中国文学传统的血缘"。① 澳门作家陶里认为:"文学的继承性十分重要,没有继承就没有发展,澳门文学继承些什么?根在何处?可以说,澳门文学同其他海外华文文学一样,其血缘来自中国,其精神,其手法植根于神州大地。"② 古代的澳门文学原本就是在澳门的中国文学,如韩国学者李德超所说的"为岭南文学之支脉",澳门新文学则是在"五四"新文学运动的直接影响下兴起的。过渡期澳门文学的繁荣兴旺更与新时期大陆文学息息相关,大陆的文学新潮有力地推进了澳门文学的蓬勃发展。澳门作家从思维方式、心理结构、价值观念、美学观点等方面都保持着中华民族的传统,澳门作家的作品运用汉语之规范、纯正,甚至一些港台作家都比不上。

其二,包容性。澳门开埠的历史早于香港,一度曾为世界上发达的商业贸易的中心,在中西文化交流史上占有重要地位。数百年来,这座城市华洋杂居,中西共处,这种特殊的历史文化背景形成了澳门文学兼容并包的特色。它首先表现在华文文学与土生葡人文学并存,土生葡人是指在澳门出生的葡萄牙人或具有葡国血统的混血儿(大多为中、葡混血儿血统)的葡人,他们用葡语创作的文学,澳门称之为"土生文学",它是澳门文学的特殊组成部分。这种独特景象在台湾、香港文学中是见不到的。华文文学与土生文学并存发展,互不冲撞碰击,而是各得其所。这里说"并存兼容",而非交融,是因为澳门华文作家几乎没有人懂葡语,葡文文学作品对他们的影响微乎其微,所以,谈不上交融。与日本文学对台湾、英美文学对香港的影响相比,葡萄牙文学对澳门的影响确乎微不足道。其次表现为传统与现

---

① 李鹏翥《澳门文学的过去、现在和未来》,《濠江文谭》第5、第11页,澳门日报出版社1994年版。
② 陶里《澳门文学概况》,《香港文学》1994年第3期。

代并存，澳门华文文学继承了中国古典文学与"五四"新文学的优秀传统，在各个门类的创作中，现实主义仍然为主潮流，但进入过渡期以来，西方现代派文学，尤其从创作手法上也影响到澳门文学的发展，它们互不排斥、并存不悖。在澳门诗坛，新诗、现代诗、旧体诗都占有一席之地，各种流派纷呈，形成多元发展的局面。小说界，写实小说、通俗小说与现代小说各自发展，并未发生冲撞，更未像台湾那样派别间发生交锋与论战。作家陶里的两本小说集《春风误》和《百慕她的诱惑》就分别运用了传统写实和魔幻写实的手法。

其三，地域性。李鹏翥先生指出："从文化学者的眼光，从人类学的眼光，澳门文化都有她独特的风格和诱人的色彩。"① 澳门文学主要取材于澳门本土的社会生活，反映澳门的社会面貌，人情世态。澳门作家的作品抒写对半岛生活的所见所闻，所思所感，反映澳门人以及从大陆、海外迁澳的华人的精神心态、具有浓郁的地方特色与本土气息，这就是澳门作家所说的"澳味"。澳门小说家林中英概括为"半岛生活在他们心中的投影"，陶里认为：指"澳门的泥土气息"，"澳门的社会面貌或澳门某个时期的居民心态和精神面貌"。② 如林中英的短篇小说集《云和月》、鲁茂的长篇《白狼》、周桐的长篇《错爱》都具有这种特色，取材澳门，写澳门人的生活。这种地域性还表现在刻意渲染澳门气氛，对打有澳门历史印记的文化胜迹的歌咏，如对"大三巴""妈祖庙""普济禅院"等古迹，澳门几代诗人都写下了咏叹的诗作。澳门作为中西交流的桥梁与窗口，呈现出多姿多彩的文化景观，澳门文学对中西民俗风情的描绘也是它的独特之处。此外，具有粤闽风味的澳门方言的运用也是澳门文学"澳味"的表现。

---

① 李鹏翥《澳门文学的过去、现在和未来》，《濠江文谭》第 23 页，澳门日报出版社 1994 年版。

② 陶里《澳门文学概况》，《香港文学》，1994 年第 4 期。

五

过渡期的澳门文学，就整体而言，具有哪些审美特征呢？

融历史感于现代意识之中，是澳门文学的一个重要特征。澳门虽然只是弹丸之地，但却有着独特的历史背景，保存有丰富的中西历史文化，狭小的空间处处留下历史的沧桑与印记，仅博物馆就有九座之多，如果把只有32平方公里的澳门比作一座大历史博物馆，是丝毫不为过的。这在整个大中国很难找到。澳门文学在展现一幅幅现代生活画卷，表现现代人的意识、情绪中，渗融着浓郁的历史感悟，抒发出对四百多年来这南国半岛历史风云的反思与兴叹，这里有对葡人强占澳门的历史的回顾，有对中国人奋起反抗殖民者的记写，亦有对期望澳门回归祖国的强烈期待。"一切历史都是当代史，一切历史意识的'切片'都是当代阐释的结果。"① 这在澳门诗歌中表现得更为突出。澳门学者、诗人苇鸣先生说，自己的许多作品"都强调紧扣历史和现实"，他在《铜马像下，传自金属的历史感》一诗中写下这样的诗句："将军/你本已够残朽的形体/你充满恐惧的利剑/连同你健壮的马儿/都冶铸成一个金属的惊跃了/从此/关于你的历史/便静止为一个/危险而可耻的姿势。"铜马像是葡军为攻占澳门竖立的纪念碑，耸立在澳门的路环。诗人以犀利的笔锋、愤懑的情感，把殖民者钉在了历史的耻辱柱上。当年的所谓"纪念碑"，今日正好成为入侵者的"罪证"。诗人回顾历史，也在诠释历史，诗中融入了当今澳门人的思考与评价。陶里的诗《过澳门历史档案馆》，面对澳门这座"历史档案馆"，"历史的宿疾迸发于我的现代血液"，诗人歌咏道："其实/自从林则徐被鸦片烟/熏黑之后/我的先人便远适/金山/老祖母把柔肠挂在/荆林里怀念她的游子/而浪子被卖猪仔的名字/又记于/什么历史

---

① 朱立元主编《当代西方文艺理论》第399页，华东师范大学出版社1998年版。

档案""我归来于寂寞岁月/有固体支持的脊椎作起/傲慢的线条/风追随我的跫音/我听到呻吟/自远古/自现代。"正如澳门学者黄晓风所指出的:"这种深刻的历史感源于诗人强烈的现代意识,中华民族的历史创伤也就是诗人心灵的创伤,神州大地的边缘的一道道刀痕引起诗人的切肤之痛。海外游子有一种被历史抛弃的感觉,但爱国情绪却发自于龙的传人的潜意识里。"① 这种评价是精辟而中肯的,是对澳门诗人沉痛的历史反思的集中概括。

浓郁的都市平民色调是澳门文学的又一艺术特征。澳门,既不像台湾那样,都市与乡村有比较明显的分野;也不像香港那样,迅速发展为高度工商化的大都市。澳门,就其地域、人口而言都只能列为中、小城市的规模,城、乡的差别在今日之澳门已逐渐消失。而长期以来,政界高官要员都为葡人所担任,而占百分之九十六的华人大多处于中、下阶层。澳门作家,不论是本土作家,还是南来的、外来的作家都生活在都市平民之中,与普通百姓有着相似的生活经历、相近的价值观念和审美情趣。他们在作品中描写中下层人物的命运,反映澳门普通人的生存环境、精神状态、情感体验,表现民心民风。陶里在他的小说集《春风误·后记》中有这样的自述:"我接触的都是小人物,他们以不同的形象出现在我的小说里。"澳门作家林中英在评澳门女性作家散文集《七星篇》时指出:"文集里绝大部分作品立足于市民生活和身边琐事,在平凡普通的事物中提炼出生存感念,在朴质、诚挚的叙述里散射出对生活的思辨。"② 林中英本人的小说集《云和月》面向澳门现实,以下层人物为主角,着力描写凡人俗事,描写了小商贩、失业者、中学生、退休人、小职员、老处女等等普通人的生存问题,表现他们在现实生活中的困惑和无奈。《重生》是作家很有代表性的一个短篇,叙述了从内地到澳门的小保姆银彩的生活

---

① 陶里《水湄集》,香港获益出版有限公司1997年版,第13页。
② 林中英《从〈七星篇〉看澳门女性写作的人生风景》,《澳门文学研讨集》462页。

遭遇，不但细致地刻画了她在生存问题上的情感体验，而且逼真地再现了这位少女性意识的萌动。澳门两位以写报刊连载小说而著名的作家鲁茂和周桐，笔耕不辍，产量甚丰，擅长描写小人物的悲欢离合，表现他们对真善美的追求，其代表作《白狼》《错爱》，注重在故事情节中刻画人物，注重表现人情，可谓典型市民意识的文化呈现。

在澳门文学中，看不到反映重大政治变革而大气恢宏的作品，作家们很少去表现英雄式的崇高或沉重的忧患意识，平民文化品位使得澳门文学化解了其他区域种种文学思潮所带来的沉重负累。

中正温和的美学品格是澳门文学的另一艺术特征。澳门学者庄文永认为澳门文学"表现的是一种温情脉脉的文学现象"，"80年代澳门散文、小说的特征较为温馨，创作手法较为平实，艺术意蕴较为平和单一"。① 澳门女学者廖子馨指出，"澳门的散文创作也充满温情色彩"，"女性散文作家也以温情文笔从女性的角度关注爱情、婚姻、家庭，以及人生的探索，少有凌厉鞭策的文风"。② 这种中正、温和指的是和谐有序、适中平和的美学特征。它首先表现在思想情感上体现一种"中和的美"，即感情呈现的适中、适度，美刺讽喻有一定限度，而非剑拔弩张、暴风骤雨式的；其次表现在艺术形式上，体现为一种和谐、平和的风格。澳门的连载小说，专栏散文都体现出这种温馨的色调。上述鲁茂、周桐、陶里、林中英的小说，另外如鲁茂、棱凌、李鹏翥、李成俊的散文以及《七星集》所收女作家的散文都体现出这种特色。探求这种美学特色的成因：其一，20世纪以来，澳门相对处于比较平和的政治局面中，很少激烈的政治冲突，也未发生剧烈的社会变革。20世纪70年代以来，经济发展迅速，人民生活水平提高较快，生活安定、富裕，正是澳门社会这种政治、经济、人文环境的静态导致了澳门文学温和的特色。其二，来自传统的儒家文化

---

① 庄文永《澳门文化透视》，澳门五月诗社出版社1998年版，第65、67页。

② 廖子馨《澳门散文四十年历程》，《澳门文学研讨集》第438页。

的影响。长期以来，澳门与祖国大陆保持着密切的联系，尤其是在传统文化的承传方面，儒家文化继承得相当完整、纯粹，较之于台港，澳门作家受外来文学的影响要少得多。庄文永先生分析说"几百年来澳门华人的文化价值观都承袭中国儒家的文化价值观"。①《礼记·中庸》曰："喜怒哀乐之未发，谓之中，发而皆中节，谓之和"，"中和"正是儒家社会理想和审美理想的体现。澳门文学总体表现出来的温情色彩，是它有别于台港文学的重要特色。

综上所述，澳门过渡期文学取得了令人瞩目的成绩，但也存在明显不足，它表现在：1. 由于受到地域小、人口少及人文环境的限制，澳门至今未产生大气磅礴的长篇巨制。2. 澳门作家都是在紧张的工作之余进行创作，加之文化市场狭小，作家出版作品困难，这就影响、制约了文学的发展。3. 澳门与外界的交流虽然得到加强，但总的来说，缺少冲撞与碰击，这不利于文学的繁荣。

澳门回归在即，澳门文学将逐渐与大陆文学走向沟通、整合，呈现出崭新的面貌。陶里认为：澳门回归，随着社会的进步，澳门必然出现更具实力的作家，他们将随着国内的大流前进。

---

① 庄文永《澳门文学评论集》，澳门五月诗社出版社1994年版。

魔幻写实与志怪传奇：当代港澳社会写真
——评澳门作家陶里小说集《百慕她的诱惑》

香港著名作家刘以鬯先生对小说有这样的论述："有诚意的小说家应该将自己的作品当作试管里的化合物，动笔之前，谨记菲力·史蒂维克讲的那句话：'目前没有一种艺术比实验小说更具活力'。"① 澳门作家陶里就是这样的一个小说家，他"生平最怕听到人家说我写的东西像某人的作品"，"我从来不模仿别人"。② 他虽然只出版了两本小说集，却锐意创新，敢于实验，既不模仿别人，也不重复自己。

从印支半岛的腥风苦雨中走来，又踏进现代光怪陆离的港澳都市。湄公河畔的宗教传说，高楼大厦下的芸芸众生，都融入了作家的魔笔，经过一番过滤、消解、融合，然后从笔端流泻出一个个荒诞而虚幻的故事，读来令人惊异错愕不已。这就是陶里的小说集《百慕她的诱惑》。这本集子独特、怪异，《聊斋志异》的志怪传奇，拉丁美洲的魔幻写实都为作家所吸收、借鉴、消融，正是在这种荒诞与神奇的审美空间中，陶里重构出观照世界的真假美丑的价值体系。

---

① 《〈香港文学〉小说选》序言。
② 陶里：《百慕她的诱惑·序》，香港获益出版事业有限公司。

虚幻与怪诞

小说集中有一串神奇、虚幻的故事：人变成小动物在地上爬、现实中的人可以走进已经消逝的历史、幽灵附在活人的身上、马肚子里走出六个汉子、石卵可测试人的爱恋的真假、建筑设计图纸上女鬼起舞……然而这荒诞不经的故事的背后，却是当代香港澳门社会的本质写真。陶里坚持创作来源于现实生活的原则，他在《百慕她的诱惑·序》中一再说道："它不是写实的作品，却处处是现实场景、现实心态"，大大小小的故事，来自现实，"笔者虚构的故事，任情节再复杂，任题材覆盖面再广，其实只是现实世界的小缩影，其本质只是现实的万一罢了"。这本小说分为四辑，收有短篇小说和微型小说63篇。作品的背景主要在香港澳门，少数篇章拉到了越南、葡萄牙和岭南小镇。小说的取材是独异的，是作家对当代港澳都市生活的独特观照。一类题材反映了现代工商都市社会的物欲横流、金钱主宰一切，人性被扭曲，被异化。《百慕她的诱惑》中的"我"，因为妻子的大腿被广告商拍成大型广告画，赚了一大笔钱。妻子的腿还换来一百万的保险金，"我"用它买了汽车和楼房，并充当了妻子的经纪人。为了金钱，妻子的大腿成了"摇钱树"。而《来自马肚的六个汉子》描述了香港的赛马如何刺激、控制着人们的神经。"马事"无所不在，马事渗透着社会的每一个角落，"马事"在榨取每个人的金钱。另一类题材描写了特殊人群，如澳门土生葡萄牙人、越南难民、大陆偷渡者的生活遭遇。《安万达夫妇的遭遇》以中葡混血儿安万达的求学、婚恋、家庭生活和事业兴衰为线索，反映了这类特殊人群在澳门的悲欢离合。《渡姑》叙述了漂泊到香港的越南难民的奇特经历。还有一类题材叙说了与港澳接壤的边缘小镇的奇闻异事。《狄阿米》就反映了一个边缘小镇疯狂走私、贩卖人体器官的骇人听闻的现实。此外，还有借历史人物折射当今现实的作品。

阿根廷著名文学评论家恩里科·安徒生·因贝特指出："在魔幻

现实主义小说中,作者的根本目的是借助魔幻表现现实,而不是把魔幻当成现实来表现,小说中的人物、事物和事件本来是可以认识的,合理的,但是为了使读者产生怪诞的感觉,作者便故意写得不可认识,不合情理,不肯给以合理的解释,像魔术师那样改变了它们的本来面目,于是现实就在作者的想象中消失了……作者是要创造一种既超自然而又不脱离自然的气氛,其手法则是把现实改变成像神经病患者产生的那种幻境。"① 这段话给了我们解读陶里小说的钥匙,《百慕她的诱惑》与传统小说的不同就在这里,它用虚幻和荒诞类表现现实。陶里在小说的序言中明白说道:它是"写现实与虚幻结合的荒诞故事""把一个虚幻的世界摆在读者面前"。

　　陶里的小说既借鉴了西方魔幻的手法,同时又借鉴了《聊斋》中神奇的幻想,是一种复式借鉴。他打破了传统的时空观念,叙述时间随意倒错,空间转换的界限被打碎,生与死的鸿沟也可以自由逾越。不同时间、不同空间发生的事件可以聚焦在同一场景之中。《渡姑》中的"我",一位中年男子,在澳门的高士德马路上行走,忽然听到有人唱越南歌曲《摆渡姑娘》,抬头一看,原来到了香港的九龙弥敦道,后来在一家旅游服务公司的女主人的指引下,只拐了几个弯,居然遇到了在越南上大学时的老师,经老师指点,"我"走了几步,就看到了昔日在越南西贡时摆渡姑娘摆渡的小河,那旧时的渡头。并且在这里找到了 20 年前的渡姑。再以后,他离开小渡船,拐个弯,又回到香港,回到澳门的高士德马路,在欢迎的人群中,居然有渡姑。回到家中,在妻子的记载越南难民的资料中,才知道,渡姑从越南漂泊到香港,已自杀身亡。这篇小说写得扑朔迷离、真幻交错,在空间上随意转换,几步路,可以从澳门到香港,再几步,又可以走到越南西贡。而在时间上,可以从现在跳到"过去",又可以从历史回到现实。而渡姑这个人物更是死而复生,生死的界限没有了。

---

　　① 龚翰熊:《现代西方文学思潮》,四川大学出版社1987年版,第400页。

读这篇小说，使我们想起马尔克斯、博尔赫斯等拉美小说大师的魔幻手法，也使人想到蒲松龄在《聊斋》里自由操纵时间的写法。《巩仙》中的巩道人就能"颠倒四时花木为戏"，随意倒错时间。《渡姑》这篇小说，意在反映在越法战争及以后的漂泊流浪生涯中，越南姑娘渡姑的不幸遭遇和悲惨命运，她有过两次婚姻，可丈夫都不幸身亡，孩子也病死，渡姑在战乱中被奸污，后漂流至香港卖淫，最后自杀而死。小说没有运用传统的现实主义的写法，按时空顺序来叙说故事，而是运用魔幻写实，把读者带入一个虚幻境界之中，使读者与作品中的主人公一样，也进入到那种幻觉、潜意识的世界里。这种艺术效果，正如恩里克所言："在现实消失（即魔幻）与表现现实（即现实主义）的过程中，魔幻现实主义产生的效果就像观赏一出新奇的剧目一样令人赞叹，也像在一个新的早晨的阳光下观察世界，其景象即使不是神奇的，至少是光怪陆离的。"① 《渡姑》既给人深沉的思索，同时又给人一种新鲜、怪异的艺术魅力。

运用情节的荒诞以激活小说的生命力，是这本小说集的又一别致之处。荒诞不仅仅是荒谬、离奇，还有不合常规、违背常理、不合逻辑之意，《百慕她的诱惑》常常把读者带进现实中不存在的世界，这个世界不可理喻，怪诞不经，是一种超现实的存在。《百慕她的诱惑》中的"我"成为妻子"大腿广告"生意的经纪人，钱财越聚越多。此时，300年前的航海家亨利的幽灵来访问"我"，他是当年从欧洲收购裸女画，船经百慕她海域翻船而丧生的。后来，他的幽灵被英国首相戴卓尔夫人带到香港。接着小说中出现这样的情节：

> 亨利指向客床上，让我看到一双美腿，那正是妻的，我要扑过去拥抱它，但却动弹不得。我祈求亨利不要把厄运赐给我和妻。他说当年在百慕她三角海域，他也曾这么祈求上帝，但结果

---

① 龚翰熊：《现代西方文学思潮》，四川大学出版社1987年版，第400页。

还是在海底度过三百年。

"大限已到,你免不了。"他说,"你的妻子已经变成了没有腿的小动物,从山边爬了出去。你现在可以去找她。"

我伤心地离开我的家。踏出后门,衣服马上落下,我变为蚂蚁一般大小的动物在地上爬。我要找我的妻子。我遇到许多男人,都没有脚。他们比我更艰辛地爬,也是为了寻找散失了的妻子。

透过这荒诞离奇的情节,我们领悟到它深刻的内涵。把美女当成商品,出卖女人的色相由来已久,用女性身体拍、做广告,是由西方传入。在现代工商社会,为了金钱,妻子也可以当作商品。"人"已被作为商品出卖了,人性被异化、人性被扭曲。在金钱物质的诱惑下,人异化为动物,与动物没有什么区别了。"百慕她",显然是一种象征,是厄运、灾祸和可怕的象征。然而她却具有诱惑力。这篇小说使我想起法国著名戏剧家在《戏剧经验谈》中的一段精彩论述,他说小时候喜欢看木偶戏,"木偶戏把我吸引在那里,就像发了呆似的,因为看到了一些会说会做、会打的木偶。这其实就是人世的再演,它不落俗套,并不逼真,但它比真实更真,它通过一种极其简单、极其夸张的形式呈现在我眼前,似乎是为了突出那滑稽而原始的真理"。的确如此,在《号码》中,"我"忘记了代替姓名的长而繁复的六位数号码,就发生了一串奇事:家中的房门口竟然出现一块玻璃墙,丈夫进不去,妻子出不来;钥匙打不开门锁;大厦的管理员一夜之间全换了新人,不认识"我"了;填表时,虽然签了名,但因记不住号码,被单位开除公职;妻子因记不住号码,身高矮了一半。情节荒诞却来自现实,反映了现代社会的真实,人被某种符号所取代,符号甚至比人还重要,人的价值抵不上一种符号。读后引起人的许多联想。这些篇章使我们想起卡夫卡的《变形记》,蒲松龄的《促织》,然而陶里虽然借鉴了中外小说大师的艺术手法,却深刻反映了当今香港澳门社会的真实,其时代色彩是显而易见的。

象征与诗化

陶里在小说集中还成功地运用了象征手法,一些精彩的短章犹如象征性寓言。黑格尔对象征有这样的论述:"象征艺术的目标是精神从它本身得到对它适合的表现形象","造成一个第二种形象,这第二种形象并不是目的,而是用来阐明一个与它相连的意义,因而依存于那个意义。"① 这个第二形象须经作家精心创造,陶里在作品中运用多种笔法构建这个第二形象。

一种是以人做象征,这类人物,并不注重刻画个性,更无对人物细致逼真的描写,他只是一种象征。如在《蓝色的男人》中,一个没有穿衣的蓝色的男人强迫"我"去发表演说欢迎中东油王,"我"突然没有了嘴巴,不能讲话。那蓝色的男人带"我"到海边,一刹那,海面上浮出千千万万个人头,眼睛跟我年轻的爱人的眼睛没有两样,但他们全都老态龙钟,个别年轻的瞬间化为缕缕轻烟。蓝色的男人逼"我"做选择,是浮沉海上,还是去演讲。这里,蓝色的男人可以看成殖民者的象征,异族强制性行为的象征,殖民者强迫人们服从他们的意志,逼迫人们为他们做事、替他们说话。昔日的历史,已有许多普通百姓在殖民者的残酷压迫下,化为冤魂。"我"失去嘴巴,是因为我不愿意说违心的话,做违心的事。而小说的结尾,"我的眼前只有一幅不见多时的巨大人像挡住了去路"。在澳门,这个不见多时的人像,应该是不言而喻的。有几篇以历史人物为题的作品,那几位历史名人其实也是一种象征符号,《夫子经商》写的是孔夫子和他的门徒下海经商的故事,意在讽刺某些人借名人做掩护,损人肥私,同时也赞扬了像颜回这样固守清贫,不搞歪门邪道的读书人。《李商隐》中的诗人李商隐走到当代人的书房,只是一位多情诗人的象征,以烘托主人公"此情可待成追忆"的心情。

---

① [德]黑格尔:《美学》第二卷第一、二章,商务印书馆1979年版。

另一种是以物做象征,在《小镇》中,小镇的木屋不见了,五六层,十多层的楼房移动过来了。小镇渐渐富裕、繁荣起来,人们的生活充满幸福感,此时,一列火车开进了小镇,几个有好奇心的男人上了火车,从此失踪,后来,火车又冲向"镇民大厦",镇上的代表全被车上的女人用皮鞭抽打,变成一个个灰白的骷髅,这以后,小镇就不存在了。这里的"火车"分明是一种象征,小镇富裕了,有钱了,却经不住"火车"的冲击,"火车"让人联想到灾害、祸难,联想到毒品、偷渡、走私,它是愚昧、劫难的象征,给人深沉的思考。另外如《秋的怀念》中的"秋"象征着童年美好、纯情的回忆。而在《鹦鹉》等篇里多次出现的眼镜蛇应是恐怖、凶恶的象征。

陶里在作品中的探求创新是多样的,《百慕她的诱惑》的第四辑是一组富有诗情的微型作品。陶里写小说,但他更钟爱写诗,从本质上说,他更是一个诗人。他用诗人的眼光观照世界,以诗人的思维去构建小说,尝试打破文体界限,使得这组作品介于小说与散文之间,文体感也模糊了。是诗化的小说或曰诗化的散文,似乎都合适。

所谓诗化,首先表现在它的抒情写意,意在言外。这一组作品没有完整的故事情节,主角往往是"我"依据某个生活片断、某个回忆来抒发一种主观情绪或某种感悟。而其中的"片断""场景"如同一幅幅写意画,引起人许多遐想。

如《过渡》一篇,开头是这样的:

> 我在过渡。我永远永远在过渡,在昨天,在今天,在或然的时间和空间,我都在过渡。

接着,时光倒流到少年时代,回忆起那时上学天天要过渡,常常是一个十六七岁的小姑娘把"我"撑过河。

过河只收一分钱,但像我,一过去,就得交两分钱。摇船的姑娘只收一分钱,但说每六天让她爬我们果园的树,采得的山竺、红毛丹等果子,她一半,我一半,但往往她都拿很多很多回家。

后来这姑娘嫁到了外村,由一个老头过渡,老头去世,新来摇船的是一个小伙子,这小伙子喜欢唱歌,一天,他送"我"过河,唱起"摇船的姑娘嫁人去了……"结尾写道:"我在过渡……但是,彼岸在哪儿呢?"小说耶?散文耶?浓郁的诗情、美好的回忆,而又渗融着深邃的哲理。人生从懂事起,就开始了过渡,而整个人生,也就是一个长长的过渡。

《秋的怀念》亦是诗意盎然,对童年时代的那个难忘的秋天,那位让"我"第一次听到风琴的青年女教师的怀念,竟然是终生难忘。

其次,是从意蕴到修辞、句式,作者都使用了一种诗的语言。"如果小说家不能像诗人那样驾驭文字的话,小说不但会丧失'艺术之王'的地位;而且会缩短小说艺术的生命。"① 陶里的语言缜密、含蓄、凝重而又富有神韵。且读下面一组文字:

> 黄昏,隐约听到有人唱:"秋静静地徘徊,她永远怀念……"谁在唱呢?
>
> 那应该是四十年代的歌。
>
> 我于是秋天起来,十分的秋天起来。
>
> 我的四十年代是一望无际的水稻田,碧绿的水汪汪的世界里有成群的水蛭。
>
> ——《秋的怀念》
>
> 春节过后的下午,总是很瘦的。
>
> 午后的餐厅很瘦,我们伸出手,它就做掌中舞。
>
> ——《生青春痘的下午》
>
> 天很低,伸手抓一把云,一捏就洒下雨来。人们打着雨伞,把初一护送到十五。
>
> ——《雨怀》

---

① 刘以鬯:《小说会不会死亡》,花城出版社1981年版。

此外如"夜声很古典,譬如叫来了贝多芬和柴可夫斯基""不很黄昏的黄昏""夜声很古典"等这类语言不但突出了主观感觉,简洁、形象而富于表现力,而且遣词造句运用了现代诗的句法,出现了语言的无序性、事物的变形性。"我于是秋天起来,十分的秋天起来"初读似不好懂,而在这篇作品的语境中,"秋天起来","十分的秋天起来"却揭示了对那个永远难忘的秋天无比思念、异常向往的情感。如用"我非常想念那个金色的秋天",就很一般了。"夜声很古典,譬如叫出了贝多芬和柴可夫斯基",前一句抽象,却引起人丰富的遐想,后一句形象,更让人进入有声的联想。是诗,更是现代诗的语言。

《百慕她的诱惑》有许多篇章似乎很难诠释清楚,陶里说,现实社会有太多使人迷惘的事,你我只感到迷惘,怎能有明确的答案呢?留几分神秘,多一些想象空间,不也是一种美感吗?

"后设""聚焦"与生活原生态
——初读寂然

从《一对一》(与林中英合著)到《抚摸》,寂然在不断探索、试验小说的写法。他的艺术思路大体有两条:一条是用现代人的感觉观照、折射、表现澳门社会生活现实;一条是借鉴、吸收现代、后现代的艺术手法,寻求叙述故事的新途径。

"后设"与现实批判

《月黑风高》系列小说一开头,"我"就说:"我"不懂得写黄色小说。接着表明对创作小说的看法:"我们活在一个充满故事的世界里……经过多年的磨炼,我渐渐明白写小说的基本道理:你必须说谎,你必须借真实的人物事件场景来叙说一个像现实一样的假故事。人们喜欢半真半假的故事。小说作者的唯一强项就是把真实的事情变假,将假的情形变真。"这段话可以看作后现代小说的剖白。真实是无法模拟的,我说的这一切事件都是虚假的。说的是谎话。然而透过这貌似漫不经心、真真假假的游戏文字,我们仍然可以寻觅到作者的思维轨迹。接着,"我"叙说自己想编写的故事,有言情的三角恋爱、离奇的嫖娼戏、煽情的母爱等几个题材,"我"都不愿或不想写。这里实际上是在叙说选择题材的经过,可见,寂然的选材是严格的,创作态度是严肃的。寂然是借后设小说的形式观照澳门的社会现实,如社会治安、黑社会暴力犯罪等。詹姆斯曾夸张地说过:讲述一个故事至少有五百万种形式。寂然所寻觅的正是讲述故事的方法。

《月黑风高》系列所写的澳门社会治安、暴力犯罪，是其他澳门小说家很少涉猎到的（也许我读到的澳门小说有限）。作家以敏锐的现代人感觉，在小说中正面展示了现代澳门一帮江湖少年刀光剑影、惊心动魄的殴斗场面，也相当细腻地刻画出阿力、细毛等一群青少年的心理世界。同时也涉及到社会、学校、家庭在教育青少年方面存在的严重问题。而变态杀人狂阿达在小说中，如同音乐的复调一样，从一个侧面呈现了现代都市社会的怪世相。小说具有强烈的现实感、批判性，是极具深度的社会写真。

所谓后设小说，简单地讲，就是以小说形式讨论小说创作的小说。作家在叙说故事的同时又与读者"露底""揭秘"：我这篇作品是虚假的、不可信，说的都是谎话。并且把"我"如何构思这篇小说的经过也告诉读者。而交错其中的是作者或作品中的人物叙说的故事，两者"套叠"，尤其是作为叙述者的"我"与小说中一个人物的"我"，常常带有不确定性，使人感到扑朔迷离，真假难辨，如进迷宫。美国学者埃米尔·罗德里格斯·莫内加尔评论阿根廷著名作家博尔赫斯说："博尔赫斯反对模仿的现实主义及心理小说，认为小说应依照魔术的程序和逻辑，而不应当依照科学的程序和逻辑。"① 寂然在《月黑风高》等小说中也在试验这种"魔术"的写法。

寂然运用后设小说这种艺术形式与其所反映的澳门现代社会现实极相契合。澳门是个华洋杂处、中西相融的社会。它的经济发展迅速，进入现代工业社会，而又带有某些后工业文明的特征，而几百年来被葡萄牙殖民者所强占，澳门社会畸形发展、光怪陆离，蒙上了一层神秘色彩。

《月黑风高》系列中，作者直言读者，真实无法模拟，"我"说讲的是谎话，声称这个故事千万不可信。穿插在文本中的这些话语多次反复，加上叙述人称的不确定性，造成的艺术效果主要表现在两方面：

---

① 莫内加尔《博尔赫斯传》，东方出版中心1996年版。

其一，模糊效应，捷克著名小说家昆德拉说过："小说有某种功能，那就是让人发现事物的模糊性。""确切地说，小说家的才智在于对确定性的缺乏，他们萦绕于脑际的念头，就是把一切肯定换成疑问。小说家应该描写世界的本来面目，即谜和悖论。"① 博尔赫斯也有惊人相似的见解："他们总认为作品中的每个音节都是事先确定好了的。不，我们相信的是某种更加模糊的东西。"② 我的直觉，寂然似乎一踏进小说门槛，就在琢磨如何突破传统写法而构建迷宫，营造小说的模糊性。《月黑风高》系列是如此、《回力球》等篇亦是如此。叙述人称不确定，故事里套故事，假作真时真亦假，如系列之三中所说的"于是，他久仰大名但绝不认识的作者被他描写成充满希望的小说作者，并且命名为舒飞"。"爱读小说的警察当然真有其人，他也是这篇小说的作者的朋友，当然他不叫阿杰，他的女友虽然对他诸多不满，但他也不叫文清。"警察阿杰将三个系列套叠起来，使读者如进迷宫。所谓"模糊之中有端倪可察"，作者不在叙说一个清晰、明白、连贯、有头有尾的故事，而是激发读者与作者一起走进作品，达到对小说更为深刻、广泛的理解。这无疑拓展了读者的思维空间，将读者从旁观者转变成为参与者，在一个新的层面达到一种融合。在读者的认识、感受甚至欣赏活动中，模糊判断、模糊推理、模糊感觉、或曰模糊审美也是把握、理解文本的一个重要途径。

其二，心理效应，小说中的叙述者愈是坦言故事虚假，读者愈想读下去，愈加想探个究竟。这种圈套意在激起读者的一种逆反心理，这与看魔术的心理颇相似。美国著名心理学家亚伯拉罕·马斯洛认为：精神健康的一个特点就是好奇心。他说："有人把这一过程称为寻找意义，那么我们就应该假设人有一种对理解、组织、分析事物、

---

① 《小说是让人发现事物的模糊性》，见《小说的艺术》，社会科学文献出版社1999年版。

② 《我这样写我的短篇小说》，见《小说的艺术》，社会科学文献出版社1999年版。

使事物系统化的欲望,一种寻找事物之间关系和意义的欲望。"① 德国戏剧家布莱希特的所谓间离理论早就运用了这种心理效应。《月黑风高》系列中几个故事套叠而又有联系。作为人物之一的作家舒飞真真假假的叙说,还有叙述者的不时插入,使得读者特别关注系列之一中白衣少女的下落,之二中阿力、细毛的结局,之三中阿杰追查杀害作家舒飞的凶手的结果。

其实,作家一再向读者坦言,小说是虚假的,这只是一层叙述"外壳",解开叙述的圈套,作者依然在叙述一个有人物有事件的故事。如果只是依靠后设的外壳做包装,一味胡编怪想,远离生活或违背现实,这样的作品同样是没有生命力的。说到底,后设只是一种艺术形式,其终极目标,仍然是追求表现生活的真实,寂然的小说是这样的。《月黑风高》系列细节之真实、人物之立体、背景之现代、批判之深度,正是这外壳包装中的坚实的内核。而这正是小说艺术魅力所在。

聚焦与人性探幽

寂然在《抚摸》的代序《漫长的摸索》中写道:"每次我写完一篇小说,都希望尽快把该篇小说忘记。如果我不时回顾自己的旧作,恐怕我的新作就不会生产得那么快,写作的胆子亦不会再那么大。"读完中篇《抚摸》,我感觉,寂然的话得到应验,小说果真是一部"别出心裁"的新作,它是一个内含丰富的文本,具有强烈的艺术震撼力。读后令人耳目一新,无疑,这是寂然的又一次成功试验。

《抚摸》的开篇虽然也设置了"后设"的框架,但主要在于运用"聚焦"探索人性的幽微。的确,寂然创作这篇作品的胆子够大的,在一个中篇中,写尽青春恋、同性恋、异性恋和三角恋。尤其是对同

---

① 弗兰克·戈布尔《第三思潮:马斯洛心理学》,上海译文出版社1987年版。

性恋大胆、直露而近于疯狂的描写，在澳门小说中恐怕是很少见的。

《抚摸》中成功地运用了情节聚焦与叙事聚焦。所谓情节聚焦，这里是指小说的情节聚焦在"抚摸"这个行为上，整个作品围绕这一聚焦点而展开，小说中的人物也是通过各种各样的"抚摸"而发生关系的，它犹如舞台上投射的多束光柱的交汇点（这与叙事学中"聚焦"的概念不一样）。"抚摸"作为一种行为形态，心理形态是人性的情欲的外化表现。小说中，用这种敏感的触觉抒写人生的情欲体验，表现形形色色的人生原态，让它活生生地呈现在读者眼前，寂然的勇气和魄力令人赞叹。

小说中的各种抚摸构成了一个喻象系统，小说中的每一节，都是写的叙事主体对抚摸的感觉与体验。这里的抚摸当然不是一般的触觉行为，而是一种情欲、心态的表现、是情欲的象征。黄文辉先生的理解是极准确的。而寂然的良苦用心是在通过抚摸这种行为、心理的情欲写人性。人性是抽象的，但在文学作品中，人性是在一定现实环境和生活中具体而活生生的表现，是普通人性的个别特殊形态。寂然在小说《抚摸》中，通过一群青年男女种种特殊形态的"抚摸"行为，将人性的幽微之处表现得淋漓尽致。

其一，用"抚摸"表现自然、纯真的人性。小说第一节"抚"，是写中学生周俊颖，一位15岁的少年对女生马少芬的抚摸的感受。这一节通过这个男孩对女孩的初次抚摸的心理活动的揭示，将处于青春期的少男少女的朦胧性意识、情欲行为表现得惟妙惟肖。开始周俊颖对这位女生的抚摸是反感的（自然，女生的成熟往往早于男生）：

　　"马少芬同学，请你不要抚摸我的背脊了，抚得我痒痒的……"
　　"你再摸我就要告诉老师了。"
　　"好呀！去告诉老师，看看他们相信是我摸你，还是你摸我吧！"

这时的小男孩可以说情窦未开，尚处于混沌状态。而经过一段接触、交往，周俊颖由排斥异性到接近进而亲密接触，终于不再叫马少芬走开，"她甚至把自己喝过的汽水递给我喝，一旦经过共饮一罐汽水的'仪式'，许多心意也就不说自知了"。从反感到接受，小说把这一心理转变过程描写得细腻、逼真，令人折服。

　　其二，用"抚摸"表现扭曲、变态的人性。小说第三节"亲爱的"写青年教师张伟雄对周俊颖的抚摸过程。写的是男同性恋，张伟雄是抚摸行为的主动者。比较而言，对同性恋情节的处理较之青春恋，从伦理、道德评价直至艺术表现都是对作者的严峻挑战。就写同性恋题材而言，中外文学作品早已有之，中国如《石点头》《品花宝鉴》，《红楼梦》中也有此类描写。西方著名小说的如《蜘蛛女之吻》《追忆似水年华》，现代小说如白先勇的《孽子》、朱天文的《荒人手记》都是这类小说的名作。同性恋在生理学、心理学界都是有争议的论题，文学涉及这一领域自然是闯禁区。寂然的可贵首先在于敢大胆突破禁地，正面描写男同性恋的行为过程。其次在于对同性恋者张伟雄的刻画不是静态的，小说展示了人物的动态发展过程。对同性恋这一千年难解之情结的起因，至今科学界尚无定论。张伟雄开始对周俊颖之恋，人物自己也交织着矛盾、痛苦与内疚。"有时候我在午夜，裸体对着镜子狂哭，怎么如此？我不要做变态佬……"但他又不能控制自己，无法用理性控制自己。应当说，对这样的人物，也寄予了一定的同情与理解，先天？病态？之后，张伟雄由于失去周俊颖报复他，并抢走他的女友，且后来沦为男妓，小说则给予了强烈的批判、谴责。

　　其三，用抚摸表现理智、深挚的人性。小说的最后一节《摸》通过安安感受周俊颖的抚摸，将一个成熟女性理智、真挚的情感表现得分外感人。酒吧老板娘郑安安是一个成熟的青年女性，她深恋着周俊颖，但又获悉了他的个人情感秘密，安安是矛盾甚至痛苦的，然而她却表现得大度、豁达，且读小说中的几段文字：

在爱情这件事上，谁够洒脱，谁就是赢家。别为失去一两个人而令自己变得不洒脱啊！

他忘不了旧情人少芬，是改变不了的事实，他忘不了被同性恋变态佬袭击，也是改变不了的事实。我在这个问题上耿耿于怀，是我自己不够大方。

周俊颖平时是一个诚实的男人，但是现在他的谎言已经盖过了所有破绽，猜疑与嫉妒，使他变成一个可爱无比的人。我这种想法他是全不知道的，他同样不知道我是在这一刻，才完全懂得自己在他心目中的位置。至少，他肯这样骗我，已经非常不错了。

小说通过郑安安叙说的一种情感心态，应当说，表达出现代人对爱情一种现实而理想的心境，或曰一种态度。

叙事聚焦，按普林斯在《叙事学辞典》中的解释：所谓聚焦指"描绘叙事情境和事件的特定角度，反映这些情境和事件的感性和观念立场"。① 聚焦可分外部聚焦、内部聚焦。"外部聚焦近似于叙述，其聚焦者通常便是叙述者，内部聚焦的含义是指聚焦者存在于故事内部，聚焦者通常是故事中的某一个人物或某几个人物。"② 法国的日奈特精辟地指出："聚焦可以使目光和思维同时运动。"③ 由法国著名作家最先采用的这种内部聚焦，给予20世纪西方小说家以深刻的影响。《抚摸》中运用了多个人物为聚焦者的内部聚焦，在叙述的7节中，分别采取了以周俊颖、马少芬、张伟雄、阿杰及郑安安等人物为聚焦者，不断变换叙述角度和视点，故事情节不再是由叙述者从头到尾的单线叙说，而是用多角度、多个人物的眼光与思维，从不同侧面来编织故事。小说分别用周俊颖、马少芬、张伟雄、郑安安等人的视

---

① 转引自《叙事学导论》，云南人民出版社1995年版。
② 同上注。
③ 引自《叙述学研究》，中国社会科学出版社1989年版。

角写对抚摸的体验,把不同人物的感受抒写得纤毫毕露,这种艺术效果是传统的叙述方法无法表现的。

如第三节《亲爱的》,以张伟雄做内聚焦者,而聚焦对象是周俊颖。读者的感受、体验都受控于张伟雄的心理、情感,或曰,这种内部聚焦者保持着人物内心的原生态,这即巴赫金所说的人物大于叙述者。如:

> 读完白先勇的《孽子》,力在上班时的表情写下了一份怅惘。当年你读大学的时候大概太迷恋张爱玲的《传奇》,总觉得白先勇的东西未及张爱玲般看透世事,年轻的你尤其喜欢为曹七巧的命运满怀感慨。你跟其他语文老师大谈张、白二人受《红楼梦》的影响时,搬出了一大堆似是而非的道理,虽然你引经据典,但我和其他同事都只能报以一脸惘然。你的语气充满自信,眼神专注,你的语态成了我那年初秋每个晚上的慰藉。

又如第五节《分手吧》中是从阿杰的目光看到房屋露台惊心动魄的一幕的:

> 从门口看进去,可以见到客厅,可以见到客厅尽头的露台,露台上有一个女人,上半身完全伸出露台外,声音微弱地叫,救命,救命呀!

内聚焦从人物的眼光、意识和思维进行叙述,正如日奈特所指出的:"是从人物对其他事物所产生的形象,也可以说是从这一形象的透明性中看到人物的。""聚焦最强烈的就是目光(实际的或精神的)通常在激动的时刻盯着人和物的区域。"[①] 这种用法在《抚摸》的其他几个短篇中如《她不过是我个女朋友》《二十岁的眼泪》《恋爱

---

① 引自《叙述学研究》,中国社会科学出版社1989年版。

等篇中都运用得相当娴熟。

此外，值得一提的是寂然小说的语言特色，构成文本的符码系统兼容了中西小说的特征，可以说有两套符码系统。

一套富有现代意识，寂然借鉴了西方现代小说如海明威语言节省、干净的写法，如没有写景，没有写人物的外貌衣着，没有情节过程的交代等。运用意识流似的连绵长句，如《抚摸》第一节的一段长句："那是一种发型带点冷艳眼神带点纯情鼻梁带点高傲嘴唇带点性感俏脸带点妩媚颈项带点神秘身高和体形都带点病态的集大成之美。"五十多字没有标点，任凭人物意识流动。也有现代诗似的、跳跃而不连贯的短句，如《抚摸》第三节中，只有两个字的十个名词短语的分行排列，跳跃而不连贯，留下许多空白，却给人极大的想象空间。

一套系统具有古典韵味的语言风格。继承了中国古典诗词及元杂剧的语言特点，如讲究排比、对仗，运用整齐的四字句、三字句等，如《你喝醉了》中的有些段落就有这个特点。如：

郑安安的记性很好，而且分析记忆能力很强，谈情说爱，妙语如珠，表情投入，激动时眼泛泪光，欢笑时笑意盈盈，事无大小都用心聆听。

这段话以四、六句为主，连用三个四字句，六字句大体对仗，颇有古典韵味。

寂然小说的语义层次分析可以另外做一篇文章，这里不赘述了。

值得强调的是，寂然的小说与西方现代、后现代作品不能等同而语，他是借现代、后现代小说之"瓶"装澳门现代都市生活之"酒"。他借鉴的是艺术手法、表现的是生活原生态。从他的小说读不到西方作品中的那种孤独绝望、生存危机。应当说，瓶子是精致的，而酒味亦分外醇香。

第三辑　新移民文学研究

中西时空冲撞中的海外文学潮
——论新移民文学的发生、特征与意义

当 21 世纪走过第一个十年之际,回望新移民文学,在中西时空的冲撞中,已成浪潮汹涌、众帆竞发之势,一批优秀作家脱颖而出,佳作新篇接连问世,引起海内外读者与学界的广泛瞩目。面对这道独特奇异的文学景观,不禁产生这样的疑问:新移民文学究竟是如何发生的?有什么特征?其意义何在?

新移民文学通常指 20 世纪 70 年代末、80 年代以后,从中国大陆移居海外的留学生、技术人士、经商者等移民群体创作的文学作品(其中以用华文创作的文学作品为主)。这一概念的时空性特指 70 年代末以后,从中国大陆移居海外的移民人士的文学创作,这样就从时间与地域上区别于 20 世纪台湾五六十年代的留学生文学,同时也区别于海外的华裔文学(指海外出生的华裔作家创作的文学作品)。

对跨越国门的新移民文学创作,20 世纪 80 年代初称为留学生文学。1984 年,上海《小说界》开始发表留学生的文学作品。十年以后,北京《世界华文文学》率先推出"新移民作品"专栏。新移民文学的提出是在 20 世纪 90 年代后期,1999 年,陈贤茂主编的《海外华文文学史》第四卷列出"新移民文学"专章。这是在文学史上首次提出这个概念。这个概念虽有一定程度的模糊性,但特指明确,容易使人接受,得到了海内外文坛、学界的广泛认可。对这一概念的称谓,还有"新华人文学""流散文学""新海外文学"等提法,此处就不做辨析了。

一、新移民文学的发生

新移民文学究竟是如何发生的？下面从社会变革、创作发生、现代传媒与文学源流几方面做简要论述：

1. 社会变革造就历史契机

中国重大的社会变革造就了新移民文学发生的历史契机，这是首要前提。新中国成立以后直到"文化大革命"结束前，中国曾向苏联与东欧国家公派过少量留学生。十一届三中全会的《决议》冲破了1949年以来长期闭关锁国的坚冰，"改革开放"的国策把国门打开，以留学生为主流的中国人开始拥出国门。且看下面的资料：1981年前，中国国内几乎不存在所谓"自费留学"，1984年前自费留学生年均仅1000人，1986年达一万多人，到1987年又增10倍，突破10万大关。到2002年后，留学生（包括公派与自费）每年都超过10万人。到2009年，出国留学生总人数为22.93万人。从1978年到2009年底，中国留学生总数达162.7万，回国人数49.74万人，这意味着有百万以上留学生从"留学"演变为"学留"。① 这股出国潮在中国可谓史无前例，居世界之最，为全球所罕见。这个数字还不包括其他方式的移民人数。而这个庞大的族群正是不断产生新移民作家的主体，随着移民潮的继续升温，这个数字还会不断增加，新移民作家的队伍还会继续壮大。

新移民作家群体与早期移民最大的不同在于：他们普遍在国内受到过高等教育，许多人又在移居国获得学位，文化素质高，而且留学生与技术移民的比重大，具有双语读写能力，为青年知识分子的精英群体。这一代新移民改变了以往华人移民文化水平低，从事"苦力"活或以经商为主体的状况。正是这样一个具有写作潜质的高文化涵养

---

① 据苗丹国：《出国留学六十年》，中央文献出版社2010年9月版与教育部国际合作与教育司信息发布，见《世界教育信息》2010第7期。

的移民群体，成为之后产生新移民作家的温床。翻开中国现代文学史，成就卓越的领风骚者，几乎都是在中国接受高等教育后留学外国而有成就者，如鲁迅、郭沫若、老舍、巴金、徐志摩等，为什么？因为他们具有双重文化系统，双语知识结构，这样的智慧资源库潜藏着巨大的创造活力、文学界是这样，科技界也如此，如杨振宁、钱学森、李四光等都具有这样的留学背景与经历。新移民文学的崛起给我们的启示值得深思。《澳洲华文文学丛书》的一百多位作家中百分之九十五具有大专、本科以上学历，不少具有硕士、博士学位。旅美新移民作家编选的《一代飞鸿》汇集了北美作家44位作者的中短篇小说，作者中具有本科以上学历者也占百分之九十多，许多还在国外获得研究生学位。

当然，出国前已有作品问世，移民后继续创作，是作家受到异域环境刺激后的一种自然的产物，是写作的延伸，如严歌苓、北岛、吕红、程宝林、张奥列等。

2. 跨域落差催醒创作萌生

在历史大转折的时刻，被禁锢已久的青年大学生、技术人员与其他人士，在空前的出国潮中拥出国门，他（她）们刚刚从七八十年代的社会转折中走过来，对出国后的人生与未来命运还来不及深入思考，转瞬间就踏上了异乡的国土。他们出国的目的归纳起来：一是出国留学或深造求发展；二是出国淘金圆发财梦；三是想换一种生活方式，看看外面的世界。真正以流亡身份去国外的少之又少。借一位新移民作家的话说："在当时还很贫穷的中国走到物质高度发达的西方世界，穷惯了也穷怕了的中国人出国的原因主要是冲着物质和生存条件的巨大落差而离开故土的。"[①] 然而到了一个完全陌生，完全不同的国家开始新生活，却遭遇到多方面的始料不及的巨大差异与冲击。诸如生存困境、身份焦虑、语言障碍、文化休克、族裔处境、道德伦

---

① 江少川：《移民后，文学创作为什么会发生——黄宗之、朱雪梅访谈》，《世界文学评论》2010年第2期。

理差异等等,骤然跌落为少数族裔,三等"公民",甚至"身份"不明。移民作家昆德拉早就说过:"移民生活也是困难的……然而最糟的还是陌生化的痛苦。"①从原乡到异乡,人作为感受承载这些巨大差异的主体,在物质、心理、文化和精神上,凝聚为一种强烈的生命体验与情感运动。德格罗塞在《艺术的起源》中指出:"没有一件东西对于人类有像他自身的感情那么密切的,所以抒情诗是诗的最自然形式。"②罗丹认为:艺术即感情。北岛海外漂泊多年,感受很深:"说来创作的原动力,往往跟内伤有关,带有某种自我治疗的性质。"③心理学中有一种"缺乏性动机",从文学心理学看,"创作动机的发生,更多的是基于精神上的失衡和追求"。④而新移民文学的发生正是这种"失衡和追求"达到极度的"遣悲怀"。

尤其是学理工科出身的新移民作者,出国前与文学不沾边,从未想到会搞文学创作。移民后却提笔写作,为什么?因为他们"处于境外生活的巨大差异之中的主体,受到的冲击更大,感受更深,成为最急于把内心世界里淤积起来的东西吐出来的一群人"。是"文学提供了新移民宣泄释放的途径"。⑤这是研究生物制药的小说作家黄宗之夫妇的真心倾吐。钱少君毕业于北京大学声学物理学专业,赴美后却成为著名的网络作家。旅美作家陈谦学的专业是电机工程,供职于美国芯片设计界,她坦言:如果不来美国,我不会写作。换句话说,如果没有移民美国的生命体验,没有这种跨域的情感冲击,仍然在国内过着安定、平稳、优裕的工程师生活,她就不会提笔创作。"从总体

---

① 昆德拉:《被背叛的遗嘱》,上海译文出版社2003年版,第101页。
② 德格罗塞:《艺术的起源》,商务印书馆1984年版,第176页。
③ 北岛:《望断南飞雁·序》,见陈谦《望断南飞雁》,新星出版社2010年版,第2页。
④ 钱谷融、鲁枢元主编《文学心理学》,华东师范大学出版社1988年版,第129页。
⑤ 江少川:《移民后,文学创作为什么会发生——黄宗之、朱雪梅访谈》,《世界文学评论》2010年第2期。

上说，只有处于巨大变化中的社会，才是创作最活跃的温床。"①"海外华人华文创作的血泪挣扎，直逼文学在人类社会所以必须存在和能够存在的根本原理。"② 待到移居生活逐渐安定、平稳下来以后，新移民作家的这种"缺乏性动机"也在变化，渐渐转化为一种"丰富性动机"，成为作家精神上的一种探索与追求、甚至成为生命不可割舍的组成部分。

3. 现代网络传媒的推波助澜

这一代中国人移民海外之际，正值计算机与网络技术突飞猛进的发展时代。电子网络已成为当今世界最便捷，最有效的传播媒体之一。电脑网络系统最早是由美国于20世纪80年代开发出来的。美国的大学生是除政府以外的第一批用户。1991年4月，全球第一家中文电子周刊《华夏文摘》出版，这份刊物开华文网络文学之先河，1993年以后，分布在世界各国的中国留学生联谊会主办的中文电子刊物如潮水般涌现。许多人抒发漂泊异域的苦闷是从网络上开始的。以北美为例，网络杂志已成为传播华文文学创作的最佳渠道。许多新移民作家都开辟有自己的博客，他们的作品发表在博客上，主要在情感倾泻，没有功利色彩，从电脑网络中走出不少网络作家，少君就是其中的优秀代表。北美华文网络文学就是从中国留学生开始的，北美有《新语丝》《枫华园》《橄榄树》等电子刊物。《文心社》创办10年，成为北美乃至海外规模最大、最有活力的电子刊物与文学社团之一。

新移民作家的作品可以在移居国的中文报刊发表，同时又可以在中国大陆，台港的报刊刊登出版。这无疑给新移民文学的产生、发展以得天独厚的契机。以美国为例，"当今世界，美国是除中国大陆、

---

① 钱谷融、鲁枢元主编：《文学心理学》，华东师范大学出版社1988年版，第132页。

② 钱超英：《澳大利亚新华人文学及文化资料选》，中国美术资料出版社2002年版，第421页。

中国台湾、中国香港外，中文报刊数量最多的国家"。① 美国有一百多家中文报纸，三十多家中文期刊，发行量最大的中文日报有：《星岛日报》《国际日报》《世界日报》《侨报》，仅在纽约，中文日报就有九家。几家中文大报都辟有文学副刊，现代传媒极大地提升了新移民文学的影响力。

现代影视也为新移民文学的发展插上羽翼。作家的小说被改编为影视剧热播后，迅速引起读者对原作的热切关注。从当年电视剧《北京人在纽约》（根据曹桂林同名小说改编）热播的轰动效应，到后来电影《唐山大地震》（根据张翎小说改编）的放映，都可以见出影视剧对新移民文学的拉动与互动作用。

4. 多个文学源流的汇聚与滋养

如果从文学内部的传承进行探讨，新移民文学潮的源流是多头的。新移民作家生长在母国，受教育在母国，大多数人在故国完成了高等教育，他们的知识根底首先是中国文化的"DNA"，是中华文化传统，中国古典文学与新文学，他们文学的本源是母国文学。初到异国，在母国受教育长大、度过了前半生的新移民，祖国的文化传统是他们的根，尤其是坚持用汉语创作的作家，源头在中国，这是不容置疑的。

其次是台湾留学生文学，这里指的是台湾20世纪60年代旅美作家白先勇、於梨华、聂华苓、陈若曦，旅欧作家赵淑侠等，他们是现在称为新移民作家的前行者。新移民作家走上创作之路受到他们很大的影响。第三是华裔文学，华裔作家用英文创作，他们的作品涉及中国故事与移民题材。尤其是美国的华裔文学在20世纪七八十年代进入转型期与觉醒期，在时间上与新移民文学接近，如水仙花、汤亭序、谭恩美、赵健秀等都直接、间接影响了新移民作家。另外是外国作家的外语文学原著的影响，如李彦、欧阳昱等之读英语文学原

---

① 尹晓煌：《美国华裔文学史》，南开大学出版社2006年版，第182页。

著、高行健、戴思杰之读法语文学原著等。移民文学历史悠久，走出了不少大家，移民作家的外语文学原著如纳博科夫、康拉德、奈保尔、昆德拉等，他们对新移民作家都有着潜移默化的滋养作用。

二、新移民文学的特质

前半生在中国生长，后半生生活在异国的新移民作家，他们具有双重生活经验，两种文化背景，又具备双语能力，这就决定了他们的写作与原乡、异乡的文化不可分割，相互连通，而同时又具有不同于它们的独有特质，概括起来有如下几点：

1. 边缘性

新移民文学的这种边缘性是双重的，这是指其对移居国与母国而言都具有边缘的性质。对移居国而言，新移民文学属该国的少数族裔文学，而新移民华文文学，相比较华裔英语或法语文学，更是边缘之边缘。对母国当代文学而言，它亦是处于一种边缘的模糊状态，因为用汉语创作，中国的报刊、出版业对新移民华文文学与中国文学几乎一视同仁，许多文学奖也将其列入其中，它往往成为当代中国文学的延伸与发展，新移民作家一般认同这种提法。

正因为这种双重的边缘性，给新移民作家的创作提供了更加广阔的思考与自由空间。对移居国，如旅美学者尹晓煌所言："华语作家由于深知自己的读者为华人，因而无须顾及主流社会之反感，能够大胆触及美国社会中的敏感问题。"[①] 他举例说，美国文学（英语）关于"华洋"的恋爱故事往往在白人男性与华人女性之间展开，如相反，则为禁忌题材，为美国主流社会所不容。而华文文学则完全没有这种禁忌。相对于中国文学而言，由于他们已经移居别国，他们可以真正挣脱意识形态、政治话语的束缚或控制，完成了与政治主旋律的

---

① 尹晓煌：《美国华裔文学史》，南开大学出版社2006年版，第186页。

偏离,从而具有更大的创作自由度。

这种双重边缘的游走者、漂泊者,注定了他们的创作是一种跨越疆域的追寻。

2. 跨域性

这里所谓的"跨域",字面上自然是指地域空间的跨域,其深层含义则是指文化的跨域、族群的跨域。新移民作家有着两个文化传统,移民前为母国的文化传统,移民后为移居国的文化传统,这两种文化传统不可避免地总在发生冲撞、矛盾、互动、混杂。表现在新移民文学中的这种"华洋杂处"的文化自然是"不中不西""又中又西"的"混血文化"。如果将母国文化称为第一文化,移居国文化称为第二文化,那么新移民文学有学者称之为"第三文化"。"如果自身文化浸润而用母语书写的原在性是'第一文化',而移植于异质土壤,受西方文化气候熏染的潜化性为'第二文化',那么在两种文化碰撞交融中派生营造的文化景观,则为'第三文化'。"[1] 旅美作家沙石也说自己在美国说是中国人,在中国说是美国人,即是此意。

这种跨域还突出表现在语言上,他们生活在用非母语交流的异国,而文学表达则使用祖国的母语,生活的地域与使用的语言是错位的。这种跨越疆域而又语言错位的文学书写,使得新移民文学表现出跨域的特征,即母语与异国语的杂糅、表达的丰富,新移民作家"承担着把一种语言吸收、试验、筛选、积累、创造、传播等功能……我们已经很难说,我们使用的仍是普遍意义上的'汉语'了"[2]。在一些作家的作品中,两种语言达到了巧妙的杂糅与融合。

3. 动态性

移民本身就蕴含着移动、迁徙、流动等要素,是由母国到异国的

---

[1] 江少川主编:《台港澳暨海外华文文学教程》,华中师范大学出版社2007年版,第360页。

[2] 高行健:《没有主义》,香港天地图书有限公司2000版,第141页。

"移动"。新移民文学的动态性也是与生俱来的。对移民文学使用的"离散""飞散""流散"等称谓都包含着动态的因素。新移民作家本身,在这种移动过程中,经常会变动生存的地域。有的作家在一段移民生活中完成创作之后重新回到母国定居,其新移民作家的"身份"也变得模糊起来,也有的作家移民较长时间之后,往返于异国与母国之间,呈现"两栖"的流动状态。《曾在天涯》是阎真在加拿大留学期间创作的长篇,被称为新移民文学的扛鼎之作,但仅四年他就回国定居了。"在一个号称全球化的时代,文化、知识信息急剧流转,空间的位移,记忆的重组,族群的迁徙以及网络世界的游荡,已经成为我们生活的重要方向面。"① 新移民文学呈现出一种"在路上"的动态。"在路上"是一种现代性品格,一种现代性的存在,是一种自由选择。如萨特所说:"人的存在首先是一种自由,这种自由的核心内容是自我选择。"(翔宇空间75)② 从某种意义上说,新移民文学是一种漂泊中的文学,一种"在路上"的文学,"寻找中的文学"。它打破孤立、静止的地域空间概念,天生具有动态的性质。

新移民文学更为集中地表现了人生的漂泊,漂泊中的寻找,它的主题在动态中获取,寻找并演变。林湄说:"漂泊已不是新鲜的话题了,它已成为世界潮流的一部分,并且还在继续。""漂泊是对命运的挑战,是对世界的再识。"③

4. 反思性

新移民文学,尤其是新移民华文文学,反思性是其重要的特征。它作为移民文学,既不同于移民前的母国文学,也不同于移民后的异国文学,它具有双向反观、双重的反思性特征。新移民作家离开母国

---

① 王德威:《华语语系文学——世界想象与越界建构》,《中山大学学报》2006年第5期。

② 引自朱立元:《当代西方文艺理论》,华东师范大学出版社1997年版,第152页。

③ 林湄:《天望·序》,长江文艺出版社2004年版,第3页。

到异国，置身于西方的异域文化境遇中，受到西方文化的浸润，他们必然会在文学作品中反思传统文化，而其在异域中的种种不适应过程中，又在反思西方文化，这两种反思都不是"断奶"，传统的文化DNA的文化身份不可改变，置身西方文化语境的现状亦是事实的存在，新移民文学如何生存？这即是对自身的双重反思。钱超英指出："要认识和理解海外华人华文文学的意味，就必须重建其文化生态，还原其生命格局的开始。"这里的重建，反思是前提。① 刘再复认为："文学的反思就触及到自己的观念，自己的文章。这是一种痛苦的精神蜕变。"② 他提出必须超越自身的思维定式，必须超越自身精神蜕变中的痛苦，此话一语中的，击中要害。就新移民文学的创作主体而言，反思的内驱力正在这里。

5. 双语性

综观中外文学，外国作家能用汉语创作的凤毛麟角，而中国当代作家用外语写作的亦是屈指可数。而新移民文学与母国、所在国文学不同的另一特征，是新移民作家具有双语性，能同时用母语与所在国的两种语言创作。而且他们的作品往往会以双语的方式同时出版。如旅澳诗人欧阳昱，旅加作家李彦，旅法作家戴思杰，旅美作家程宝林等都属双语作家。新移民文学的双语特性使作家的文化视野更加开阔、思维方式兼容中西、主题选择与艺术表达都兼顾到两种文化传统、背景的读者，而在语言方面，也会吸收、发挥两种语言的特点、优长而加以融通。

三、新移民文学的发生学意义

新移民文学发生于中国社会历史大变革的转折时刻，置身于东西

---

① 钱超英：《澳大利亚新华人文学及文化资料选》，中国美术资料出版社2002年版，第421页。

② 刘再复：《文学的反思》，人民文学出版社1986年版，第5页。

方的多维时空中,它打开了一扇独特而多彩的文化窗口,展现了一代移民在海外的生活状态与命运,在经济、文化全球化的今天,有其特殊重要的意义。

一、是当代中国文学的延伸、发展与变异。

新移民文学与当代中国文学有着千丝万缕的血脉联系,它是中国文学的延伸、发展、补充与变异,与中国文学有天然的互补互动关系。新移民文学的崛起,无疑为中国文坛注入了新的激流。它在"写什么"与"怎样写"方面都对当代中国文学具有相当重要的文化启示与价值参考。

其一,新移民文学以前所未有的陌生化,将经过移植的汉语文学向国人敞开,在题材上取得了历史性的突破,新移民作家以其移民经历,"在场性"及对政治话语的疏离,书写海外移民的生活命运与人生经验,表现走出国门的一代人别样的生存经验与命运沉浮,对于大陆文学是极好的参照,极大地适应了国人的阅读期待,这是中国当代作家无可取代,难以完成的。由于新移民作家文化视野的开阔、文学意识的变化,他们的艺术视角触及到历史与人性的深处,有些题材的开拓,如鲁鸣的长篇心理小说、陈河的异国人生奇遇等,也是国内当代文学中所罕见的。

其二,新移民作家在异质文化中坚守母体文化传统,同时又吸纳西方文化的精华,在文学理念、写作技巧、表达方式上丰富了汉语文学写作的空间。新移民作家置身西方文化语境之中,身在其中,反而更加清醒,不会全盘西化,而生搬硬套,只是接受形式上的花样翻新。

而他们远离母体文化之后所产生的距离感,反而使他们回头体会到中国传统文化的魅力,更加坚守本土文化。他们在坚守中国传统的写实主义的基础上,吸纳、融入西方的现代手法与技巧,忠实的写实主义传统与前卫的现代手法共存,这是值得我们认真总结与思考的。

当今国内读者阅读新移民作家的作品,没有丝毫的隔膜与"读不懂"之感,相反却感受到新鲜而有活力。新移民作家的纯"中国故事"题材书写就给了中国作家很深刻的启示,如哈金的《等待》、戴思杰的《巴尔扎克与中国小裁缝》等作品。近几年,新移民作家的作品多次在国内重要的文学评奖中与国内优秀作家同台获奖,也是有力的例证。

二、丰富、拓展了汉语文学的发展空间。

在文化全球化的今天,向世界展示了古老方块字的魅力,新移民文学的作家在海外执着地坚持华文创作,近三十年来成绩卓越、引人注目。"以全球和历史的眼光来看一种语言的发展和延伸无疑给方块字的华文文学带来了荣誉,开拓了疆域,留下了绚丽的历史篇章。"①新移民文学,尤其是华文文学,拓展了华文文学的创作实绩与水平,其意义是双向的,它归属于所在国的少数族裔文学,同时,它又是中国当代文学的延伸、发展与变异,为母国当代文学注入了新鲜的水流。旅法作家高行健荣获诺贝尔文学奖就是一例,有史以来,用汉语创作的作家首次获此殊荣,在全球反响强烈。在美国,华裔华文文学一直未引起学术界的重视,由于新移民文学的创作实绩、逐渐崛起,这种情况才得到改变,如罗杰·丹尼尔斯指出的"直到九十年代初学者们才对中文创作的美国文学作品进行文学批评的综合研究"。②如北美新移民作家中短篇小说集《一代飞鸿》,收录了44位作家的作品,其繁、简体已分别在美国、中国出版。在加拿大,昔日华文文学沙漠的温哥华,二十多年来已召开了8次华文文学国际研讨会。拥有50万华人的多伦多,已形成实力雄厚的作家群,其作品近来在国内著名文学期刊发表。旅英作家郭小鲁在英国出版了大量作品,她说:是为了证明中国文学在英国的存在。

三、为东西方文化的沟通、交流、互动搭建桥梁。

新移民作家及其作品在经济、文化全球化的今天,扮演着文化交

---

① 融融、瑞琳主编:《一代飞鸿·序》,中国文联出版社2008年版。
② 见尹晓煌:《美国华裔文学史·前言》,南开大学出版社2006年版,第2页。

流的重要使者与角色。新移民作家的华文作品在移居国与中华文化圈发表、传播,这些作品向东西方展示出一个个形象、生动的文化镜像,它们本身就是构建桥梁的砖石。

虹影的五部长篇被译为25种文字在国外出版;哈金的小说获美国"国家书卷奖";戴思杰的《巴尔扎克与小裁缝》在法国出版后,五次获奖,外文版权售到20多个国家;李彦的英文小说《红浮萍》曾获加拿大全国小说新书提名奖,她在滑铁卢大学任教总是尽力向外国学生介绍中国文学中的优秀作品,如鲁迅的《祝福》《孔乙己》等。李彦任滑铁卢大学孔子学院加方院长,更是直接担起中西文化交流的重任。新移民作家更是频繁地来回穿梭于移居国与母国之间,20世纪90年代以来,作家们经常回国参加文学研讨会、被邀讲学,而大陆作家也应邀赴海外参加新移民的文学研讨会,形成了前所未有的中西文学交流与互动。

进入新世纪以来,新移民作家更是出现"两栖"作家,在移居国与中国都有家,两头住。更有海外的作家回国定居,被称为"海归"作家。这些"候鸟"作家架起的是东西方文化的鹊桥。

新移民文学的地理空间诗学初探

20世纪中叶,美国学者弗兰克在《现代小说中的空间形式》一书中提出了"空间形式"的理论,随后列斐伏尔、福柯等人发展了这一学说。上个世纪末,后殖民文化批评的开创者萨义德就指出要更多地关注"地理符号以及西方小说、历史作品和哲学文本中蕴含的疆域进行理论上的测绘"。这里特别强调"地理符号"及"疆域"的研究。在国内,文学的空间研究理论逐渐形成新的研究领域,其中,对空间叙事与文学地理学的研究探讨都取得了一定成果,21世纪以来,文学地理学研究以不同于过去文化地理学的新视野,丰富和发展了文学的多元研究的领域。本文拟从地理空间的视域研究海外新移民文学,聚焦于新移民作家和文本与地理空间及其相互间的关系,与自然、人文景观的审美关系等进行探讨,拟从以下方面展开论述:

一、飞地:唐人街

唐人街,英语表述为 Chinatown,又称华埠、中国城。早期的移民移居海外,面对异域陌生的环境,人地生疏、谋生艰难、加之语言障碍,因此往往群居在某一地域,成为移居国的少数族裔。由于唐朝在中国历史上的强盛辉煌,海外华侨、华人往往自称为"唐人"。久而久之就有了唐人街的称谓。据史料记载:唐人街最早称"大唐街",1673年,清初著名诗人纳兰性德在《渌水亭杂识》就写道:"日本,唐时始有人往彼,而居留者谓之'大唐街',今且长十里矣。"美国旧金山的唐人街起始于1850年前后,华盛顿的唐人街,1851年就诞生了。1872年《初使泰西记》记载曰:当时的洋人就把中国先侨集中住居地叫"唐人街"了。唐人街就是华人社群的象征。

唐人街与海外华裔、华侨有着不可分割的地缘关系,是海外华人华侨立足、谋生的历史舞台,它是华人从原乡移植入异域的"飞地",华文文学当然也与唐人街有天然相依的联系。华裔作家用英语创作的文学是如此,以北美小说为例,如汤婷婷的《女勇士》、赵健秀的《唐老鸭》、雷庭招的《吃碗茶》等都以唐人街为背景。新移民华文作家也是如此,如张翎的《金山》、葛逸凡的《金山华工沧桑录》等也都绕不开唐人街。唐人街是一块特殊的地理空间,它包含着复杂、丰富的历史记忆,它是一个独特的地理空间符号,打上了浓重的华族印记。每当读到海外华文文学作品中写到的唐人街,总有一种特别亲切的感觉,仿佛觉得有某个亲友就住在那异域的远方。

首先,它是传承中华文化传统的"飞地"。

唐人街是中华民族文化传统的"飞地",它是从中国"飞到"异国的一方特异的空间。这里居住的是中国人,说的是中国的方言,尤其是闽粤一带的乡音,大小店铺的招牌用繁体字,中国的文化、风俗、饮食、戏曲、节令等传统文化都在唐人街得以传承与延续。在异国他乡能够寻找到中国符号吗?它就在中国城或者唐人街。有人形象地比喻:唐人街就是长在外国城市眉宇间的"中国痣"。布鲁斯·爱德华·何,是有中美血统的美国人,他曾经生活在唐人街,他在《茶壶烈酒:一个唐人街家庭的回忆录》中说:"唐人街有精灵。唐人街是我生命中唯一永恒不变的所在,它好像是独一无二的地方,在那里,我总能回到熟悉的环境,看见前辈鲜明的个性。这是个美国一直无法同化的地方。"[①] 在新移民作家的华文文学书写中,唐人街的名字格外耀眼夺目,它是绕不开的神奇飞地与空间符号,它在世界地理

[①] 布鲁斯·爱德华·何:《茶壶烈酒:一个唐人街家庭的回忆录》,珠海出版社1999年版,第2—3页。

版图上是一块独特的风景标志。

许多新移民作家在诗文中饱含深情地写到唐人街。旅美学者李欧梵在《美国的"中国城"》中写道:"唐人街在我生活的边缘,然而也往往会成为我心灵中的重镇。去国已久的中国人,常常会不约而同地到唐人街买东西、吃馆子,外国人每逢礼拜天上教堂,中国人则上唐人街。唐人街是老华侨的温床、新华侨的聚会所,也是美国人眼里的小中国。也许我们应该把唐人街的英文原名直译过来,干脆称它为'中国城'(Chinatown),可能更恰当一点。"华侨华人爱上唐人街,是因为那里的中国味、中国风情、中国元素。

旅美诗人王性初有一首诗《唐人街》:

> 黑眼睛望穿黑眼睛
> 于尊严的季节里归来
> 黄皮肤贴着黄皮肤
> 愈合一代代无法愈合的伤痕
> ……
> 然后
> 用一双双相思的筷子
> 夹起了乡音的彩虹
> 一道道一弯弯又甜又苦
> 有无数泯灭
> 有无数省略
> 都在皱纹的啼笑中
> 笑成一滴唐人街的历史
> 唐人的历史铺成这条街
> 这条街是一条龙,
> 异邦土地上的一条
> 东——方——龙

这首诗中的唐人街浓缩了中国的传统文化，从族群、所经苦难，到乡音、筷子，"都在皱纹的啼笑中／笑成一滴唐人街的历史／唐人的历史铺成这条街"，结句概括为"这条街是一条龙／异邦土地上的一条东——方——龙"。唐人街就是异域的"飞地"，中国的缩影与象征。

其次，唐人街见证着先侨残破的淘金梦。

唐人街作为特殊的地理空间，承载并上演着华人一幕幕的悲剧，尤其是华侨前辈的淘金梦书写，在唐人街被演绎得淋漓尽致。以北美为例，18世纪，北美发现金矿，早期的中国人漂洋过海来到那里，就开始了他们的淘金梦。先辈们为开发北美西部，如开矿、修铁路做出了巨大贡献，却遭受白人的种族歧视。美国有过长达六十多年的《排华法案》，更是将这种种族歧视堂而皇之写在法律之内，种族主义愈演愈烈，旅美学者周敏指出："唐人街是法律上的排斥华人制度上的种族主义和社会偏见，这三者综合的产物。"[①] 反映早期移民生活题材的华文小说，几乎没有绕过唐人街的，如葛逸凡的《金山华工沧桑录》、张翎的《金山》等。

第三，唐人街的"变异"折射移民命运的变化。

随着时代的发展，老一辈经营多年的唐人街也在悄然发生变化，一方面在唐人街出生、长大的华侨华人，越来越多地走出唐人街，逐渐融入当地社会；另一方面来自中国的新移民，尤其是技术移民与留学生，由于家境富裕，学历高，有专业特长，无须像前辈移民那样打工做苦力，他们很少安家在唐人街。一些新的现代中国城在逐渐取代日渐衰落的唐人街。于是对新中国城，华人社区的文学书写大有取代唐人街之势。就此而言，新中国城成为唐人街的变异。

旅美作家哈金的《落地》是集中表现移民生活的短篇小说集，他将小说的背景设定在纽约的新中国城——法拉盛。据统计，纽约皇

---

① 周敏：《唐人街——深具社会经济潜质的华人社区》，鲍霭斌译，商务印书馆1995年1月版。

后区的法拉盛,有来自中国大陆的人口55 000人,香港2 200人,台湾3 000人。在这个镇上,普通话甚至比英语更通行。哈金早就想写一本有关移民生活的短篇小说集,一直在思考把背景放在何处,哈金去法拉盛,"见到熙攘街道和大量的华人移民……他们在这里落地,开始了新的生活。……于是我决定将所有的故事安置在法拉盛。如今法拉盛已经是纽约的中国城,所以也可以说《落地》是新中国城的故事"。如小说集中的《作曲家和他的鹦鹉》写一个音乐家和鹦鹉的故事,表现人与自然的主题:人与动物都是有爱心也可以沟通、和谐共处的。《孩童如敌》《两面夹攻》写中西文化的碰撞与冲突,《临时夫妻》反映了海外新移民婚姻爱情生活的困窘与无奈。

唐人街是美国一直无法同化的地方,但很长时间以来,在两种文化的夹缝间,它封闭、保守、不安全,它也有藏污纳垢,也有"混血"与"异化",但这是历史与民族歧视造成的。而白人波兰斯基(Roman Polanski)的电影《唐人街》,故事与唐人街不沾边,却以唐人街为片名,原来片中的华族仆人就是罪恶的化身,于是"唐人街"成了罪恶之源。新移民作家奋笔呼吁:不是这样的。李欧梵在文中写道:"我发现自己对于美国的'中国城'的感情更深了,外国人越把它视为罪恶之源,我越想把它作为我心目中的圣地。"

二、跨域:双城记

新移民文学具有鲜明的跨域特色,这种跨域表现为各种打上特殊地理印记的双城叙事。尤其是在小说中,故事的背景、人物的命运都与地理空间密切相关。首先,新移民作家都具有母国与异邦的双重生活经验,新移民,即第一代移民,他们在故国出生、成长、受教育,移居异域以后,故国的生活记忆根深蒂固,原乡的文化挥之不去,而踏入陌生异邦的出国经历、生存体验也是铭记心底、难以忘怀。这两种生存经历与文化体验,都是移民作家刻骨铭心的。其次,移民作家跨域的生活经验,使得他们的创作视野更加开阔,正是这种双重视野,使得他们的创作，常常在跨域的两地框架格局下编织故事情节，展现人物的命运沉浮。第三，移民作家处于两种文化碰撞与冲突的夹缝中，他们笔下的地理空间离不开原乡与异邦，从而打上了浓重的地域与双重文化印记，作家往往在跨域中，在交错的彼岸中演绎移民的故事。

刘登翰指出："海外华文文学作家的书写，是一种跨域的书写"，"跨域"在这里不仅是一种地理上的"跨域"，还是国家的"跨域"，民族的"跨域"和文化的"跨域"，因而也是一种心理上的"跨域"。① 这种跨域性在新移民文学的作品中演绎成具有鲜明地域特色的双城记。这里的双城，第一，是一种地理的空间符号指向，如北京与纽约，上海与东京，温州与多伦多等，有很明显的国别与跨域特征；第二，双城也是作品中人物经历与命运的某种投射与象征，简要回顾新移民文学的发展历程，我们会看到：双城记的地理色彩非常浓郁，尤其在小说中；第三，双城记同时蕴含小说所要表达的主旨与寓意。

翻阅早期的新移民小说，从书名就读出了这种鲜明的地理空间特色。如当时引起较大反响的《北京人在纽约》《曼哈顿的中国女人》《上海人在东京》《我的财富在澳洲》，又如《望月》的副标题是"一个关于上海和多伦多的故事"，《交错的彼岸》的副题是"一个发生在大洋两岸的故事"。这些书名都涉及双城、两岸，跨域的特征非常明显。

新移民作家有着亲身、独特而难忘的跨域经历，有着在中国与异邦的生存经验与文化体验，他们笔下的双城，与那些没有移民生活经历的中国当代作家、与在异国出生长大而又不懂中文的华裔作家不同，他们缺乏亲身的感受与体验，仅凭想象写作。

双城记的地理空间建构主要有三种：

其一，历史与现实的组接拼贴。

---

① 刘登翰：《华文文学的大同世界》，花城出版社2012年10月版，第87页。

张翎说:"历史是存活在许多人重叠交错的记忆中的。"(张翎《金山》序)常常将人物及其家族故事放在中西两岸中书写,在加拿大与中国的两个城镇中交错展开,她有部长篇小说,书名就为《交错的彼岸》。她尤其擅长在作品中把历史与现实"重叠交错"。

张翎的中篇小说《羊》中两条线索相交织,一是现实的跨域双城记,温州女子羊阳来到多伦多,遇上牧师保罗;一是历史的双城记,一百年前,约翰远赴温州传教、办学,并搭救、帮助孤女路德受教育,学知识,最终使路德成为有用的人才,而百年前的约翰正是保罗的爷爷。小说将百年间的历史与现实,放在温州与多伦多两城之间展开,表现了中国与美国人民百年间悲欢离合的故事。

长篇《金山》更是展现了一幅壮阔多彩的历史长卷,小说从一个叫艾米的女子回广东开平写起,她是方氏家族的第五代,然后上溯到她的先祖,书写了一百四十多年间的方氏家族史,并以这个家族的移民变迁,将广东开平与加拿大的维多利亚、温哥华联系起来。一方面写出了方氏家族的男人们在加拿大悲苦的生存状态,另一方面又展现出开平的女人们苦苦的期盼与等待。如阿法,远在金山,盼望的是广东开平家乡建起碉楼,盼望妻子六指来金山团聚,他流浪异乡几十年,执着地等候,临死这个夙愿也未实现,留下了永远的缺憾,他把这种遗愿传给了他的儿子。同样,天各一方,相守在故乡的他的妻子六指也是终身苦候。这类作品是历史与现实的交错拼贴,通过较长时间的跨度或几代人的命运,把两个地理空间链接起来。

其二,现实中此岸与彼岸的交错。

现实性的跨域,是一种共时性跨域,即西方学者说的"水平时间",纳博科夫说的拼贴图画"魔毯"。作家把人物的生活经历放在东西两座城市展开,而在这种交错中,人物的命运往往形成前后的对比与对照。

《北京人在纽约》中的王启明夫妇,在当年的出国大潮中,放弃了北京乐团体面的工作,奔赴纽约去寻找美国梦,在艰难的挣扎与拼搏中,历经发财、失败直至婚姻破裂,公司破产,女儿吸毒堕落身亡。北京与纽约,矗立在东西方的两座大都市,多么耀眼、响亮的城市符号。人物的生活命运就是在这样两个大都市中交错展开。这个故事在北京与纽约的转换比照中表现人物的悲剧,发财梦的破灭。

陈谦的《覆水》,把一个女性依群的人生安排在中国的南方小城与美国硅谷间展开,这位26岁的女性前半生在中国长大,此后远嫁给大她30岁的美国人老德远去美国硅谷,一直写到她的美国丈夫七十多岁去世。刚好,前半生在中国小城度过艰难困苦的岁月,后半生到美国学习深造,找到自己的事业所在,而老夫少妻的不和谐家庭生活又使她陷入了现代人的苦恼。

其三,海归与海不归的两地穿梭。

随着中国经济的发展与崛起,海外移民与祖国的关系也逐渐发生变化。20世纪八九十年代的出国潮逐渐出现回流,这种形象被称之曰"海归"。进入新世纪,新移民小说家敏锐地觉察到自己身边与周围的移民群体的这种变化,在作品中出现了"海归与海不归"的双城记。如果说过去的双城记主要写的是跨出国门的海外移民种种,新世纪以来,这种出国潮流的新动向就是"回流",昔日出国大潮中移民的海归。旅加作家孙博的长篇小说书名就叫《回流》,孙博说:"《回流》的创作,再一次实践了我向来抱定的文学追求,那就是'站在东西方文化交汇点上,关注重大社会问题,竭力反映时代变迁'。""上海这块风水宝地,正以翻天覆地的变化、巨大的商机呼唤着海外游子归来,相信,随着祖国的富强和需求,海归派的队伍将会越来越壮大。"

旅美作家黄宗之、朱雪梅的长篇《平静生活》,以全球化视野下的现代意识,把焦距对准了当代移民对现实生活的选择,对自己生存方式的寻找。小说中的三对男女青年,北京医科大学的研究生,当年英姿勃发,勇闯西洋,先后结为夫妇,远赴美国。他们到美国后的经历各不相同,命运迥异。同为出国的技术移民,他们有着大致相同的生活背景,穿梭于中国与美国之间,最后有的海归,有的海不归。小说在多重双城记中演绎着海外移民的多重人生,这三对夫妇在北京与洛杉矶，洛杉矶与上海，洛杉矶与长沙的多重双城之间穿梭、往返、选择自己的事业目标与归属。

三、漂泊：在路上

从20世纪90年代始，在华文文学研究中，流散、飞散、散居等术语被引进，这几个概念的内涵多义，关键词为"跨民族关联与跨文化语境的动态"之意。这些词语都带有后殖民理论的色彩，就移民的生存状态而言，"流散"倒是比较准确的写照。海外华人是全球最多的散居族裔之一，他们以独特的人生历程与双重记忆书写着"在路上"的生存状态。

"在路上"，这里的"路"是一个流动、漂流的地理空间。而在新移民文学作品中，这条路的源头是故乡，连接的是通向异国的路，移民文学上演的悲欢离合的各种戏剧，都在这条跨域的路上。海德格尔有这样的描述："人就是在路上，当路是向着存在的方向，它就是理性，当路向着存在者的方向，它就是感性。路只有一条，理性、感性合一。"① 在当今现代化的世界，"在路上"是现代人的一种常态，一种生存方式的选择。移民人生是从在路上开始的，是一种寻找，或寻求财富，或寻求理想，或寻求知识，或者说"在路上"本身就是一种生存状态。巴赫金说过："道路是那些邂逅的主要场所。……在这里可能会发生任何对比、各种命运可能在此相碰和交织。"②

1. 在路上：理想的追寻

20世纪80年代初，国门打开，拥出国门的人怀有各种目的，其中，相当多的留学生或青年人是怀着理想之梦奔向海外发达国家，尤其是欧、美、澳等地。这种跨域之行，这种"在路上"，在新移民作

---

① 李钧：《存在主义文论》，山东教育出版社2004年版，第155页。
② 巴赫金：《时间的形式与长篇小说中的时空关系·绪论》，见《20世纪小说理论经典》。

家的笔下得到生动形象的展现。就此而言，这是中国当代作家难以承担与取代的，从一定意义上说，新移民文学可以看作是中国当代文学的延伸，或者说填补了当代文学某些题材的空白。

这类寻找理想的"在路上"的作品，在新移民文学的早期就有佳作问世，此即查建英的《丛林下的冰河》，查建英谈到这篇小说的创作说：

其实我那时的人生观很浪漫，对中国的前途也充满希望。可是小说有自己的内在逻辑，有时它会呈现出、泄露出一些连作者也始料不及或并未完全意识到的东西。后来听到评论家说，《丛林下的冰河》是为中国的理想主义时代唱的一曲挽歌，我自己也有些惊讶。我以为自己是个人主义者，写作表现的是个人命运，并没有上升到时代高度的企图和意识；可是看到这个评语，我也有一种突然被人点中了穴的感觉：可不是嘛，我从小接受的就是一种英雄主义、理想主义的教育，怎么可能对此没有情结呢！（摘自笔者的采访：《查建英访谈录》）

小说中的"我"远行赴美求学，期冀寻求自己的理想，但念念不忘的是往日的同学"D"，"我"从美国回到中国的西北去寻找那失去的记忆，但历经艰辛，结果什么也没找到，"D"，如同历史的"重负"，其实"D"是理想的象征。近日，我刚写完一篇《查建英访谈录》，她拟了一个标题是："找到的就已不是你要找的"，我看后连声叫绝，多么富有哲理的奥义，这才是对《丛林下的冰河》最恰切的诠释。由此联想到，其实理想的寻找永远"在路上"。

2. 在路上：生命的体验

旅澳诗人庄伟杰写道："我们一边在异国陌生的土地上行走以寻求生命的本真，一边也在寻找着一个令人自我超越的理想圣殿。"庄伟杰从《神圣的悲歌》到《精神放逐》几本诗集中，展现的是一位诗人"在路上"的生命状态。庄伟杰在诗中唱道："沉醉在这样的/意域里/我们永远在路上。"谢冕先生指出："生命的本质就是流动，生命因这种流动而美丽，生命又因这种流动而悲伤——人始终都在路上!"(《从家园来到家园去》序言)对移民而言,所谓流散、飞散、离散等身份的指称,其实这些指称也是一种存在状态。"在路上"所隐含着的正是对上述身份、状态的体认。"在路上"这种生命状态是现代人的一种常态、一种品格。庄伟杰诗中突出表现的就是这种对生命状态的自我选择。在《远方之歌》中他唱道:

> 终于背起消瘦了的行囊
> 不是没有眼泪忧愁没有沉重疲惫
> 而是我们在匆匆地赶路
> 那漫长漫长的路啊
> 我们把坎坷挫折泥泞踩成美的驿站
> 悲壮成那个最最诱惑人的远方
> 哦,远方

旅美作家虔谦在新的世纪书写故乡情与家国爱的诗作,显然与先行的移民诗人有所不同,那是一种在地球村意识下的现代人情怀,且读《车朝西开》:

> 车朝西开
> 太阳正在落下
> 看它那副笑
> 它在山那边应该有个家
>
> 心留在东,车却只能往西开
> 我半合的眼睛
> 和东升的日头一样无奈
>
> 昨日下过一场雨
> 留给两旁的树木一派翠绿

还有一条一直延伸到山谷的虹霓

许多车超我而过,为什么
他们开得这么急,他们的心
难道不眷恋东边的竹篱?

西去的鸟群挡住了我的问话
抬眼望,天边只留下
淡然无语的晚霞

"心留在东,车却只能往西开",分明有一种思家、恋乡的不舍情怀,然而人生的追求却使他们离家渐行渐远,向西而去。诗中所表现的不再是移民先行者的那种在异域精神挣扎的痛苦,那种刻骨铭心的乡愁。"看它那副笑/它在山那边应该有个家",故土、家乡是埋藏心底的美好记忆,是永恒的"库存",而向远方,是一种寻找与追求,这种"无奈、矛盾、纠结",或许正是当今新一代移民复杂情感的真实再现。而"车"向前开的意象,正是一种"在路上"的状态,一种现代性的存在,"在路上"是对生命意识的追寻。

旅加作家陈河说:"多伦多是个漂泊的城市。在我前面,已经有很多人漂泊在这里,在我之后,每天都有新来的人。"他的《信用河》写了三个不同年龄的漂泊者。陈河认为:"人生的成功和人生的意义可能是不一样的东西……选择漂泊的人往往是灵魂不得安宁的人,他们总是有动荡的心。他们的问题不是思念故乡,因为他们的故乡总在远处。"(《信用河》创作谈)这类漂泊者是在路上寻找,寻找生命的存在与意义。

他在《布偶》这部长篇中,写"文革"年代,有华侨背景的女孩柯依丽早早就被一张远嫁葡萄牙的婚约所束缚,然而她天性追求自由,她与青年莫丘仅发生一次性关系就怀上了孩子,她把责任都推给了莫丘,莫丘因此被关进监狱。柯依丽后来良心发现,心中有愧离家出走，千里迢迢去青海探监，寻找那个曾经被她伤害而又忘不了的昔日的恋人，她千辛万苦长途跋涉来到青海，结果那人只是同名同姓的另外一个人。西北探监的路上，柯依丽的身上迸发出人性的光芒，她的价值体现在这千里奔波的"在路上"。

3. 在路上：女性的寻找

在中外文学作品中，与男性相比，女性总是处于边缘化的位置，扮演着被动的角色。而在新移民文学中，她们更是被双重边缘，一是族裔的边缘，二是性别的歧视。移民女性在路上，面临着谋生、求学、婚恋、工作等种种困境。

陈谦的《望断南飞雁》中的南雁，结婚后即随丈夫沛宁到了美国，她以"陪读夫人"的身份，陪丈夫一道度过了求学、攻读学位的艰苦阶段，直到丈夫事业初成，衣食无忧，儿女双全。沛宁经过多年奋斗，获得博士学位，在美国顶尖的杂志《自然》《细胞》等刊物发表了论文，即将获得俄勒冈大学的终身教授资格，正当他们的生活、事业日趋正轨，步上稳定、优裕的上层社会时，年近40的南雁突然离家出走，远赴旧金山艺术学院学艺术，"我是要去旧金山念书，学我从小就想学的东西"。南雁要去实现她儿时的梦想。她不愿意做一个有文化的家庭妇女，她丈夫的美国导师的夫人就是，而南雁不愿意。她有自己的追求与理想。

移民女性的女性意识被现代发达的物质社会所遮蔽，虽然当初随着移民大潮走出国门，她们同男性一样付出了极大的勇气，小说表现了现代移民女性意识的苏醒，她们还在路上追求妇女的解放。

吕红的小说《异乡漂泊的冰川和花环》中，漂泊到西方的女子芯，初到异域，为身份所困扰，为生存而奔走焦虑，面临生存与家庭的双重危机。对在困境中帮助她的"老拧"，她心存感激，没想到他却另有图谋，纠缠不休，"老拧"以找工作为名，称自己与蔷薇是好朋友。蔷薇讽刺道："你不要面子，我还要尊严啊。"而此时她自私、猜忌、心胸狭隘的丈夫又落井下石，另寻新欢，孤立无援的弱女子蔷薇几乎陷于绝境，但是她并未逃避、倒下，最后她选择了面对，选择了自由，在艰难的抉择中与丈夫分手，断然拒绝了老拧，她是一位柔韧而坚强的女性形象。这些女性形象在漂泊中寻找，也许她们还在寻找中，在寻找的路上，但作家在她们的身上，寄予了生命的关怀、寄予了理想与期望。

四、符号：意象空间

新移民作家虽然离开了自己的故土移居异乡，却总是忘不了大地上的自然物象与人文物象，在他们的跨域的文学文本中，这些地理空间元素格外丰富多彩、气象万千。这些具象符号成为丰富特有地理空间的内涵与元素，成为其文学语境中不可缺少的重要构成，我们称它为意象空间。这种物象可以概括为自然物象：如山河天地、树木花草、飞禽虫豸；人文物象如房舍桥梁、宝塔钟楼、教堂寺庙等，这些物象在新移民文学作品中构成了两大意象系统：即原乡意象系统、异乡意象系统：如表现原乡的长江、藻溪、牌坊、宝塔、石桥、碉楼、祠堂、寺庙等，表现异乡的金山、落基山、城堡、钟楼、教堂、洋楼、塑像、雕塑等。

第一，这种物象经过作家主观情感的融注，投射，成为作品中的空间意象。

这类具象符号在作家的不同的文本的笔下，赋予了独特的象征内涵。尼采认为：象征物是人的价值的创立："在这里生物的言辞向我走来，在这里，存在的一切都想倾诉。"万物都显现出最亲近的，最正确的、最简单的表现。[①]

---

① 李钧：《存在主义文论》，山东教育出版社2004年版，第141页。下卷，华夏出版社1995年版，第178页。

江河是新移民小说中常常出现的自然空间意象，虹影的小说《饥饿的女儿》的英译本书名为《河的女儿》。虹影说：虹影，仰天之水，相遇阳光。河流不仅是我生命的象征，而且就是我的生命本身。

虹影说：几乎我的每一部小说都发生在河流的上面。无论后来我到哪里，全国跑全球跑，我依然是长江的女儿，我始终感觉自己站在河流边上……（答杨少波八问，《英国情人》附录三）

她在《饥饿的女儿》中描写长江：

江水还是黄澄澄的，长江比嘉陵江更脏，看着热，脚浸入，却是凉爽舒服的。我们住在江边的人，对江水有一种特别的依恋。远离江边的人，欢喜只在一股劲，背过身去，就会把江水忘却。我们住在江边的人和不住在江边的人，一旦走在同一旅程上，那么，我们总是尽可能地和江水靠得近些走。不住在江边的人，嘲笑我们傻劲，老是拾起石头打水漂。他们说，江嘛，看看就是。江很讨厌，过江过水，耽误时间，误事不说，翻船的话，连命都也搭上。

但江水就流在我们的心里，我们生来是江边的人。下坡上坎休息时，总喜欢停下来转过脸去遥望几眼，看几眼江景，又能爬一大坡石阶。

写这部长篇，虹影在英国伦敦，长篇中的长江不仅是一条河，它更是故国、故土的象征，河流中流淌着作家、人物的生命质感。融注在大江中的情感从这段文字可见一斑。

张翎说到她的长篇《雁过藻溪》也回忆道：藻溪是地名，也是一条河流的名字……藻溪是我母亲出生长大的地方……我的心被这个叫藻溪的地方温柔地牵动起来。我突然明白，人和土地之间也是有血缘关系的，这种关系叫作根。这种关系与时间无关，与距离无关，与一个人的知识学养阅历也无关，纵使遥隔数十年和几个大洲，只要想起，便倏然相通。

我要感谢那条有一个诗意名字的河流。藻溪，在我行路的时候，你是我启程的灵感，中途的力量，和最终的安慰。(《追溯生命的源头》，《江南长篇月报》，2008年第6期)

这里的江河都是作为原乡的象征出现在小说文本中。

抒情文学中引人注目的是鸟的意象，如飞鸟、飞雁、飞鸽，鸿雁、归鸟等，如庄伟杰诗中，作为明喻或暗喻的"飞鸟"意象构成了他诗歌中的中心意象。

　　山有山的高度
　　海有海的壮阔
　　在子夜的背影上
　　我是唯一的飞鸟
　　横　空　翱　翔

——《作品09号：浪迹天涯的创伤》

　　想起流浪的日子想起神游的梦
　　我是一只飞鸟　俯仰于海天之间
　　每一次扑腾都隐含着忧伤
　　每一个姿态都拖曳一行湿漉
　　而作为另一种形式的船只
　　想起的是抵达那坚实的彼岸

——《想起》

鸟的意象是人的象征。人与人的关系，人与自然、与世界与天宇的关系，如同鸟与大自然的关系一样。伟杰用飞鸟为意象，把人的生命与自然万物的生态伦理关系化作了一行行诗句，"我"走向"远方"、抵达"彼岸"，形象地诠释了一种哲学之思与生态之维，给人以启迪与禅思。

第二，运用两个意象空间系统，即原乡与异乡空间系统间的组合、对比、转换、衔接，突出作品的题旨与寓意。阅读新移民文学，会发现作品中的两大两种空间意象系统的对接、交叉、互动，编织成色彩斑斓的地理空间版图，成为人物活动的舞台与背景。同时两组意象的象征、暗喻非常成功地表现了作品的主题与人物的命运。

《金山》的地理空间叙事在原乡与异乡的跨域空间交错展开。金山与碉楼就是小说中的地理空间意象。这两个意象意蕴丰富，内涵多义。首先它是地理空间的意象，物理层面的。金山是绵延北美的落基山脉，而碉楼实指广东开平，方氏家族的家乡，移民史正是在这两个相距万里的地理空间之中展开的。它也是精神的意象，金山是实现淘金梦之所在地，是寻找金钱、积攒财物之地，而碉楼是华工的安身立命的家园，是安家立业的故乡。这两个空间意象互为参照，还蕴含着互为寻找的动力，早年的华工，由于农村的贫困，都期望走出去，寻找一条摆脱贫穷、发财致富之路，北美洲发现金矿的消息传到广东，修铁路需要劳工，由此掀起了赴美寻梦的移民潮。华工在金山含辛茹苦、不懈地克服艰难险阻，把钱财寄回家乡，修建碉楼，碉楼成为了他们兴家立业的目标。这两种空间互为参照，"一个基地只有参照另一个基地才能获得自身的意义"。这种互为参照实际上表现为一种双向寻找，双向追寻。在《金山》中，就是漂流到金山的男人们，即华工到西方去寻找财富，而他们所要构建的精神家园仍然在故乡，而构建的碉楼就是他们精神家园的象征，那里还有家族的另一半：女人与老小。简言之，这种双向寻找就是：从原乡到异乡寻找物质财富，而在异乡又期盼回原乡构建精神的家园。金山与碉楼这两个空间意象互为构成原乡与异乡的远景图像，构成小说中双向寻找的张力。罗兰·巴特有个著名的命题："象征，即命运"，金山与碉楼就是方氏家族男人与女人命运的象征。[①]

---

① 江少川：《底层移民家族小说的跨域书写》，《世界华文文学论坛》2010年第4期。

五、结语：空间三层次

1. 地理空间

地理空间由地理与空间两个词语构成，一般而言，地理实在而具体，而空间相对虚指而抽象。地理空间作为一个概念，应包含两个方面：其一是特定的地域、地点、地标，如北京、上海、纽约、多伦多、悉尼、曼哈顿等，其二指自然物象如天地、海洋、山川、河流、树木花草、鸟虫野兽等，人文物象如高山、大海、河流、教堂、牌楼、茅舍、街道等。地理空间包含有鲜明的地理特征、地理元素，成为文学作品抒情的对象或叙事的环境及人物活动的舞台与背景。总的看来，它是物理层面的。

新移民文学的地理空间的独异之处如前所述，在于它提供了一种跨地域的两种地理空间，从而使得文学文本丰富多彩，引人注目，前面我们评述的唐人街、双城记、在路上、意象群等就外在标志而言，第一层面是地理空间层次。

2. 文学空间

在移民作家的文学书写中，地理空间经作家的审美观照与主观情感渗透与投射，已与其抒情对象或人物的命运结合起来，成为人物活动的有机构成。在两种地理空间的衔接、转换与交错中，演绎着人物的悲欢离合，命运变化。

从审美的层面观照，新移民文学的地理空间因其独特的跨域、跨界特色而引人注目，产生亲切而又新异的感受。新移民文学的两种地理空间系统中，对原乡系统地理空间的书写，不论是诗文还是小说，不仅在于它对故乡、母土的象征内涵，还在于这种书写，是在远离故土的异乡的"回望"，或曰跨域的千万里的遥望，此即距离产生的美感，这也是海外作家笔下的故土，读起来总有一种特别的感受：那种深沉依恋、那种愧疚不舍……而对异乡系统的地理空间书写，首先给人的是异域风情的新异美,如《北京人在纽约》开头的一段那样,接着是异域的家又变成新的家,使这个家又成为第二故乡而难以忘怀。其三,是由两种地理空间交错、穿梭造成的交错美。这是现代人生活阅历与审美经验形成的审美之维。在当今全球村时代,来往于此岸与彼岸、穿梭于东西两个世界,已成常态,新移民作家是这种"蹚水人""先行者",如前所评述的作品无不表现出这种美学特征。"在交错的此岸与彼岸之间游弋腾挪,因生命之插入,因命运之摆布,因叙事之调整,因思考之转换,交错美学就成为他们普遍接受的美学原则与书写形态。"①

3. 心灵空间

纵览中外著名作家的经典名作,几乎每一位作家都有一方心中的地理空间,从一定意义而言,许多作家是某一地理空间触发了他们的创作灵感,点燃了他们创作的欲望。荣宁二府、大观园之于曹雪芹,水泊梁山之于施耐庵,山东高密之于莫言,约克纳帕塔法之于福克纳,静静的顿河之于肖洛霍夫。就文学文本的阅读而言,读者经地理层面而文学层面再进入作家的心理空间。就作家而言,他的创作会因某个地理空间的元素或因子引发。新移民作家独特的跨域的曲折经历,他们的两种文化素养以及由此而形成的双重文化视野,是新移民文学形成了独特而不同于母国与异邦的移民文学,或曰独有的艺术空间。地理空间、文学空间都为作家的心灵之光所烛照,作家的心灵是地理与文学空间的主宰与灵魂。在世界移民文学的版图中,已涌现出像纳博科夫、康拉德、米兰·昆德拉这样伟大的作家。哈金是华裔移民作家的杰出代表。我们期待,新移民华文作家能孕育出传世的文学经典。

---

① 杨匡汉、庄伟杰:《海外华文文学知识谱系的诗学考辨》,中国社会科学出版社2012年7月版,第261页。

一个贴近现实主义文学的灵魂
——哈金《等待》与《南京安魂曲》再探析

移民作家的跨域写作似乎很容易引起争议,从原乡移居到异乡,由于国情、意识形态话语等因素的原因,如索尔仁尼琴、纳博科夫、昆德拉等作家及其作品都有过这样的遭遇。尽管如此,对一位作家,对一部作品的评价,其基本框架、总体倾向还是有判断的标尺的。哈金的长篇小说《等待》也是如此。

一

《等待》获1999年美国"国家书卷奖",2000年美国笔会/福克纳基金会所颁发的"美国笔会/福克纳小说奖",《洛杉矶时报》图书奖。《时代》周刊把它列入该年度美国五本最佳小说之一。《等待》已译成20多种文字出版。哈金成为唯一以一本书获此两项奖的作家。而对这部作品,却存在两种截然不同的评价:美国《纽约时报》赞赏他为"作家中的作家",意思是,他是特别受其他小说家欣赏、重视的那种小说家;《泰晤士报·文艺副刊》直接将他与莎士比亚和马尔克斯相比;美国笔会称誉他是"在疏离的后现代时期,仍然坚持写实派路线的伟大作家之一"。也有学者发表文章,指责该小说的获奖使之成为"美国传媒丑化中国的工具",或认为是西方语境下的"东方"呈现。究竟应该如何评价这部作品?

《等待》是一部现实主义的杰作。它包含着以下三个元素:一、发生在中国城乡的家庭婚姻纠葛；二、表现主人公的心理挣扎与精神困境；三、引发出对人性深处的哲学思考。

《等待》的故事情节并不曲折复杂，它是发生在中国北方一个普通而平淡的家庭婚变故事。军医孔林在东北木基市一所部队医院工作，上军医学院时，在父母包办下与家乡农村女子刘淑玉成婚，此前他连这个女子都没有见过，但经不住父母的苦劝，没有反抗就违心地同意了。淑玉没有文化、裹小脚。他不喜欢妻子，婚后第 3 年他就分居，一直在办离婚，苦等了十八年，等到与所爱的曼娜结婚后，却发现这场婚姻完全不是他所憧憬的幸福温馨，孔林陷入了新的痛苦之中，他并不幸福，等到的是无奈、虚空与困惑。

小说中的孔林善良、正派，但性格软弱、怯懦、优柔寡断。孔林上大学时，父母要他娶一个素不相识的乡下女子淑玉，他心里不情愿，却缺乏勇气与决断精神，在父母的恳求劝导下结了婚。实际上这场婚姻有名无实，在多年的离婚纠葛中，由于担忧父母反对、亲友非议，离婚离到十七年还未离成，这一年他回到农村家中，下决心要把婚离了，可回家几天过去还迟迟没向妻子淑玉开口。这样一个漫长的等待过程，虽然有社会、亲属等其他因素，但最为重要的却是性格使然。第十八年终于离婚了，与他等待的、也是一直在等待他的女子，同在部队医院工作的护士吴曼娜结婚了。然而这个迟到的婚姻一点也不幸福，原来现实就是这般平凡、庸常、司空见惯，竟不是想象的那样"浪漫""温馨""美妙"了，曼娜生下双胞胎，小家庭被烦琐、沉重的家务压得透不过气来，他的所谓理想早已荡然无存，他的所谓动力、理想都化为虚空与泡影。而在此时，他幡然醒悟：原来淑玉才是能全心全意伺候他，为他奉献一切、勤劳持家的女人。

在这个真实而荒诞的婚姻爱情故事框架的背后，更表现出孔林追求爱情的模糊、矛盾甚至于分裂，小说中有一段心理活动用两个孔林对白的方式将人物的内心世界揭示得异常真实、细腻而入木三分，孔林在自问，寻找答案：

刹那间，他觉得头脑欲裂，脑袋嗡的一声涨得老大。一想到他的婚姻并不像他原来想的那样，他感到眼前一阵发黑，晕眩得站不稳，连忙找了块石头坐下，把呼吸调整均匀，更深地思考起来。

那个声音又来了，没错，你是等了十八年，但究竟是为了什么等？

他脑子里一片空白，不知道如何回答？这个问题令他害怕，因为它暗示着他等了那么多年，等来的却是一个错误的东西。

我来告诉你事实的真相吧，那个声音说，这十八年的等待中，你浑浑噩噩，像个梦游者，完全被外部的力量所牵制。别人推一推，你就动一动；别人扯一扯，你就往后缩。驱动你行为的是周围人们的舆论，是外界的压力、是你的幻觉、是那些已经融化在你的血液中的官方的规定和限制，你被自己的挫败感和被动性所误导，以为凡是你得不到的就是你心底里向往的，就是值得你终生追求的。

孔林对婚姻，或者对妻子的期待是什么？一方面他不满意妻子淑玉，她没有文化、裹小脚、不漂亮，典型的传统农村妇女。另一方面他所期待向往的是有文化的年轻知识女性，温文尔雅，贤淑美丽，而同时又要求这种女子能操持家务、相夫教子、任劳任怨，做贤妻良母，集传统美德与现代女性于一身，从骨子里透露出士大夫文人的根深蒂固的大男子主义思想。这种女性存在吗？孔林所等待、所寻找的就是这样的意中人，这只是一种理想的存在、可能性的存在。这种可能性的存在具有巨大的诱惑力，驱动他等待、寻找。曼娜在很长一段时间，或者说在与他结婚之前，就是这样一种幻象的存在。等到他离婚了，与曼娜成家，他所追求的已经得到，原来现实就是这般平常、平庸、司空见惯，他陷入现实生活的困境痛苦不堪。小说所要表现的就是人的这种困境、人的精神世界的痛苦与心理挣扎。

英国小说家毛姆曾讲过：哲学与我们人人有关。海德格尔的一句话似乎给我们深刻的启示："人正是生活在诸种可能性之中，诸种可能性一起构成人的本质的最内在的核心。"① 所谓"等待的却是不想要的，失去的却是想得到的"。孔林的这种生活的困境，不单是他个人的，从某种意义而言是人普遍具有的特性，"找到的就不是你要找的"是人的一种精神困境，也是复杂人性表现之一种。孔林的精神困境其实是一个知识分子自我构筑的围城。这正是《等待》中的婚姻爱情故事的内涵与主旨所在。它蕴含着引人深思的哲学思考。

这里有必要提到小说中有关背景文字的描述。小说的故事背景发生在20世纪中国的60年代与80年代之间，这是中国社会处在急剧转型期的特定时代。小说中写到刘淑玉裹小脚的三寸金莲、部队首长魏副政委的道德败坏、性生活问题，以及个别犯罪分子后来成为上电视的暴发户企业家等，在十多万字的长篇中，约有两千多字零星穿插在长篇叙事中。有学者据此认为这类描述是迎合西方语境里的"东方主义"凸现，甚至批判为丑化中国的"改革开放"，写部队的黑暗面等。这是完全站不住脚、不符合小说的内在意蕴与主旨的。著名华裔评论家、哈佛大学教授王德威指出："哈金的写作是很辛苦的，他从来没有写一个小说只是为了卖中国传统文化，东方主义。"② 哈金曾多次讲到，自己的文学创作：政治对他来说只是一种语境，是暂时的，不能成为文学的主题。"写中国的事情只不过是一个人故事的背景，当然背景也得有意思，至少给人一种新鲜的感觉。但我更强调共性。"③ 这种"共性"是人性中的一种普遍性存在，哈金在《等待》中写的是人性，它跨越了所谓的东方与西方，是对人的命运的思考。这正是它的价值所在。

---

① 转引施泰格缪斯：《当代哲学主流》第79—80页，商务印书馆1986年版。

② 《南京安魂曲》封底，江苏文艺出版社2011年版。

③ 引自2011年12月6日中国新闻网《哈金访谈录》。

二

读《南京安魂曲》，仿佛穿越时间的隧道，重回到南京大劫难血雨腥风的历史岁月，令人悲愤、震惊不已。抗战题材的文学作品中，《南京安魂曲》崇史尚实，追求严谨真实的品格，以历史文学的形态与独特的艺术视角，再现了抗战期间日军南京大屠杀惨不忍睹的犯罪史，并以西方人与中国百姓为在场者，见证了日本法西斯的惨绝人寰的暴行与民族的大灾难，警醒人们要以史为鉴，铭记历史。

《南京安魂曲》作为一部历史小说，是历史与文学的嫁接与融合。它是一部南京劫难史，又是人物心灵史。哈金首先是以史学家的气质来完成这部作品的。他在小说所附的《作者手记》中说："本书的故事是虚构的。其中的信息，事实和史实细节则源于各种史料。"①"故事和细节都牢固地建立在史实上，而这些东西又不会被时间轻易地侵蚀掉。"② 小说附有十多种有影响的中英文出版的权威历史著作。书中的主要人物、时间、地点与主要事件都真实有据，小说以南京金陵女子学院为聚焦，以美国人明妮·魏特琳院长为主线，演绎出南京沦陷后中国人空前的民族灾难与耻辱，揭露了日本侵略军丧心病狂，灭绝人性的罪行。南京沦陷，金陵女子学院成为临时的难民救济营，这所学校成为战争中临时的避难所，从一百人、几千人，最后达到上万的妇女与儿童都挤了进来。小说如同纪录片般的记录下日军的种种罪行：这个战时的所谓"安全区"并不安全，也躲不过日本侵略军铁蹄的践踏与掠夺。日军闯进学校抓中国士兵、强拉女人做妓女"慰安"日军官兵，甚至闯进校内奸污妇女，难民营内就有七十多名妇女与女孩被强暴。而在金陵女子学院外的南京城，明妮·魏特琳等

---

① ［美］哈金：《南京安魂曲》，江苏文艺出版社2011年版，第297页。
② 江少川：《海山苍苍——海外华裔作家访谈录》，九州出版社2014年版，第3页。

耳闻目睹的场景同样惨不忍睹：下关车站三百多伤兵躺在候车室，让人觉得像一个临时太平间，日本人招募的四十三位电工和电力工程师，帮助他们恢复电力后就拖到江边枪杀了，明妮·魏特琳请求道德社掩埋学校西边池塘的尸体，在红十字会看到的记录："一月中旬到三月末，一共掩埋了三万两千一百零四具尸体，其中至少三分之一的平民。崇善堂的人也在忙着掩埋死人。到四月初，他们在城里和郊区一共掩埋了六万具尸体，其中百分之二十是妇女与儿童。"

历史文学采撷史籍。却又要对史实进行艺术的把握，将文学与历史交叉、互补互渗，哈金在主要人物、事件以及真实的时空框架中，演绎出生动直观、形象鲜活的历史剧。托尔斯泰谈他的历史小说《战争与和平》的创作时说："我的书中各处凡是历史人物的言论和行动都不是我随意虚构，而都是有所依据，利用了大家知道的历史材料。"①《南京安魂曲》艺术再现出两组人物形象，一组是当时留守在南京的西方人，如美国人明妮·魏特琳女士，德国商人，当时南京安全区国际委员会主席约翰·拉贝、美国人瑟尔·马吉牧师、美国人瑟尔·贝德士教授、威尔森医生等。小说真实展现了他们亲眼目睹南京大劫难、并为保护中国受难百姓奔走呼号的西方人士的心灵史。尤其是成功地塑造了坚毅、正直、善良的明妮·魏特琳的形象。这位献身教育的西方传教士复活为形象鲜明、血肉丰满的"女神"形象、她仁慈、行善、坚韧，南京沦陷前后的两年多的时间，在最残酷、最艰难的战争年代，她一位西方女子，日夜所思的是如何竭尽全力保护、搭救中国难民。明妮心灵上的痛苦与创伤是南京浩劫中中国老百姓苦难史的折射与反映。她是抗战中西方女性的"斗士"，如果说"史"的真实是历史现实的逼迫再现，明妮在浩劫中心灵深处的伤痛、悲愤及其贯穿全书的悲悯情怀正是撼动人心之文学魅力的所在。而这种历史与文学的"异质同构"正是小说别具特色的艺术震撼力量。

---

① 《列夫·托尔斯泰论创作》，漓江出版社1982年版，第78页。

同时，小说还在"史"的投影下，书写了在日军铁蹄下普通老百姓的惨痛遭遇与命运，如安玲、玉兰、本顺、大刘、美燕等。小说异常深刻地刻画了人物肉体与精神上的双重伤痛。玉兰，这位躲藏在金陵女子学院的姑娘，也逃不过日军的残害，她被日军从避难营抓去，被日军强暴后疯了，又染上性病成为精神病人，后来又被日本人押送至东北，送到一个细菌研究机构做细菌人体试验。而安玲，她的儿子浩文前往日本学医，娶了日本女子为妻。战争期间被逼入伍，在日军战地医院工作，他是一位有志的青年，却被误认为汉奸而被杀死。安玲战后去东京参加战犯审判听证会，看到日本的儿媳与孙子都不敢相认，怕招来大祸，这是何等的精神悲痛，战争就是如此伤害人性。美燕和她的两位同学后来到内地投身抗日，最后战死。

七十多年来，日本侵略军侵华的罪行铁证如山，而时至今日，日本右翼势力却仍然拒不认罪，甚至否定、篡改历史，反诬中国人捏造了所谓南京大屠杀。《南京安魂曲》从一个特别的视角，即西方人的角度，揭露了日本法西斯侵华的暴行。这批亲历南京大屠杀，这些"在场者"，包括欧美的传教士、商人、教授、医生等，他们当时记录下来，至今保存在史料馆的日记、电影纪录片、医疗记录簿等，在封尘多年后终于在西方被发现，小说将这些史料"如实再现"，通过"一种人化的历史真实"，逼真反映出那样一段特定时代的历史，通过他们眼中的"南京大浩劫"以及在心灵上的投射、刺激、伤害与悲愤，彰显出历史文学较之单纯虚构的作品更加引人入胜、扎实有力、动人心魄。

特别须要指出的是，小说不仅再现出日军侵华的罪行，还从西方人的视角再现了这场灾难中普通老百姓的遭遇与命运。哈金认为：如果把小说分为英雄叙事、集体叙事与个人叙事，《南京安魂曲》属于后者，它没有正面表现两军对垒或敌我交锋的战争场面。它通过这一特别视点，即个人叙事表现战争给普通老百姓、给人类留下的心灵创伤，对人性的摧残，这种叙事视点是通过明妮·魏特琳院长、拉贝与马吉这群西方人士去亲身经历、感同身受、心灵体验去表现的，正因为是这种特别视点,它具有一种强烈的艺术震撼力量。

优秀的文学作品,总会传达出时代的旋律与音响,具有超越时空的深远意义。

在纪念抗日战争胜利七十周年,纪念世界反法西斯胜利七十周年之际,重读《南京安魂曲》,其在当今全球化时代,全球视野下的今天,安魂曲的警醒、警世意义如钟声长鸣。小说中有一段写为那时在南京孤儿院工作亡故的莫妮卡·巴克利做葬礼的情节,瑟尔在葬礼上做追忆莫妮卡的布道说:"在座的有些人正在南京,亲眼看到了战争是什么样子。战争是我们人类能产生出的最具毁灭性的东西,所以我们一定要尽全力防止战争。"这段描写中西方人在战争中的一次葬礼,是祈求和平,反对战争的安魂曲。重现南京那段历史生活图景,是为了以史为鉴、铭记历史。哈金先生说到要"把民族经验伸展为国际经验",指的是以中国的南京大劫难为鉴,把它延伸到世界范围内,在当今全球村时代,人们永远不要忘记,侵略战争给人类造成的浩劫,带来的灾难。同时"让历史说话,用历史发言",也是让年轻一代重新认识、思考历史。反对战争、争取和平,是全人类的向往。这正是小说的普世价值所在。

三

有位学者说过:伟大的现实主义作家托尔斯泰很难有传人,不同于陀思妥耶夫斯基有较多的作家受其影响。"他在后世没有真正的传人,似乎一点也不奇怪,因为他的风格或技巧不是很容易学到的。"①我以为:哈金可以称得上是托尔斯泰的一位真正传人。哈金说:"《等待》的风格深受《安娜·卡列尼娜》、《包法利夫人》和《父与

---

① 格非:《卡夫卡的钟摆》,华东师范大学出版社2006年版,第11页。

子》的影响。这是刻意的选择。"① 如别林斯基所说:"一位作家对另一位作家的影响……是激起潜藏在大地内部的力量。"② 托尔斯泰对哈金的影响主要是内在的力量,如精神追求、艺术风格、创作方法等。是一种有形与无形的影响。

哈金学生时代攻英美文学,1985年赴美留学,以后在美国高校任教,他生活与工作在西方,而在文学创作上却没有受到现代主义与后现代主义的影响,他从不追风坚持现实主义的创作路线。哈金经常有这样的表述:"我不喜欢花哨和卖弄的东西。我是教写作的,对小说的技巧很清楚,长篇小说的结构是我的教学强项。……我不明白为什么国内一些人认为写法'陈旧'。文学只有优劣,没有新旧。所谓的魔幻现实主义之类的东西,早就被淘汰了。"③

其一,创作的理念。

托尔斯泰非常崇尚文学的朴素,他称赞普希金、契诃夫多次说道:"真正的诗是朴素的",④ "普希金总是直截了当地接触问题……一下子进入情节。"⑤

《等待》平实、质朴地讲述了一个完整的故事,完全没有西方现代派的手法,不热衷形式上的花样。围绕孔林多年离婚纠葛,最终离婚而成家的故事,单纯、完整,情节发展线索非常清晰、人物集中,主旨鲜明。《南京安魂曲》以明妮·魏特琳为主线,真实地收集了历史的残片,清晰地再现了南京大屠杀特定历史生活的画卷。

---

① 江少川:《海山苍苍——海外华裔作家访谈录》,九州出版社2014年版,第3页。
② [苏]贝奇可夫:《托尔斯泰评传》,人民文学出版社1959年版,第297页。
③ 江少川:《海山苍苍——海外华裔作家访谈录》,九州出版社2014年版,第3页。
④ [苏]高尔基:《高尔基论文学》,广西人民出版社1980年版,第168页。
⑤ [苏]贝奇可夫:《托尔斯泰评传》,人民文学出版社1959年版,第300页。

其二，创作的方法。

巴赫金在《小说理论》中指出："在托尔斯泰的作品中，基本的时空体是传记时间。"时空体承载着基本的情节作用，① 长篇《安娜·卡列尼娜》《复活》等都是如此。哈金的这两部长篇，《等待》与《南京安魂曲》的结构就是典型的时空传记体。《等待》的时间用的是传统的线性发展的时间顺序，故事的空间流动在木基市的部队医院与家乡鹅庄之间。《南京安魂曲》的叙事严格按照时间的顺序，更是采用了类编年体的结构，全书分三个部分，从 1937 年 12 月南京沦陷开始写起，第一部集中写南京沦陷，第二部的时间写 1938 年上半年，第三部写 1938 年下半年，第四部写从 1939 年到 1940 年春，明妮·魏特琳女士回美国治病。时间叙事甚至准确到某一天发生什么，如在第一部一些段落的开头：

> 十二月十二日，南京的城南和城北，炮声响了整整一夜。……
>
> 十二月十七日早上，一小队日本兵突然出现在校园里好几个地方，大抓妇女和孩子。……
>
> 十二月二十一日一早，娄小姐向我们报告，日本大使馆派来的宪兵昨天夜里在练习馆强暴了两个女孩。……
>
> 让所有人惊喜的是，十二月二十四日一大早，那个送信的孩子本顺回来了。……
>
> 圣诞节后五天，明妮去日本大使馆交了那封信。……

典型的编年体。按时间顺序纪实，具体精确到每一天，令人想起《左传》的笔法。

而空间集中在南京城金陵女子学院内外，全书通过这所学校的代

---

① [苏] 巴赫金：《小说理论》，河北教育出版社 1998 年版，第 451 页。

理校长明妮·魏特琳女士与她的助手安妮的视点展开,线索极为清晰。

余华非常推崇哈金小说写实的质朴:"他的写作从来不会借助花哨的形式来掩饰什么,他的写作常常朴实得不像是写作。"① 与哈金其他的长、短篇小说一样,哈金的小说中从来未见诸如魔幻写实、时空交错之类的现代、后现代的小说技巧,他走的是"现实主义的回归"的路线。这对一个学英美文学出身、移居美国二十多年的作家而言是难能可贵的一种坚守。就方法技巧而言,很难说孰优孰劣,并无高下之分,最可贵的是坚守,是在你所坚守的园地里的掘进、耕耘的深度、探索的力度。正如俄国同时代的两位文学巨匠托尔斯泰与陀思妥耶夫斯基一样,一位是现实主义文学传统的大师,一位开现代写法与心理小说之先。然而他们都是举世公认的文学巨匠。

三、语言的质朴无华、简洁凝练

语言是文学的第一要素,优秀的作家都非常注重语言的追求、锤炼与风格。文学大师更是把对语言的使用与追求发挥到极致,形成鲜明独特的个人风格。别林斯基说:"纯朴是艺术的作品必不可少的条件,就其本质而言,它排斥任何外在的装饰和雕琢。纯朴是真理的美。"② 托尔斯泰在许多书信与文章中表达与别林斯基惊人一致的观点:"朴素,这是我梦寐以求的品质","朴素是美的必要条件"。③ 而在文学创作中做到这点却并非易事,追求外在的雕琢、新奇、纤巧比

---

① 《南京安魂曲》序言。
② 《别林斯基论文学》,新文艺出版社1958年版,第5页。
③ 《西方古典主义作家谈文艺创作》,春风文艺出版社1980年版,第564页。

引用作品:本文引用《等待》《南京安魂曲》的文字均为以下版本:
[1] 哈金《等待》,湖南文艺出版社2003年版。
[2] 哈金《南京安魂曲》,江苏文艺出版社2011年版。

较容易,做到朴实无华、明白如话却很难。哈金的小说创作孜孜不倦地追求的正是托尔斯泰视为文学最高品质的朴素。"朴实得不像是写作",这在西方现代、后现代文化语境中显得特别可贵。哈金承传的是精神与精髓。

以《等待》的开头为例:

> 每年夏天,孔林都回到鹅庄同妻子淑玉离婚。他们一起跑了好多趟吴家镇法院,但是当法官问淑玉是否愿意离婚时,她总是在最后关头改了主意。年复一年,他们到吴家镇去离婚,每次都拿着同一张结婚证回来。

短短一百多字的开头,内涵丰富,它文字简约、精练、明白,有三层含义:第一,扣紧书名《等待》二字,其次,开篇就把读者引入到情节的具体情境之中,确定叙事的起点,其三,虽为开篇,却隐含了丰富的内容,回溯了主角孔林与淑玉"年复一年"的婚姻现状。语言文字平实、质朴、简要。

哈金的叙事语言是朴素的,但却不单调、不肤浅,它须要用内在的功力去驾驭,它富有内涵与张力,令人咀嚼回味:

小说结尾处的一段心理剖析这样描述道:

> 他的心开始痛起来。他已经看清楚自己这辈子从来没有全身心地爱过一个女人,他永远都是被爱的一方。这肯定就是他对于爱情和女人了解得少而又少的原因。换句话说,在感情上他一直没有长大成熟。他能够充满激情地爱一个人的本性和能力还没有发育就枯萎了。如果他一生中能够从灵魂深处爱上一个女人该有多好,哪怕只有一回,哪怕这会令他心碎欲裂、令他神志不清、让他终日像吃了迷魂药、让他整天以泪洗面、最后淹没在绝望之中!

这一段文字并无意识流，也没有魔幻人物进入小说的文本，穿插到现场来，却将人物的心理世界揭示得细腻入微，深可见底。把他的性格、为人分析得淋漓尽致。语言的运用、字句的斟酌恰到好处、娴熟凝练。孔林就是这样一个从未主动追求真爱、勇敢大胆去爱的男子，他总是被动的，他的优柔寡断、懦弱胆怯，决定了他在这场等待中最终的悲剧命运。

底层移民家族小说的跨域书写
——论张翎的长篇新作《金山》

读《金山》,读出的是山一般的坚实、厚重、笨拙,读出了山下深埋的矿藏,那矿的资料原来是一种精神。记得法国文学理论家丹纳说过:"文学价值的等级每一级都相当于精神生活的等级","文学作品的力量与寿命就是精神地层的力量寿命。"①《金山》攀越的是相当高度的一个等级。它在海外华文文学地图上新耸起一座界碑。

一、底层移民家族命运史

《金山》书写的底层移民家族史是一部深沉的苦难史、崇高的情感史,同时也是一曲民族的正气歌。

这部移民家族史首先是一部移民苦难史。从中外的历史资料中知悉,早期去北美修筑铁路的华工史是一本血泪斑斑的苦难历史,文学作品如何书写苦难,是横在作家面前的大难题。在中外文学之林中,书写苦难的作品并不少见,然而真正称得上经典的仍然屈指可数。如何再现华侨在异域谋生的艰难而漫长的伤痛家族史,无疑是对张翎严峻的挑战。当下一些写苦难的作品,往往在二元对立的格局下,受难者的对立面的具体、明确,怨恨的对象所指,自然是施暴者。美国诗人弗洛斯特将文学分成两类,悲哀的文学和抱怨的文学。前一类是关

---

① [法] 丹纳:《艺术哲学》,人民文学出版社1983年版,第358页。

于人类永久的生存状况，后一类带有某时某地的文学痕迹。①张翎正是用一种饱蘸忧患的悲怆笔调在叙写哀伤的底层移民史，而非抱怨、怨恨或指向其他什么暴力。张翎认为：小说家的功能不是批判现实，而是呈现现实，没有粉饰、没有加进自己的主观意向地呈现（接受采访的谈话）。这正是《金山》的写作深度所在。张翎说："我不再打算叙述一段宏大的历史，淘金和修铁路只是背景，人头税和排华法也是背景，二战和土改更是背景，真正的前景只是一个在贫穷和无奈的坚硬生存状态中抵力钻出一条活路的方姓家族。"②她不是写早期移民的血泪仇，民族恨，不是控诉。如果小说的主旨只是停留在对某事彼地的抱怨与批判，其艺术生命是有限的，这样一类悲伤作品并不具有普遍恒定意义。《金山》所展现的方得法、红毛等华工攀悬崖放炸药爆破、奇寒封山、杀狗啃雪渡过难关；与妻子相距万里，在艰难困境中的苦候相守；方氏父子在异乡的遭遇，吃苦耐劳、坚韧顽强的品格，是对人的生存价值的肯定，也是对那时华工生存状态的审美观照与反思。

　　张翎不仅写出了方氏家族的悲苦生存状态，更重要的是写出了对苦难的态度。当下有的作家叙写苦难，或指向怨恨，或止于苦难，缺少艺术的升华，而方氏家族在极困厄的境遇中心存梦想，这种梦想是一种精神力量。如阿法，远在金山，盼望的是广东开平家乡建起碉楼，盼望妻子六指来金山团聚，他流浪异乡几十年，执着地等候，临死这个夙愿也未实现，留下了永远的缺憾，他把这种遗愿传给了他的儿子。同样，天各一方，相守在故乡的六指也是终身苦候。福克纳认为：现在有些作家写作中精神上的东西已不复存在，而写作就是一种人类精神痛苦的劳动，应"从人类精神原料里创造出前所未有的东西"。"诗人的声音不必仅仅是人的记录，它可以是一根支柱，一根

①　引自《当代学者、评论家谈中国当代文学》，《中华读书报》1999.9.29。

②　张翎：《金山·序》，十月文艺出版社2009年版，第5页。

栋梁,使人永垂不朽,流芳百世。"① 别林斯基在论述普希金时也曾赞扬他悲哀的诗:"他不否定什么,也不诅咒什么,总是以爱和祝福来看待一切。他的忧愁本身,尽管是那样深沉,但总是异常明朗和清晰;它医治着灵魂的苦难,心灵的创伤。"② 的确如此,虽然方氏家族的男女们终身未能圆梦,留下了永远的遗憾。然而这种缺憾是一种生命沉痛意识,它传达的是作家悲天悯人的情怀。

《金山》写移民家族的命运史,也是写人的情感史。它主要书写家族间人的情感,同时也涉及家族与家族之外的人的情感。在表现这种情感时,作家的价值取向如何呢?福克纳的观点值得深思:"只应是心灵深处的亘古至今的真情实感,爱情、荣誉、同情、自豪、怜悯之心和牺牲精神,少了这些永恒的真情实感,任何故事必然是昙花一现,难以久存。"③ 读《金山》,我们感到一种情感的震撼力,那是崇高、博大的"爱",由血缘维系的亲情,永远是文学作品中永恒的主题。在方氏家族中的亲情世界中,以血缘维系的父母之爱,手足之情、子女情、兄弟情、祖孙情、夫妻情等等,都表现得格外真挚感人。如小说中浓墨重彩地书写的阿法与六指的夫妻情,阿法欲娶六指,要推掉母亲订的亲事,六指砍掉自己的第六个指头以表决心。新婚夜,阿法就起誓一定要和六指在金山团聚。而六指嫁到方家,阿法只回过三次家,而最后一次一别就是三十二年,最后客死金山。这种忠贞相守是建立在真爱的基础上的,体现了中华伦理传统的美好品格。而锦河在父兄无力为老家寄钱照顾老小时,在异乡拼命干活,毅然挑起抚养全家的重担,这种家园意识、孝敬之心在小说中也得到淋漓尽致的表现。此外如麦氏的祖孙情,锦山、锦河的手足情,阿法与

---

① [美]福克纳:《在接受诺贝尔文学奖时的演说》,《诺贝尔文学奖获奖作家谈创作》,北京大学出版社1987年版,第192页。

② [俄]别林斯基:《亚历山大·普希金的作品》,《别林斯基选集》,苏联国家文学出版社1949年版,第583页。

③ [美]福克纳:《在接受诺贝尔文学奖时的演说》,《诺贝尔文学奖获奖作家谈创作》,北京大学出版社1987年版,第191页。

红毛的乡友情都有生动的展现。

尤其值得提到的是,《金山》书写的家族史是跨域史,必然会涉及种族之间的情感关系,在小说中所表现的中国人与白种人、与印第安人的深厚情谊的篇章使人难以忘怀。阿法修筑铁路时的工头白人瑞克·亨得森,在当时最险恶、困厄的时刻,他是"施难者"的一员,然而作家没有简单运用"二元"敌我对立模式设计人物关系。修路结束以后,阿法在温哥华偶遇瑞克,此后,两人成为了终身好友,瑞克凭着白人与酒店经理的身份,不仅照顾阿法洗衣馆的生意,还为他排忧解难,两人的友情还延续到下一代。这种友谊是不同种族之间的友爱,是超越肤色、超越民族的情谊。同样,小说中对阿法的长子锦山,在遇险后,被印第安人搭救,他与印第安女孩桑丹丝那种两小无猜、纯真浪漫的初恋情爱的书写也非常真挚动人,尤其是在过了半个世纪后,当上祖母的桑丹丝重访少年时代的情郎,如今已老态龙钟的锦山的那段描写亦感人心怀。这种情感也是超越种族肤色的。如丹纳说过的:"人性中最有益的特征是'爱'。构成家庭之间的各种感情,父母子女的爱,兄弟姐妹的爱,或者是巩固的友谊,两个毫无血统关系的人的互相信任,彼此忠实。爱的对象越广大,我们觉得越崇高。"①

《金山》同时是移民家族史的一曲民族正气歌。《金山》中的方家人,无论是在中国还是在金山,都是生活在底层的小人物,在那个风云变幻的时代,他们都不太弄得懂政治,但他们却知晓一个简单朴素的道理:国富才能民强。阿法父子自幼就懂得:国家兴亡,匹夫有责。作家在阿法父子身上所表现的那种大义之举、浩然正气正是中华儿女民族精神、民族魂的体现。"位卑未敢忘忧国",是小人物身上极为可贵的品格。阿法的长子出世时,本来已想好取名曰方睿,而此时他想起都察院门前泣血跪拜的台籍举人高喊的"还我河山",当即决定给儿子取名叫锦山。在温哥华欢迎李鸿章访加的人群中,阿法高

---

① [法]丹纳:《艺术哲学》,人民文学出版社1983年版,第376页。

喊的是"重振大清江山",而在温哥华听了维新派梁启超的讲演后,阿法毅然卖掉自己的洗衣馆,将银票寄给了北美洲保皇党总部。阿法的次子锦河在二战期间,在加拿大义无反顾地参加了欧洲反法西斯的志愿军部队,最后血洒疆场,牺牲在法兰西的土地上。如果说,阿法的大义之举是出自于一种朴素的爱国主义精神,锦河则是为人类的正义、为世界的和平而献身。这可歌可泣的几笔在小说中只是轻轻带过,却如惊雷一声,具有震撼人心的威慑力。在当下很多作品抛弃浩然正气,津津乐道编织、展示情欲与金钱的网络世界时,《金山》给我们送来的震撼心灵的精神力量与启示是弥足珍贵的。

二、移民家族的跨域空间叙事

作为叙事文学的小说,尤其是长篇,离不开时间与空间两个维度,"空间在小说中(也可以说在文学中),是与时间同等重要的因素"。① 家族小说往往在某一特定空间展开其家族叙事,如福克纳的"约克纳塔法县",莫言小说里的"高密东北乡",而张翎的移民家族史的空间叙事是跨域的,借用作家另一个长篇的书名,就是"交错的彼岸"。在跨域空间展开家族叙事,在家族小说中仍很少见,就此而言,《金山》具有开拓性意义。

《金山》的空间叙事在原乡与异乡的跨域空间交错展开。金山与碉楼就是小说中的空间意象。这两个意象意蕴丰富,内涵多义。首先它是地域的意象,物理层面的。金山是绵延北美的洛基山脉,而碉楼实指广东开平,方氏家族的家乡,移民史正是在这两个相距万里的地理空间之中展开的。它也是精神的意象,金山是实现淘金梦之所在地,是寻找金钱、积攒财物之地,而碉楼是华工的安身立命的家园,是安家立业的故乡。这两个空间意象互为参照,还蕴含着互为寻找的动力,早年的华工,由于农村的贫困,都期望走出去,寻找一条摆脱

---

① 吴晓东:《从卡夫卡到昆德拉》,三联书店2003年版,第175页。

贫穷发财致富之路,北美洲发现金矿的消息传到广东,修铁路需要劳工,由此掀起了赴美寻梦的移民潮。华工在金山含辛茹苦、不懈地克服艰难险阻,把钱财寄回家乡,修建碉楼,碉楼成为了他们兴家立业的目标。这两种空间互为参照,"一个基地只有参照另一个基地才能获得自身的意义"。① 这种互为参照实际上表现为一种双向寻找,双向追寻。在《金山》中,就是漂流到金山的男人们,即华工到西方去寻找财富,而他们所要构建的精神家园仍然在故乡,而构建的碉楼就是他们精神家园的象征,那里还有家族的另一半:女人与老小。简言之,这种双向寻找就是:从原乡到异乡寻找物质财富,而在异乡又期盼回原乡构建精神的家园。金山与碉楼这两个空间意象互为构成原乡与异乡的远景图像,构成小说中双向寻找的张力。《金山》的家族苦难史正是在这种双向寻找中展开的。正因为有这种双向的寻找,小说没有停留在只是对苦难的叙述,这种互为的彼岸,形成交错的远方图景,成为"作家试图超越苦难,消解现实人生苦难沉重性的诗意的表达"。②

而寻找的悲剧结局恰恰是小说艺术魅力之所在。这两个空间意象还是人物命运的象征,远去金山的早期华工是男人的世界,阿法好不容易凑足钱接六指来金山,接来的却是小儿子锦河,正如六指对将要去金山的大儿子所说的"你阿弟迟早也是要走的。阿妈生一个男仔,将要送走一个。哪天阿妈生一个女孩,说不定还能留下来"。那里是男人谋生、闯荡天下的地方。而碉楼是华工的女眷、女人留守的家园。麦氏盼望儿子归来直到死去,六指与阿法结婚几十年,丈夫只回过三次,而最后一次离家去金山三十二年,就再也未归故里,只落得魂飞异域,客死他乡。相守故园的女人既未圆金山梦,与亲人团聚,更未等到支撑碉楼的栋梁——男人们的回归。而最终,坚守碉楼的女

---

① 汪民安:《身体、空间与后现代》,江苏人民出版社2000年版,第192页。
② 周保欣:《沉默的风景》,安徽教育出版社2004年版,第78页。

人、孩子也撒手人寰。金山、碉楼至今依旧,而方氏家族的男人女人们早已远去,留下的是无尽的悲凉与沧桑。倒是吉米,这方家唯一的后人决定在金山举行婚礼给小说添上一抹亮色。

罗兰·巴特有个著名的命题:"象征,即命运",金山与碉楼就是方氏家族男人与女人命运的象征。

作家把方氏家族史浓缩在两个空间意象的框架中,金山与碉楼的空间意象的深层意蕴还在于它所揭示的人类生存状况的普遍性意义。方氏家族在西方与中国的命运、华工先侨远走金山吃苦受难,留守的女人煎熬苦盼,亦是千万到西方淘金者的家族命运的写照,广大底层人群生存状况的缩影:贫困、受难、挣扎、坚韧、期盼。金山与碉楼,既是写实的也是象征的,如果将金山作为梦想、离散的象征,那碉楼就是安家、栖居的象征,就此而言,移民的家族史就是去异乡追梦,而实现在原乡的"栖居"。评论家布赖论福克纳有这样一段话:"他帮助我们记住并且理解人类特殊的境况,因而就认识了人类普遍的状况,从而使我们变得更富有人性。"①《金山》的空间意象的象征意义正在这里。

美国学者约瑟夫·弗兰克在其空间形式理论中提到"并置"的概念,就是"对意象和短语的空间编织"。② 吴晓东认为"除了意象、短语的并置之外,也应该包括结构性并置"。③ 金山中的并置除了金山与碉楼的并置外,还包括发生在金山的故事与发生在碉楼的故事的结构性并置。这种结构打破了传统的时间流的叙事模式,再现不同大小的具体空间的人的生存境况,而不同空间之间的互为参照、关联、纠结,帮助我们更加深刻地洞悉文本的整体深层意蕴。

---

① 引自朱宾忠:《跨越时空的对话》,武汉大学出版社2006年8月版,第54页。

② [美]约瑟夫·弗兰克:《现代小说中的空间形式》,北京大学出版社1991年版,第49页。

③ 吴晓东:《从卡夫卡到昆德拉》,三联书店2003年版,第185页。

三、小说叙事的诗化倾向

"情者文之经",文学是情感的表达,而诗更是以抒发情感为生命。小说不是诗,它是一种叙事文体,但二者之间也有相通共融之处,它的情感蕴藏在小说的叙事与人物命运的发展轨迹中。优秀的小说往往在文学叙事的推进中营造一种境界,以寄寓真挚而有深度的情愫,引起人们深长的咀嚼与回味,这就是小说的诗化倾向。"抒情诗作为个别的诗歌体裁,独自存在着,同时又作为一种力量,深入到其他体裁中去。"① 张翎的《金山》凝聚着"诗"意,它内藏着诗的叙事、诗的情致、诗的传达。其诗化倾向表现在:

其一,情节框架中的心灵抒写。

细读《金山》,会发现这部长篇并没有一个很完整的故事情节贯穿,也没有传统的开头、发展、高潮与尾声相呼应。它写的是人的命运,人的平凡生活,作家其实是在有意淡化故事情节。长篇写的是跨域家族史,就时间而言,它是现实与历史的对接,全书八章,每章都是这种时间对接结构,而就空间而言,对历史生活的书写又是原乡与异乡空间的交错。移民家族故事只是一个框架,它的情节并没有完整性,小说的叙事是在时间的颠倒、对接,空间的拼接、交错中完成的。确切地说,小说是由被时间与空间切割成的生活片断、或曰块状布局构成的,而将其串联起来的是方氏家族的人物。作家在某个特定的时空框架中似乎在集中表达一种心灵、情愫。朱光潜曾有过精辟的论述:"文学到了最高境界都必定是诗。""第一流小说家不尽是会讲故事的人,第一流小说中的故事大半是只像枯枝搭成的花架,用处只是撑持住一园锦绣灿烂,生气蓬勃的葛藤花卉。这些东西以外的东西就是小说中的诗。"②《金山》有其情节框架,在一块块拼接的情节时

---

① 《别林斯基选集》,上海文艺出版社1980版,第10—11页。
② 《朱光潜美学文集第二卷》,上海文艺出版社1989年版,第248页。

空中，着意的是人的心灵品格。如阿法修铁路炸山洞表现的坚韧，六指出嫁砍指表达的是勇敢，锦山与桑丹丝相遇的纯真恋情，锦河牺牲之崇高等等。正如伍尔夫所论述的："未来的小说应该成为一种诗化小说，它将采用现代人心灵的模式，来表现人与自然，人与命运的关系。"①

而写人物是写意式的，注重写人的感觉、情绪，注重写心理、写性情，很少对书中的人物的肖像、表情做平面、静止的描写与刻画，甚至阿法父子长相如何，都几乎没有什么描摹，而是通过人物的心理世界、人物的性情揭示某种人性、诗情。如写六指出嫁坐花轿的一段："盖头底下的世界是一片黑暗，黑暗把所有的感觉都磨砺得敏锐了起来。她听得出抬轿的是哪几个人，她猜得出轿夫的青布鞋踩过的是哪几条路，她辨得出迎着轿子狂吠的是谁家的狗，她觉得出阳光在轿顶上一颠一洒的重量，她也闻得见轿子的布帘被围观的目光烧出的焦味，她甚至听得出迎亲的鼓乐队里有一根丝弦在怯怯地走着调。"这一段写坐在花轿上的六指，用了一组排比句写她的感觉，写人物的五官对外界的敏锐细腻的感受，五官开放，听到狗吠、乐器声，嗅到焦味、看到太阳的光影。其他如写锦山、锦河，写瑞克、桑丹丝都用的是这种笔法。

其二，从平凡琐事中发掘情趣。

金山写的是移民家族史，但张翎并不着意于宏大叙事，英雄传奇或种族大恨。她自觉追求一种诗的素质，她善于从普通、日常的生活中开掘诗意，营造意境。张翎说：我"不再打算叙述一段宏大的历史"，而是"进入一种客观平实的人生书写"，② 这种"客观平实的人生书写"，就是写一种几乎原生态的普通生活，并从中发掘某种情趣，将作家的一种诗意的体验融注于其中。"不要说现实生活没有诗

---

① ［英］伍尔夫：《狭窄的艺术之桥》，载《小说与小说家》，上海译文出版社1986年版，第215页。

② 张翎：《金山·序》，十月文艺出版社2009年版，第5页。

意,诗人的本领在于他有足够的智慧,能从惯见的平凡事物中见出引人入胜的侧面。"① 小说中有一节写锦山遇难被红番(印第安人)救起,他在红番的一段生活写得极富生活情趣和动人诗意。许多场景,如印第安少女桑丹丝与锦山到树林砍柴、采草药都富有诗情画意。桑丹丝泡在河水里洗头,洗完头上岸,招招手,让锦山帮她梳辫子:

> 锦山吓了一跳。小时候,他曾趴在阿妈的肩膀上,揪散过阿妈的发髻。除了阿妈,他没有碰过任何一个女人的头发。他的心抖抖颤颤地说不停啊,不要过去,可是他的心管不住他的腿。桑丹丝的手里仿佛有一根绳子,那绳子牵着他的腿,他就不由自主地走了过去,坐到桑丹丝身边。
>
> 桑丹丝的牛皮口袋里有一把牛骨梳子,梳子和刀一样地和他别着劲,桑丹丝嘶嘶地喊着疼。半晌,才终于把头发梳通了,经磕磕绊绊地编起辫子来。
>
> "你的头发,真黑,和我妈一样。"锦山说。
>
> "我阿妈说,我们印第安人是不能离开自己的土地的。你怎么能离开你的阿妈呢?"
>
> "我们中国人也是不能离开土地的。将来,我也是要回去见阿妈的。"锦山说。
>
> ……

一个是情窦初开的印第安少女,大方、纯真,一个是来自中国的少年,羞涩、胆怯、质朴,这一对少男少女河边砍柴、洗头,以至于初试云雨的叙事,写的是生活小事,却把一对少男少女两小无猜、真纯美好的健康人性展现得极有情趣。

其他如六指出嫁、阿法相遇金山云、锦河邂逅买菜女孩等叙事都有这样的特色。

---

① [德] 爱克曼:《歌德谈话录》,人民文学出版社1982年版,第6页。

这种情趣还表现在为人物的平凡琐事营造的自然风物描写,小说叙事中的这种风景画风俗画描写也是诗情的构成部分。《金山》的特色在于通过人物的眼睛与感觉看风景,尤其是从人物的跨域视角看异乡的风景、风物而造成一种"陌生化"的艺术效果,如从艾米的眼睛看碉楼的好奇,从阿法的眼睛看唐人街的新鲜,从锦山看印第安部落的奇异,从锦河观察白人家庭的新奇等。通过这样的视角写风景,将人物与景、物交织为一体,营构诗的境界。

其三,语言的意象化描述。

诗的语言是一种意象化的语言,一种审美符号,往往从主观的感觉、体验出发,捕捉自然界中常见的物象,赋予鲜活的灵气,摹写人物的感官印象,将主观感觉与客观物象交融一体,使意象化的描写诗化。在《金山》中,我们读到了作家这种自觉地诗化语言的追求。"只有在诗人的世界里,自然与生命有了契合,旷野与山岳能日夜喧谈,岩石能沉思,江河能絮语。……风、土地、树木都有了性格。"①

且看以下几例:

一、阿法站起来,只觉得天上生出了七七四十九个太阳,从路头到路尾,地上找不见一片阴影,心中亮堂,眼前阳光。

二、六指停下针线,六指的指头凝固成一朵僵硬的花,而只有那半截指头,依旧颤簌不止,仿佛是一只受了惊的蜻蜓。

三、山带来了铁路,洋带来了风帆。山成了水的脚,水成了山的翼。

四、三十五岁的女人,心神已经被分成了许多块,一块是丈夫,一块是儿子,一块是婆婆,最小的那一块,才是她自己。三十五岁的六指再也没有十七岁那种母豹一样心无旁骛的胆气。

五、锦山臊得连脖子都红了,觉得一张脸能煮沸一河水。

六、眼不见的时候,愁烦就变成了一片荆棘,拔了这根,又

---

① 艾青:《诗论》,人民文学出版社1980年版,第229页。

有那根，永远也除不干净。

综上几例，第一是精心从大自然中选取的鲜活物象，如太阳、花、蝴蝶、荆棘等，赋予其生命力，使所体验的感受与人物、景物相契合、呼应。例一，写阿法得知妻子六指生了一个男仔后的心情，这里用太阳为意象，而且是夸张后的"七七四十九个太阳"，表现人物心中的亮堂与阳光，是一种直感似的感觉形态。例二，当六指听说欲把她嫁给阿法家做小时，正在做针线活的六指惊呆了，作家捕捉到"僵硬的花"与"一只受了惊的蜻蜓"两个意象，"僵硬的花"喻手上的指头，而"一只受了惊的蜻蜓"是那多余的半截指头，这个细节细微传神，出神入化，传达出六指惊讶、突然、无奈的心理。第二，意象组合的画面美。例二就是由花与蜻蜓构成的一幅画。例三写的是一座新城的兴起，西边送来了万国的船只，东边的铁路穿过落基山脉，于是一座新的城市崛起，它就是温哥华。这里铁路、风帆、山、水、脚、翼一串意象连用，凭借想象的升腾，构成了一幅饱含诗情的山水诗图画。第三，激发想象。作家用意象语构成的诗境，蕴藏着丰富的意象场与审美空间，刺激读者的想象。如例五写锦山脸红能煮沸一河水，例六写"愁烦就变成了一片荆棘，拔了这根，又有那根"，可见作家借用意象语言激发想象羽翼的能力。

地球村视域下现代人精神世界的探寻
——论林湄的长篇小说《天外》

回望新移民文学走过的 30 多年历程,成绩斐然,有目共睹,然而那种大气包举、高屋建瓴、撼动人之灵魂的艺术经典似乎还很少读到。早期的"洋打工"文学,悲苦血泪虽然真实动人,多为倾诉之作,较少触及人的心灵。初期"淘金梦"文学进而写到在异乡的生存奋斗,其物质追求与传奇色彩,更多聚焦在生活表象上的演绎。以后的"文化寻根"文学,在中西文化冲突中,表现人物的身份困扰,寻求原乡文化的乡愁,主要表现为强烈的民族归宿感。而中国崛起后在"海归"与"海不归"中演绎的移民文学,时代感虽浓烈,却显得缺少拷问人之灵魂的强音。进入 21 世纪,科学技术飞速发展,互联网发展步伐加快,地球似乎变小,不同地域人们的距离似乎越来越近了。移民文学向何处去?作家面临新的挑战。

继 2004 年出版长篇《天望》以后,林湄再度"十年磨一剑",出版了 60 万字的鸿篇巨制《天外》。两部长篇,百余万字,前后耗费了整整二十年的时间。

《天外》以宏阔的地球村视野,独特而崭新的人物形象塑造,呈现出现代科技、物质发达的新世纪,现代知识分子的精神困惑与心灵世界探求。并在跨文化的地球村语境中,从人与自然的生态关系之高度反思人类的精神生态生活,是新世纪以来海外华文长篇小说创作的重要收获。法国文学理论家丹纳指出:"文学价值的等级每一级都相当于精神生活的等级","文学作品的力量与寿命就是精神地层的力量寿命。"① 《天外》攀越的高度是文学"灵魂的殿宇",它是海外华文文学版图上新耸起的一座界碑。

一、地球村视域中的文学新人物

所谓"天外"是一种视角,天空之外也,这是一种宏阔的跨时空、跨文化的特殊视角。林湄在《天外》后记中说:"我竭力透视人性的藩篱,跨越文化、地域和时空的障碍,以特殊的视角,通过感触、认知和再思,去写叛逆的艺术。"②作家不仅仅把自己看作一个东方人或者西方人,而是把自己看作地球村人类的一员,她以博大的胸襟,世界文化的视域,希求书写地球村人类共同的命运与生存状态。这就是作家的使命。这种视野与意识正是《天外》超越之所在。

长篇《天外》以大手笔聚焦地球村中的小世界,即社会构成的细胞,这就是家庭。小说中写到五个家庭,有华人夫妻的移民之家,有华人与洋人组合的异族婚姻家庭,还有洋人之家及独身主义者白人找人代孕生女的特殊之家。《天外》通过这样几个家庭,细腻具体地展现了普通人的生存境遇与烦扰。作家很欣赏《红楼梦》中贾雨村对冷子兴说的那句"天地生人,除大仁大恶者,余者皆无大异"。小说写到的几个家庭并非大仁大恶之人,皆为普通百姓,小说写这些人的悲欢离合、喜怒哀乐,洞察到人的精神层面,窥察到人的灵魂深处。"人无论活在战争时期或和平年代,……生存内容和形式也不一样,但有一点是相同的,就是不管人在社会上扮演怎样的角色,高贵或卑微、男女老少均离不开烦扰和困扰。"③长篇的主线聚焦在移居欧洲的华人家庭郝忻与吴一念夫妇之间展开,作家倾力塑造了移民中年知识分子郝忻这位光彩照人的"独特""新人"形象。郝忻虽然移

---

① [法]丹纳:《艺术哲学》,人民文学出版社1983年版,第358页。
② 林湄:《天外》,新世界出版社2014年版。
③ 林湄:《天外》,新世界出版社2014年版。

居于科技、物质发达,环境幽雅的现代欧洲,却依然被困在精神苦闷的"城堡",小说艺术地展现了郝忻在社会、家庭与情欲三重"城堡"中痛苦挣扎、不屈探索、追寻精神升华的生命历程。

郝忻的一生,没有大波大澜的命运多舛,也没有惊心动魄的传奇故事。从中国内地到香港,后移居欧洲,他经历过"插队、求学、逃离、移民"。他一直都在探索、追寻。他下乡插队就爱书如命;上中文系读书,知识越丰富越对现实不满足;逃离到香港,十里洋场物质生活富裕、自由度宽松了,梦想和纯情却随之消逝;最后移民到欧洲,转眼二十多年,已是"生活无忧日子平静安稳"了,可是郝忻"对于西方优雅丰富的物质生活,安于清静自在闲适的活法渐渐不感兴趣了,开始追求心灵的富有与满足"。① 高中时代的语文教师杨敬书早年播下的种子终于萌芽了,杨老师当年的教诲深深印在他的脑海之中:"男儿无英标,焉用读书博"给了他启发,如今他来到了浮士德居住与生活过的欧洲,研究《浮士德》与《阿Q正传》,比较中西文化。"郝忻终于找到了自己在异乡的落脚点,有盼望,有方向并于自我天地里忘其所有,不亦乐乎。"② 他决意写一部传世之作《傻性与奴性》,然而郝忻的追寻并不顺利,途中尽是坎坷与荆棘,充满各种诱惑与困扰。他遇到一个又一个"城堡"。③

"城堡"之一为情欲:郝忻非神非圣,也是凡夫俗子,在现代欧洲情爱观的影响下,加之白人朋友大卫、心理医生彼得的影响以及"黑猪"的蛊惑,郝忻也曾抵挡不住情欲的诱惑,与女弟子发生关系。他的性格中也存在二重性,那就是世俗与崇高的矛盾。也就是浮士德所说的:总有两个灵魂拉扯。然而事后,他并未沉沦下去,他也曾困惑、迷茫,但他并未消沉、畏缩,听之任之,他不断反省、自

---

① 林湄:《天外》,新世界出版社2014年版。
② 林湄:《天外》,新世界出版社2014年版。
③ 这里的"城堡"来自卡夫卡小说《城堡》的联想,"城堡"是具体的,也是虚幻的。

责，叩问自己。可贵的是他的自我救赎："只是觉得这个错有点冤，我不是成心故意伤害你，是黑猪趁我满目眩惑时鼓动我尽情享受……""我不过上了黑猪的当，受骗了……受骗了自然会上当。"①

"城堡"之二为社会：世人看郝忻，认为他"傻"，称他"文呆呆"。他觉得自己很孤独，不愿意入帮派、拉关系。他有时神经兮兮，胡思乱想，看起来"行为偏僻性乖张"。时下皆以追求金钱、物欲、享乐为幸福，而将信仰、精神追求抛向云外，而郝忻却一心向往埋头书斋、研究比较中西文化，写出传世之作，自然会被世人看作不合时宜，打入"另类""异族"，而视为"傻"与"呆"了。而若失去这种精神上的追求与理想，恰恰是郝忻的困惑与痛苦之所在，是生命不能承受之"轻"。进入科学技术发展迅猛、信息高度发达的21世纪，移民到欧洲，生活是否就幸福呢？

"城堡"之三为家庭：家庭是人生的避风港，家是真性情的舞台。结婚二十多年的妻子吴一念精明能干、是管家理财的能手。移居欧洲以后，妻羡慕那些会挣钱聚财的能人富豪，一直梦想"住大屋买名车提高生活水准"，抱怨丈夫无能。虽支持他从糖厂出来开办翰林院，教授中华传统文化，但还不满足，又千方百计鼓动他参入欧华公司经商下海赚钱，郝忻试试以后，心不在焉，实在干不下去，以后又想方设法让他参政，参加"华人参政筹委会"，捞取政治资本，他同样丝毫没有兴趣。加之一时糊涂与女学生发生性关系，妻子大发雷霆，长期与他处于冷战之中而分居，对他的所谓研究不屑一顾，郝忻苦恼之极，家庭乱套，不得安宁，无法解脱。

这些个"城堡"，郝忻或被诱惑、或被逼迫、或是无奈而走进去了，又在纠结、矛盾的痛苦中挣脱、逃离出来，但他始终没有畏缩、消极，他在继续寻找。美国学者丹尼尔·贝尔说讨："我相信将有一

---

① 林湄：《天外》，新世界出版社2014年版。

种意识到人生局限的文化在某个时刻重新回到对神圣意义的发掘上来。"① 这种"意识到人生局限的文化"对"神圣意义的发掘",就是一种信仰,一种人文精神,它是属于形而上层面的,是精神的追求,灵魂的提升,这就是郝忻所追求的精神之梦、困惑之理想。透过他的"傻气""呆气"后面的单纯、本真,我们看到的是对生命本质、对存在的价值意义的一种新的悟透,一种灵魂的"涅槃"。写到这里,我豁然开朗,突然悟到,小说《天外》的主题原来就是探寻、是寻求。"寻求"是一个古老的原型母题。歌德的《浮士德》、艾略特的《荒原》与卡夫卡的《城堡》皆是。

郝忻作为海外华文文学画廊中独特崭新的人物形象,给我们以深刻的启示与思考:

其一,郝忻是体现新世纪时代特征先知的知识分子形象。其独特与新在于他的身上打上了鲜明的时代特征的烙印。他是地球村时代,知识分子先知的人物形象典型。

其二,作家不仅在表现人物的生存状态、刻画人物的性格特征,更重要的是在开掘人物的精神世界,尤其是对人物灵魂的探寻。

其三,作为移民人物形象,郝忻的精神困惑,理想追求,不仅是东方人的,西方人的,而是当今时代地球村人所共同的。这个形象具有跨地域、跨文化意义。

这个人物形象在海外华文文学人物画廊中闪着独特奇异的光泽。

二、中西文化传统与文化大狂欢

观赏到一次文化的盛宴与狂欢,极大丰富了作品的文化内涵。

生活在异域而坚持用母语创作的作家,其创作在原乡与异乡都处

---

① [美]丹尼尔·贝尔:《资本主义文化矛盾》,三联书店1999年版,第40页。

于边缘化状态。对于移民作家,这种既边缘化而又得天独厚的所处,为他们的创作打开了双重(或多重)的宏阔视野。他们同时承继着两个以上的文化传统。从《天望》到《天外》,小说中两个文化传统交相辉映,带你进入到一个世界文化的大观园,让读者享受到一次文化盛宴与大餐。季羡林先生在20世纪90年代就曾预言:到了21世纪,包括中国文化在内的东方文化将在东西方文化融合的基础上再现辉煌。卡尔维诺早就指出:"经典作品是这样一些书,它们带着先前解释的气息走向我们,背后拖着它经过文化或是多种文化时留下的足迹。"①

林湄多次说道:"各种文化现象虽然存在差异,但同时也存在着本质的相通处和共同处,即文化的普遍性。"②作家承继两个优秀文化传统,融中西于一体,在叙事、对话及梦幻的超现实情景中,集中西文化经典之大成,多次频繁引用与出现中西文化经典作家与作品,将一个文学文本演绎成一个文化大文本,这在华裔移民文学作品中很少见到,令人叹为观止:

据笔者不完全统计,《天外》中出现的中西经典作家与作品,如中国:从《易经》、《礼记》、《诗经》、《论语》、孟子、李白、周敦颐、刘过、朱熹、金圣叹、蒲松龄、《红楼梦》、鲁迅,到清代画家高其佩,近代民间音乐家阿炳等;

如西方:古希腊神话、阿里斯托芬、莎士比亚、《浮士德》、托尔斯泰、屠格涅夫、托马斯·曼、田纳西、莫奈、凡·高、罗丹、贝多芬、黑格尔、弗洛伊德、马洛、莱辛、爱德华·傅克斯等,广泛涉及文学、艺术、哲学、心理、神学、宗教与自然科学各个领域。粗略统计,所涉作家约在60位(种)以上,文本中的这些内容与元素,带人进入到一个世界文化的大观园,观赏到一次文化的盛宴与狂欢,

---

① [意]卡尔维诺:《为什么读经典》译林出版社2012年10月版,第4页。

② 林湄:《天望》,长江文艺出版社2004年版。

极大丰富了作品的文化内涵。

其一,"文本互涉":极大丰富、深化了小说的文化内涵与主题意蕴;

"互文性"或"文本互涉",这个词语最早由法国后结构主义批评家朱莉娅·克莉思蒂娃提出。强调任何一个单独文本都是不自足的,其文本的意义是在与其他文本交互参照、交互指涉的过程中产生的。"每一个文本都是其他无数文本的回声,在这个由无数文本织成的巨大网络中,各个文本之间既互相引发,相互派生,又相互指涉,相互呼应。"

《天外》的故事背景发生在欧洲,小说中的人物以华裔移民家庭为主线,涉及华人家庭、白人家庭及异族婚姻之家。小说穿插、贯穿全书的为中西两部文学经典,一部是德国文学巨匠歌德的名著《浮士德》,一部是中国古典名著《红楼梦》。浮士德这一不朽的文学经典形象,艺术地表现了人类数百年的精神探索,表达了对人类理性力量的坚强信念。"浮士德精神"是一种积极进取、自强不息、不甘堕落、永不满足的追求精神。《天外》中的郝忻不远万里移居欧洲,不为贪求物质的享受、不愿做金钱的奴隶,同两百多年前的浮士德一样,他所追求的是精神的安宁,他有志向、有理想,也有困惑烦扰,也曾遭遇诱惑、鬼迷心窍,但他能忏悔反省,不甘堕落,继续探求不止。

在中国古典文学名著中,《红楼梦》堪称中国文化的百科全书,所涉中华文化丰富多彩。《天外》在人物对话与幻境中多次出现《红楼梦》中的人物,如贾宝玉、林黛玉、王熙凤、甄士隐、冷子兴、贾芸等,其中郝忻与贾宝玉的相互指涉、呼应作用是显而易见的。小说结尾出现跛足道人甄士隐,郝忻由此想到他常念到的《好了歌》,因而改编为一曲现代版的《好了歌》,讽喻当下社会现状,其"互文"的现实意义耐人寻味。在郝忻与馥淑的对话中,相互借《红楼梦》中的人物谈古论今,抒发人生感悟,也是意味深长,余意不尽,这种文本指涉意义很难用一般日常会话去替代。

其二,"文化之镜":用"他文本"作为小说文本中人物窥探、反省、叩问自我的镜子,展示人物的心灵世界。

小说中的郝忻一旦遇到困惑烦忧、心理矛盾、心结难解,浮士德就会出现,或在梦里,或是幻觉,或在对话中指点迷津:

> 他再次瞒着妻,走访魏玛,多稀奇啊,当他站在浮士德像前,浮士德满脸笑容,动着嘴对他说:"我说自己蠢货是因为我尽管是满腹经纶的博士,但一牵着学生的鼻子四处驰骋时,就什么也不懂……所以,应当到俗世闯一闯,承担和体验人间的祸福,或与暴风雨奋战一番。"
>
> 郝忻心想自己不过一介平民,能获其指点多么幸运,"许是知我不是什么硕士博士,特来安慰。"……
>
> "我有了解自己的冲动……因好奇而为之。当然,我不知出国是福是祸,但至少可以弥补过去学不到的学识,还有我的老师,不,我也一样,渴望像你一样,满腹经纶,但不拒绝现世的安乐……"
>
> 郝忻还没有说完,就被浮士德打断了,"那你得像我一样,到世俗去闯一闯,看看居住在地球上的人们,在体验政治、知识、爱情、事业和美丑等方面,是否人心俱同,和我一样。"
>
> 郝忻哭丧着脸说:"当我有心体验不同的生存滋味时却几乎……嗯……差点一命呜呼呢!接着,精神也慢慢地离开身体出笼了……"
>
> "精彩,比我的人生经历还丰富!既然'肉体的翅膀不容易同精神的翅膀结伴而飞,那就各自飞翔吧',像在我的胸中,住着两个灵魂……"浮士德娓娓道来。
>
> "两个灵魂?"郝忻"哦哦"数声笑了起来,在笑声中觉得有人触动着他的肩膀。①

---

① 林湄:《天外》,新世界出版社2014年版。

> 一种难以抑制的冲动不时地冲击着他（指郝忻）的脑海，无以对言，只好对浮士德说："我真是苦啊，一个灵魂多次批评我，另一个灵魂却不听话……这类事明知彼此均在卖弄风情，无须谈什么爱呀、情呀、责任呀，却老是抵挡不了黑猪的诱惑……"
>
> 这回浮士德谦虚道："问问别人吧，我也不是好东西，否则怎会被梅菲斯特骗到社交场所寻欢作乐呢？……"①

以上两段文字，为郝忻思想矛盾，遇到困惑而解不开的时候，浮士德就在幻觉中及时出现了。与浮士德对话，郝忻是想解开内心的疙瘩，盼他指点迷津。浮士德总会以自己的亲身经历，现身说法。他几乎与郝忻如影相随，浮士德是郝忻的偶像与精神寄托。浮士德好像就在天外，时刻观察郝忻的举止言行，浮士德仿佛一面镜子，照出郝忻的面貌与心灵。此外，从郝忻的身上，又似乎看到《红楼梦》中贾宝玉的影子，他的妻子称他"文呆呆"，他的傻气、他的孤独，都让人联想起宝玉。卡尔维诺谈文学经典时说："如果我读屠格涅夫的《父与子》或陀思妥耶夫斯基的《恶魔》，我就不能不思索这些书中的人物是如何一路装饰脱胎，一直到我们的时代。"② 此话真乃经典之语也，歌德与曹雪芹笔下的浮士德与宝玉也正是这样，他俩转世脱胎一路走到了 21 世纪的欧洲。《天外》成功而自然地选择了《浮士德》与《红楼梦》两个文本做参照，极大地丰富了小说的思想、文化内涵，成就了郝忻这个人物形象。

其三，文化之桥：在展现、重温中西优秀文化经典中反思现代文化，搭建中西文化之桥，探寻重建现代人的文化精神。

小说中的郝忻从插队、求学、逃离到移民，他一直都在寻找，反思现代文化。他"由杨老师想起生存的命运，因生存与生命又想到

---

① 林湄：《天外》，新世界出版社 2014 年版。
② ［意］卡尔维诺：《为什么读经典》，译林出版社 2012 年 10 月版，第 4 页。

为何中西方艺术家的视角、发觉、构思、书写如此不一样,差异在哪里","郝忻决意研究比较浮士德与阿Q精神,视《傻性与奴性》为回馈社会,报答杨老师在天之灵的礼品"。① 郝忻立下宏愿,研究、比较中西文化与文学,要完成这本书,期望它成为传世之作。此愿望成为郝忻困惑、茫然中的理想与明灯。其实在小说中,郝忻的这种追寻也是一种象征,那就是搭建中西文化之桥,重建地球村现代人的文化精神。

三、社会生态与人的生态伦理

在当今地球村视域下,林湄自觉地将生态意识纳入到她的长篇创作之中,将笔触深入到社会大生态及人与人的伦理的关系中,艺术地展现进入新世纪之后,人类所普遍关注的生态文明这一重大话题,思考人与大自然的关系。她以"坐云看天下"的悲悯情怀深深感受到地球村生态环境的日益恶化。科学技术高速发展,伸向各个学科领域,人类的物质生活越来越富裕,然而人类居住的环境却遭受严重破坏,威胁着人们的生存,百姓的安居。作家在小说中写到的大自然,与以往西方作家对大自然的歌咏与欣赏不同,她是在反思人类与大自然的现状及相互依存关系,具有强烈的时代精神。

《天望》第四十六章,标题为"世界性灾难人类的困扰",小说写到欧洲一个小镇A镇的奇人奇事:

> 那里三面环山,满山均是葡萄,南面对着幽幽河道,风景宜人,如世外桃源,原有千多户口,以葡萄为生,人们丰衣足食,自从河畔开放成旅游区后,各地商人便注重这块休闲地了,房屋、汽车、废气废物日益增多,A镇从此命运多舛,先是不停地发生交通意外,接着出现各种早已灭绝的病毒,地方政府决定进行空气消毒,这下可怪

---

① 林湄:《天外》,新世界出版社2014年版。

了，病毒没了，满山遍野的葡萄则变成条条枯藤，像僵死的干杆。居民也渐渐地起了变化，全部患上胆量病，胆小的不愿出门，怕光怕见到人、怕电视、怕电话……胆大的性欲超凡，见异性就想做爱，不愿用避孕套，还大胆地实验兴奋剂……

田园、屋舍、空气被污风吹染了：灯火、繁星、时显时隐，信念与希望被恐惧害怕吞食了。

星月退隐，光晕怪异，大气凝结了，天地仿佛在等待一种突然的蜕变，怎么不令人害怕而迷惑？

浮生希望，美人醑酒，千万财报，生命中所有的荣誉，权势与骄傲，均成了空的代名词，人啊人，是糊涂了呢，还是清醒了。①

……

小说接着写到从 10 岁到 70 岁各种不同年龄的男女恐惧者、胆大症患者的病情。

欧洲年轻的传教士弗莱德仰天悲叹道：世界生病了。

在《天外》中，有两个情节耐人寻味：

其一，从十岁的孩童、三十岁的青年、五十岁的中年到七十岁的老者，全都患上心理疾病了。经验丰富的心理医生彼得，长期给人看心理疾患，最后不但无回天之力，治不了别人的病，竟然自己患上了忧郁症。其二，郝忻在虚幻中看到：那群年轻的男男女女不是瘦子就是胖子，在医院门口排队，他们正在为体内无精无卵而烦恼，可是，医院不愿意开门，医生说无药可治呀。"我们已向科技部门求救，他们说医术跟不上时代日新月异的变化啊。"

这其中的隐喻别具深意，世界生病了，不仅人与大自然的生态平衡遭受破坏，人与人之间的生态也出现了问题，以致引发出人类各种心理疾患，特别值得注意的是，人的这种现代病，主要是心理上的，高科技也治不了。理论生物学创始人贝塔朗菲一语道出："我们已经

---

① 林湄：《天望》，长江文艺出版社 2004 年版。

征服了世界，但却在征途的某个地方失去了灵魂！"① 鲁枢元先生研究文学与生态学的跨界关系，亦忧心忡忡："伴随着自然生态系统的节节退败，是人的精神世界的日益枯竭，是喧闹与懦弱与苍白。"② 难怪王元化老先生临终前说：这个世界不再令人着迷。

西蒙·波伏娃在她的论著《第二性》中提出了所谓女性为"第二性"的著名论断：男人将"男人"命名为自我，而把"女人"命名为他者，即第二性。就文学中的移民女性形象而言，她们又处在第二性的边缘。20世纪70年代，法国女学者弗郎索瓦·德·奥波妮在其论著中将"自然歧视"与"女性歧视"并置，把生态思想与女权思想结合起来，提出生态女性主义的研究方法。指出在男权社会中，其实将女性等同于动物，或曰将女性动物化了。生态女性主义者认为，妇女和动物一样，在男权社会中，都处于一种被压抑的状态。林湄在《天外》中特别关注两性生态关系。进入到21世纪的今天，女性的命运发生了多大的改变呢？《天外》中的一靳，费尽周折到欧洲留学，为获得居留权，与欧洲男子艾特假结婚，出国四年恋爱六次，一次比一次高档，但没有居留权，始终未成正果。得到居留权后才正式与那位艾特离婚。直到与比大她许多的白人凯西邂逅结婚，为他奉献出所有的爱，"婚后一切以凯西为主"，终生为男人奉献一切。她以为这样就可以俘获男人的所有。最后因为嫉妒凯西与前女友交往遭车祸身亡。一靳生前就悲叹做女人之艰难，女人活得成功比男人更艰难。这是典型的异族婚姻中移民女子一方的悲剧。也是当今时代两性生态关系失衡的呈现。小说中的华人老妇蔺嫂，随丈夫老陈出国开中餐馆几十年，却没有经济权，好不容易瞒着丈夫偷偷积攒了一点私房钱藏起来，却不小心弄丢了，最后想不开竟自杀而死，酿成悲剧。欧洲白人夫妻又如何呢？安博的妻子阿丽塔，成为丈夫生儿育女的机

---

① 引自鲁枢元《生态批评的空间》，华东师范大学出版社2006年版，第21页。

② 鲁枢元：《我的文学跨界研究》，载《文学教育》2013年第11期。

器，丈夫喜欢孩子，还多多益善，对妻子说女人生孩子就是对社会最大的贡献。阿丽塔"最烦恼的是，若不遵从安博的意愿便担心他会找其他女人，'时下离婚如唱歌'，受伤的自是孩子和女人"。[①] 她无比感叹：世道变了。

林湄在作品中反思生态危机、深感人类生态文明失衡，同时也在憧憬着美丽迷人的地球未来的风景，她在小说中呼唤重建地球生态系统，呼唤人文精神。从《天望》到《天外》，作家反思大自然与人的生态关系，集中笔墨所书写的仍是人，是人与人之间的生态伦理关系，两性生态伦理。社会与自然生态是建筑在人与人之间的生态主义基础之上的，那就是人们向往的真、善、美的崇高境界，人与人之间自然、和谐、友爱相亲、平等尊重的关系。《天外》中郝忻与一念的关系，或者说由这个家庭串起来的人与人之间的关系链，他们的悲欢离合，尤其是郝忻夫妻重归于好的结局，都体现了作家的生态美学观。

四、梦幻写实与人物隐喻

用梦境、幻化、想象为一种新的现实境界，造成一种神奇效果，再现现实生活的真实，在中外经典文学作品中都有精彩呈现。中国古典小说中，唐传奇中的《蟋蟀》写人变成了蟋蟀就是上乘佳作，清代的《聊斋志异》更是鬼狐妖仙穿梭在人间世俗生活之中，《西游记》中亦是妖魔频出、神魔斗智，魔幻纷呈。欧洲具有深厚的文化积淀与文学传统，莎士比亚戏剧中早就出现过鬼魂，《浮士德》中也出现魔鬼梅菲斯特，卡夫卡的《变形记》中人睡了一夜变成甲虫，竟然与中国古代的《蟋蟀》惊人相似。自拉丁美洲安赫尔·阿斯图里亚斯至加西亚·马尔克斯等作家在世界文坛崛起，魔幻现实主义逐渐定型为一种流派。尽管对这一概念也有争议，但毕竟为大多数学者所

[①] 林湄：《天外》，新世界出版社2014年版。

接受。林湄在《天外》中吸纳了魔幻现实主义的优长，但有自己的特色，第一，故事情节并无荒诞离奇的超现实；第二，人物形象也并非超人，既不能"变形"，也不会施"魔法"。她主要将其用于情节发展的细节中，是在符合人物的特定环境中表现人物思想意识的梦境与"幻觉"，展现了人物丰富的灵魂与复杂的内心世界，它的重要特征是"内倾"。我觉得称为梦幻写实或许更合适。马尔克斯多次重申，他的小说不是魔幻，而是写实。我觉得林湄的小说也是如此。

其一，梦幻是心灵真实的再现：

在《天外》中，表现人物思想意识与心灵幻觉主要有以下方式：一是梦幻，二是文学经典中的人物形象在幻觉中现身，三是"物"的"人"化，四是鬼魂复活等。小说中，如前文所举之例，郝忻多次与浮士德的对白，老祖祖与泥头布娃娃凌芬夷的对话，一念拿起苍蝇拍打虫子，红甲虫也说话了。还有郝忻与铜质老人洋公公的交谈等，都是在特定语境下人物的幻觉活动，这种幻觉场景是人物复杂内心世界的一种投射与表达，或者说是一种心理活动演绎的镜像。它生动、直观、逼真。所以歌德说："每一种艺术的最高任务即在于通过幻觉，产生一种更高真实的假象。"①

当郝忻的妻妹一靳去世后，他一时接受不了，一个活生生的人怎么一下就没了。

> 想起多年前，自己突然倒地，要是不再醒来，不也如是，一样的过程，一样的状态，一样的结果。郝忻不由心神恍惚，背脊掠过一阵阵寒气，偶尔还从喉底发出不清的厌烦的语句，就在他呆滞的时候，听到一位老人的揶揄声："未知生，焉知死？"
>
> 郝忻吃惊地全身颤抖："说华语？"显然不是那位铜质的洋公公，又没有旁人，不由得四处张望，哦，原来是写字台前面书

---

① 歌德：《诗与真》，见伍蠡甫主编《西方文论选》1979年版，第446页。

柜顶部的那位老人含笑摇摆,那是几年前在翰林院帮画家卖画后,老王送的一尊孔子雕塑。此时,他竟然不敢正视之,而是"扑通"一声跪拜在孔子面前,哭丧着脸说:"老祖宗知我也,我原是知生不知死的人,自那次突然晕厥后,才初次触及'知生'与'知死'的意识……可我现在,为了一件未遂之事,竟然是'恋生'而'恐死'……"

"不!'再,斯可矣'。"老夫子似乎看穿他的心思。

郝忻慢慢从跪拜中站了起来,自觉惭愧,自己何止三次,简直数十次了,只能真诚道:"我是在不断体验、感受中,渐渐从浑浑然不知所以然,认识到因知死,而悟生……"

"虽多,亦奚以为。"老夫子拽着长胡须笑道。站在他身旁的子路露出睿智冷静的笑容。郝忻正想和他打招呼,定眼一望,原来是映在玻璃窗上的树影,这才觉得自己的头脑不是不肯清晰而是无法清晰。①

这是一段关于"生与死",或者说"生死观"的对话。如果用传统的心理描写揭示郝忻心理的变化与想法自然也可以,但远比不上这样出现在幻境中,直接与孔子对话生动形象。孔圣人的几句话令郝忻感受良多,茅塞顿开,"未知生,焉知死?"是对人认识"生与死"的一种概括与洞悟。

其二,梦幻镜像的"混杂性":

《天外》作为一部写背景发生在欧洲的移民题材,而主人公又是华人移民的长篇,它在运用梦幻写实手法时,其梦幻镜像不同于西方文学作品,也有别于中国文学著作,呈现出来的是华洋混合、中西混杂,从而使这种写法更加神奇多姿、魅力诱人。如郝忻的幻觉中既会出现西方《浮士德》中的浮士德与梅菲斯特,又会出现东方的甄士隐与黑猪。特别是小说的结尾的一段,先是出现不能生育的男男女女

---

① 林湄:《天外》,新世界出版社2014年版。

在医院前排队看病,后来又出现骷髅复活的死鬼想重回人间享乐。接着郝忻又想起了浮士德:

> 浮士德啊,你现在哪里呢?我今晚五官生辉灵感顿涌,还因为曹雪芹的草堂因地温灼热而消融了,我的翰林院也快寿终正寝,加上我刚刚在废墟旁遇到那位穿麻鞋鹑衣的跛足道人甄士隐,不时听到他落拓疯狂地念着《好了歌》,我就即兴为《好了歌》换上当下时尚的字意,你听听吧:
>
> 世人都想名利好,唯有权位求不了!古今白骨在何方,早成草木肥料了。
>
> 世人都想钱财好,唯有靠山忘不了!官商结合家常事,乐极袅袅灾来了。
>
> 世人都想食色好,当然美人少不了!新房日夜诉真情,一阵西风变色了。
>
> 世人都想后生好,留给儿孙金银了!可怜天下父母心,败光家产谁知了?①

这个幻境中西混杂、千奇百怪,正欲找浮士德说话,《红楼梦》中的甄士隐却上场了,郝忻熟知那首清代年间的《好了歌》,想到跛足道人甄士隐一两百年前讽喻丑恶现实,怎么到了21世纪,在科技发达,物质富裕的地球村还会有崇拜钱财,物欲泛滥、情色诱惑之丑象泛滥呢,生活怎么还不得平静、安宁呢?不由得换上时尚之词,唱起这首现代《好了歌》。这幅中西混杂的幻境图,其象征寓意也很明显,它展现的人类病态、死鬼复活,现代《好了歌》,正是郝忻忧虑困惑之所在,也是现代人面临的困境。

《天外》中有两个人物,老祖祖与梅诗人,在小说的叙事中似乎

---

① 林湄:《天外》,新世界出版社2014年版。

可有可无,因其并未在故事情节链条发展中起到推动作用,似乎游离在小说叙事之外,然而她们却是作家艺术构思中的两个重要角色。其隐喻意义不可小视。老祖祖是一位智者,只是在一念姐妹家中出现,梅诗人是位隐居者。她们两位仿佛是从文本之外看芸芸众生,观小说中的世事百态。使人联想起巴赫金所提出的"复调"理论,是另外一种声音。

老祖祖:小说女主角吴一念姐妹的祖母,九十开外的老祖母,出身书香门第,大家闺秀,原是中学历史老师。大半生活在中国,她身边放有中文版《圣经》,收藏有许多泥头布娃娃。她一生没有与命运抗争,只会忍耐与温顺,她喜欢单纯、快乐的童心世界。她关心"灵"与"体"的问题,追求真、善、美。

读到老祖祖,会想起中国人人皆知的观世音菩萨,慈悲为怀,仁者爱人;读到老祖祖,又想到西方的圣母玛利亚,仁慈博爱,普世济人,"她神韵里看出豁达、宽容、慈悲和怜悯,以及旷美的母性情怀"。① 她是兼有基督与佛教精神的智者,作家构思这个人物别有深意,她的身上体现出东西方文化的交融与相通,她是智慧的老者,人类普遍向往而可以接受的救赎者、慈悲者的母性形象。

另一位是梅诗人,这位女诗人几乎未出场,就开头亮了一下相。但她的诗歌却从头到尾穿插于小说之中,似乎总是站在几位主角的身旁,形影相随,注视着如一念、舒淇、郝忻等人的一举一动。

梅诗人看破红尘,不追名逐利,不随波逐流,她静心写作,喜欢宁静与安详。她有预言能力,第六感觉特灵,不愿告人身在何处,喜欢远游,是一位隐居者。她使人想起《百年孤独》中的吉卜赛老人墨尔基阿德斯。他是有预感和预示能力的老者。她在小说中的第一首诗《失眠的星星》,就以星星、月亮与太阳为喻,歌赞人类之爱。是一首爱之歌,一念读后很赞赏。舒淇朗诵《孕妇》一诗,就引起了她对女儿成长过程的回忆,而结尾的一首诗,是《我歌我泣》中的

---

① 林湄:《天外》,新世界出版社2014年版。

"梦恋",由郝忻喃喃吟出,最后一节是:

……………

> 不要怪我任性倔强
> 其实我是多么孤单
> 但有一点不能轻看
> 我的文档装满了诗章。

梅诗人基本上是小说以外的人物,她的声音虽然是诗歌,由书中人物吟出,却有点像欧洲古典诗剧中的旁白。将诗歌穿插到小说叙事文本中,也是中国古典小说的传统,它增强了小说的可读性与叙事的魅力。

老祖祖与梅诗人,一个如同"天外"的智者,一个仿佛"世外"的隐者。"天外"之音与"世外"之声,两种声音构成了长篇小说神奇美妙的"和声"。

五、创作原动力与悲悯情怀

大体说来,小说家有两类人:一类凭智慧与才气写作,一类用灵魂与精神写作。后者的创作往往是痛苦的,作家内心世界的困惑与痛苦是作家艺术发现的原动力。陀思妥耶夫斯基、卡夫卡、歌德、曹雪芹都属于后者。林湄自然也为后一种。

日本学者厨川白村在其《苦闷的象征》一书中早就指出:"生命力受了压抑而生的苦闷懊恼乃是文艺的根底,其表现法是一种广义的象征主义。"① 从创作心理学考察,创作主体的原动力来自于这种痛苦与困惑,心理学上称为"缺乏性动机"。且观欧洲的几位大文学

---

① 鲁枢元:《创作心理研究》,黄河文艺出版社1985年版,第229页。

家:"陀思妥耶夫斯基像负荷其沉重的天才一样负荷着他那个时代的苦难。他敏感的良心不仅始终把同情给予诚挚、善良、不幸的弱小者,而且与众不同地以其对'罪恶''信仰'等问题的思考,和同时代人对'出路'及'前途'的探寻形成鲜明的对照。"① 美国剧作家奥登认为:"卡夫卡对我们至关重要,因为他的困境就是现代人的困境。"② 卡夫卡生活的奥匈帝国时代,政治上的反动腐朽使他郁闷痛苦,家庭中父亲的专横暴戾给了他极大的压力,他与父亲格格不入,使他苦恼,困惑。卡夫卡在他的日记中写道:"我们摧毁不了这个世界,因为我们不是把它作为某种独立的东西建造起来,而是我们误入其中,说得更明确些,这世界是我们的迷误。"③ 而歌德认为:"最大的困难就在于我们不去寻找困难。"④ 曹雪芹的"字字看来皆是血,十年辛苦不寻常"更为我们所熟悉,林湄创作两部长篇的动力正是如此。困惑与痛苦成为作家创作发现的艺术原动力,促使他们写出了不朽的伟大作品。究其原因:其一,作家的这种困惑,总会灌注到他所塑造的人物形象中去,使笔下的人物性格复杂、灵魂丰富,成为作家探寻人生困惑的寄托。郝忻便是林湄精心塑造的这类形象。其二,作家往往通过笔下的人物探寻走出困惑之路,这种探寻是精神层面的求索。其三,思想灵魂愈是复杂深刻,其探索也愈是困难而迷茫,这也对作家的艺术审美呈现提出了更高的要求。林湄创作中的两个"十年磨一剑",就是这种困惑中艰难探索的体现。就此而言,尤其是从文学创作主体的心理而言,作家的困惑与痛苦是成就优秀文学经典的重要前提与原动力。

---

① 冯川:《忧郁的先知:陀思妥耶夫斯基》前言,四川人民出版社1997年4月版,第1页。

② 杨小岩:《卡夫卡文集·导论》,武汉大学出版社1995年版,第1、4页。

③ 杨小岩:《卡夫卡文集·导论》,武汉大学出版社1995年版,第1、4页。

④ 《歌德的格言与随想录》,中国社会科学出版社1982年版,第59页。

林湄的一生，经历过三种不同的社会：中国内地、香港、而后移居欧洲。她饱受生活的坎坷与不幸，一直在思考社会与人生，在文学中探寻、求索。"我是谁？像一棵树吗？那么，离开了本土，移植在天涯海角的另一片土壤里，叶子和果实自然与原生有所不同，不是在这里客居暂住，而是在此生根发芽。但我原先想象的世界不是这样，我原来的面目也不是这样。我去问谁呢？没有人回答我。……我走啊，飘啊，寻索啊，充满彷徨，矛盾和惆怅，甚至为此感到不幸和悲伤。"① 她认为："在高科技的旗帜下，人类的困扰、彷徨、惊恐感有增无减，甚至集体地进入丧失生存意义的地步，像被赶到没有出路弄子的牛马一样。"② "处于社会转型的这个时代，科技和财富只是提供人类活动和私欲的方便，无法真正带给人内心的平安和快乐，更谈不上生命的素质。"③ 林湄到欧洲以后，用二十年时间完成的两部长篇，它的最大的原动力就是这种对"人类的困扰、彷徨"，近来重读陀思妥耶夫斯基，发现一百多年前，这位忧郁的先知陀思妥耶夫斯基就曾经预言道：人类不可能通过结束贫穷和愚昧，使社会物质财富得到极大的增长而结束人类的苦难和不幸。④ 陀氏此语乃是天才的预言。林湄在她的小说中，通过她的两部巨著及塑造的人物形象，艺术地再现出当年陀氏的预言。作为一位作家，她无法改变天下，她"愿与生活一起燃烧，和文学同甘共苦，将不同社会阶层的移民在新语境里的生存境遇展现，并探讨他们的'困惑之理想'与'精神之象征'"。⑤ 她说："我只是视文学为一项慈悲的事业，写作是我祈祷式的生存方式而已。"⑥ 她坐云看天下，天外观地球村，在作品中表达其悲悯情

---

① 林湄：《天望》，长江文艺出版社2004年版。
② 林湄：《天望》，长江文艺出版社2004年版。
③ 林湄：《天外》，新世界出版社2014年版。
④ 冯川：《忧郁的先知：陀思妥耶夫斯基》，四川人民出版社1997年4月版，第55页。
⑤ 林湄：《天外》，新世界出版社2014年版。
⑥ 林湄：《天外》，新世界出版社2014年版。

怀：这种情怀集中表现在三方面：其一，在科技高度发达、物质文明高度发达的今天，人类被金钱、物欲所异化，造成精神困惑与危机，失去精神的归依。《天外》中的郝忻，便是在痛苦中寻找"困惑之理想"。其二，积淀几千年的东、西方文化有着丰富优秀的传统，但东方或西方文化也存在缺失，要探求东西文化中共同、通融、统摄的东西以疗救人们的精神危机。其三，实现人类之大爱，非常艰难不易，追求人的精神乐园，探求人类之大爱，实现真正的平等、自由、幸福、博爱，是人类的终极目标。

附诗一首：

致《天外》男主角郝忻

今春在赴巴黎的航班上读林湄《天外》，旅程万里，浮思联翩，恍惚中，书里男主角郝忻从云中走来……5月8日在布拉格，凌晨萌生遐想，草成小诗，7月武汉改就。

　　银鹰腾飞起万里天宇的白云
　　思维穿越在云海中击波游泳
　　一本大书伴我进入浩渺幻境
　　忽而，云涛中走来郝忻君

　　我好惊讶，是在哪里见过你？
　　未必前世就共拜缪斯为同门
　　原来都是学文学出身的兄弟
　　一生最爱歌德之诗，红楼之魂

　　看你面容儒雅，一脸傻气与呆气
　　莫非是贾宝玉转世当代

观你神态坚毅，浑身憨劲与犟劲，
分明是浮士德投胎当今

我不远万里从长江飞往多瑙河，
为的是重走你漂泊异域的足迹，
跨域越界多年你一路走得如何
双手一握，掌心传来温暖的孤独

你把困惑的眼神瞥向地球村
轻轻吟起现代版的《好了歌》
冷看青山绿水被"厄尔尼诺"强暴
宇宙飞船啊载不动灵魂的愁困

忽地一道光闪，不见你的踪影
舷窗外，五彩云涛托起你飘向天外
你是去探求人类圣洁的伊甸园
还是去寻找那诗意栖居的大地

凝眸九天啊，我回不来的眼睛
蓝天、云霞、环宇，阿波罗歌兮嫦娥舞，
斑斓多彩云霓中你回望招手，
飞来纯美悠扬的天籁乐声

啊，忧郁的先知，文学的男神

陈河与其历史长篇 《甲骨时光》

陈河的人生经历丰富而具有传奇色彩，他当过兵，做过经理、团委、党委书记，1994年陈河下海只身前往阿尔巴尼亚经营药品生意，曾遭遇绑架，五年后的1999年，他又闯荡加拿大。搁笔十二年，做了多年贸易生意的他，"发现自己心底那颗文学的种子又开始发芽了"，他花了一年多时间写了《被绑架者说》，发表后，反响不错。此后《黑白电影的城市》《沙捞越战事》《布偶》《我是一只小小鸟》《红白黑》等接连问世，一发而不可收。陈河的小说频频获得多种有影响的文学奖项。其实，陈河在出国之前早就开始了文学创作。27岁那年他就发表了自己的处女作中篇《菲亚特》。他创作的短篇《夜巡》被退稿十多次，20多年后才发表出来，受到老专家林斤澜的赞赏，2008年获得了中国咖啡馆短篇小说奖。陈河以独特丰富而富有传奇色彩的经历与异域的好看故事，营造出神秘魍魉的世界，开阔了海外华文文学的艺术视野。正当有人担心"经验写作"是否会限制陈河小说的艺术想象力，抵达更加深邃的艺术空间时，他孕育多年的长篇新作《甲骨时光》横空出世，冲出"经验写作"的樊篱，展现出作家穿越历史空间的艺术魅力与才华，斩获第三届华侨华人中山文艺奖大奖，是海外华文长篇的新收获。

一、穿越历史寻找文化瑰宝

历史小说《甲骨时光》有两条线穿越历史。一条线为近穿越，

20世纪二三十年代,中央田野考古队的考古学者、文字学专家赴安阳寻找挖掘甲骨文遗址。一条线为远穿越,三千多年前的殷墟时期,以契刻甲骨的史官为主线,演绎了远古时代,甲骨文在当时社会的重大作用与意义。这两次穿越,或者说将相距三千年历史连接起来的是中国古文化的瑰宝:古文字甲骨文。陈河以精巧的构思与构架,书写了蕴含深厚中华文化传统的历史故事,多种艺术元素与现代手法的融入,使得这部具有厚重历史文化内涵的小说:古今情节故事交叠,梦幻写实穿越自如,悬疑推理引人入胜。

这部历史小说的"历史场真实",使它远离所谓戏说历史的文艺作品。在历史真实与艺术真实统一方面,《甲骨时光》在海外华文长篇小说中做出了非常有意义的尝试与探索。作家对待历史的态度严肃认真,首先是忠于历史。清代戏剧家孔尚任谈到历史剧《桃花扇》的创作时说过:"朝政得失,文人聚散,皆确考时地","借离合之情,写兴亡之感,实事实人,有凭有据"。这里借用美国学者海登·怀特提出的一个术语"历史场"(指历史书写中的五个重要范畴,是历史书写不可缺少的因素),所谓历史真实就是"历史场"的真实。我理解就是历史的空间与时间,以及在这个特定时空中发生的人和事。而将这个历史真实转化为艺术的真实,就需要作家经过艺术创造,进而审美物化,这就需要适当的艺术虚构与审美想象。正如写出著名历史小说《彼得大帝》的阿·托尔斯泰所指出的"学者为了说明真理,需要一连串的系统的事实","根据保留下来的不完全的文献资料,复现出时代的生活图景,并对这个时代的意义进行探讨。"这就是历史文学作家所说的大实小虚、主干实而枝叶虚。为选择、建构这种"历史场",陈河历尽搜索寻找各种有关甲骨文历史资料的艰辛,从中国、加拿大、美国搜集中英文资料、胶片进行研究,多次到河南安阳实地寻访、去多伦多博物馆考察,选择适合的资料加以精心构思,如时间、地点、重大事件都有据可查,而人物既有真实的,也有依据真实原型虚构而成的。既有真实中的虚构,又有虚构中的真实。

深藏地下几千年的珍贵文化遗产甲骨文，直到百年前才被偶然发现。近代，东西方考古、研究文字学的专家学者纷纷拥向河南安阳掘宝。作为世界上最古老的三种文字，埃及的图画文字，苏美尔人与巴比伦人的楔形文字已经消亡，而被拼音文字所取代。而中国的汉字却是世界上唯一还在使用的象形文字系统。帕默尔说：汉字是中国文化的脊梁。艾略特在《传统与个人才能》中指出："历史感蕴含了一种领悟，不仅意识到过去的过去"，"而且意识到过去的现在性。……正是这种历史感使一位作家成为传统性的，同时，也使他敏锐地意识到自己在时间中的地位以及他和当代的关系。"陈河正是深刻领悟到这种历史感，他在历史穿越中，展现出两幅历史空间画卷：一幅是现代田野寻宝长卷，一幅是远古贞人卜辞（契刻，祭祀）长卷。第一幅，20世纪二三十年代，正值国家处于战乱年代，在经济困窘，人员、物资、挖掘器具都相当困难的条件下，当时的田野考察队赴河南安阳寻找古代甲骨文遗址，挖掘甲骨，而当时国内外的文物贩子，境外偷运者疯狂抢宝，加上地方政府腐败，土匪敲诈勒索，小说中的杨鸣条等考古专家克服重重困难，坚持不懈，寻找宝藏。

第二幅，三千年前的贞人，远古时代甲骨文的创建者，契刻师在人类早期就将这种象形文字用于祭祀、政治生活、劳动生产、历史记载，甚至于问病寻医多个领域了。在殷商与周朝的战争更迭中，贞人是如何忠于职守，如何用生命来保护甲骨档案的。小说以在商纣王身边的贞人大犬为主线，书写了他的人生命运，充满神奇色彩。

这两幅长卷的组接与互涉，展现出三千年来，从中华民族的先辈创建、使用甲骨文到现代寻找、挖掘这一宝贵遗产的风云画卷，小说所要传达的文化意蕴与主旨启示我们：历史悠久，博大精深的甲骨文，其神奇、智慧、见证、传达出中华文化优秀的历史文化传统；作为人类脊梁的工具，甲骨文在人类文字史上占有崇高的地位；在今日全球村视域下，观照珍贵的文化遗产从创建到挖掘发现的历史，极大地增强了中华民族的文化自信。

二、古今文士学者的甲骨魂

"历史不过是追求着自己的目的的人的活动而已"。就史学而言，中国史学有久远、深邃的人本主义渊源。司马迁写列传，突出"扶义俶傥，不令己失时"，刘知几非常注重史家笔下说的"可以诫世，可以示后"的作用。历史小说同样追求人在历史舞台上的活动，书写人生的命运与价值。《甲骨时光》中，现代学者考古学家杨鸣条与古代文士卜辞师、史官贞人大犬，是作家精心塑造的两个人物形象，这两个人物，相距三千年，却心有灵犀，一脉相通，用一句话概括，曰：魂系甲骨。

杨鸣条，他少年时代就迷恋上刻字，二十以后从篆刻到甲骨文，很快在甲骨界崭露头角，提出了一个贞人集团的猜想，"他特别留意一个叫大犬的贞卜师。……'大犬'的生命通过龟甲上的契刻流注到了他的感觉里，慢慢地，成为他身体与灵魂的一部分"。他研究撰写殷历谱。接受中央考察队的任务后，到安阳调查、寻找、挖掘的他走访文物商店，到甲骨发掘地调查考证，与西方甲骨专家明义士交流。他在寻找甲骨遗址的同时，总在想象在龟甲上刻字人的形象与生活情景。在被日本盗宝者勾结的土匪绑架后，仍然坚持寻找殷墟甲骨仓库遗址和进行甲骨文的研究。

而商王帝辛时期贞人大犬，在帝辛要杀周昌的关键时刻，他没有讲出算卦占卜的符号的意思，救了周昌一命，表现出他的仁义之心。他因为与巫女相爱，被商王砍掉右手，尽管断了右手，不能刻卜辞，他仍然坚持刻卜辞的职责，后来继续用左手刻卜辞，他一直跟随着大王，卜旬、卜田猎、卜风雨、卜战事，记录帝辛的行踪与事迹，掌握写史册的笔，如同司马迁受刑后履行一个史官的职责。

为了贞人的职守，他舍弃了最心爱的女人。小说借蓝宝光之母的话道："大犬是那个时代的占卜和契刻大师，是最为忠诚的贞人，他的灵魂已经和占卜祭祀和甲骨熔铸到了一起。他没有力量为了自己心爱的女人而抛弃一个贞人的责任。大犬后来所受的痛苦也远远超出了你的想象。"

小说中古今两位人物有一种精神、心灵的相通与对应：

其一是两位人物的历史渊源，相距三千年，竟惊人相似，心有灵犀，一脉相通。一位是甲骨产生或契刻的始祖，当时的创建者，殷墟时代的契刻大师，一位是三千年后，历经艰难险阻、坎坷曲折，寻找甲骨宝库的现代学者。杨鸣条在蓝母的指引下，终于在幻境中见到朝思暮想的先辈："他坐在环形火山悬崖断口上，蓝宝光母对杨说：他就是你的朋友大犬。杨鸣条顺着他所指，看见了月光下真的有个人坐在悬崖之上，他穿着一条黑色长袍，披着一头银色的长发他在这里已经等了三千年了，一直就这么坐着。"他们共同的本质特征是魂系甲骨，甲骨魂。是对中华优秀传统文化的珍爱与虔诚，捍卫与保护，两个人物形象象征着一种对中华传统文化的传承与传递，一种坚守与弘扬。

其二，古今相通的浩然"士"气。这一种精神，是一种非凡的勇气，一种牺牲精神。这是中国优秀文人的特质。对待日本偷盗文物与甲骨的侵略者，他一身正气，大义凛然，揭露他们的欺世谎言，严厉批驳谴责他们的卑劣行径。他被绑架拘禁在太行山上，每晚都会静望星空，觉得大犬就在那些星光里。贞人大犬被商王砍掉右手，仍然如太史公司马迁一般坚持卜辞，记载国家历史与大事。面临被商王处罚的危险，他依然舍弃喜欢的巫女。尤其是在牧野之战中，贞人大犬打开存放甲骨档案的秘密地库，烧了祭庙，自杀后扑倒在甲骨上面，大犬和他保管的甲骨在黑暗中度过了三千年。

古人云：人生识字忧患始，丹青难写是精神。魂兮，贞人鸣条，悲哉，古今精英文士，师其德业，慕其风范，吾辈高山仰止，良师益友也。

三、双线交叠的文本互涉

"文本互涉":极大丰富、深化了小说的文化内涵与主题意蕴。

"互文性"或"文本互涉",最早由法国后结构主义批评家朱莉娅·克莉思蒂娃提出。强调任何一个单独文本都是不自足的,其文本的意义是在与其他文本交互参照、交互指涉的过程中产生的。"每一个文本都是其他无数文本的回声,在这个有无数文本织成的巨大网络中,各个文本之间既互相引发,相互派生,又相互指涉,相互呼应。"甲骨时光的双线交叠构成的文本互涉,是大文本中镶嵌着另一个文本,或者说现代文本中套叠着另一个历史文本。甲骨时光两条线交叠发展,一条是现代文本,杨鸣条为主线,寻找、挖掘甲骨遗址,一条是三千年前殷墟时代,甲骨的契刻者,守护者在远古时代的生活命运。这两条线索相互交叠,形成互涉。然而与一般文本互涉所不同的是,它是在第一个现代文本中套叠着第二个历史文本,或者说生成出第二个历史文本。是现代文本中的主角杨鸣条脑海中早就在想象另一个历史文本语境中的人物:

> 他特别留意一个叫大犬的贞卜师。……"大犬"的生命通过龟甲上的契刻流注到了他的感觉里,慢慢地,成为他身体与灵魂的一部分。
>
> 当他在暗沉沉的雨天吃力地辨认着碎甲的契刻时,心底深处出现了三千年前的这一龟甲上刻字的人物形象,这个刻字的人是个什么样的人呢?……他有一个很奇怪的想法,觉得这个刻字的人一定也是在这个下大雨的天气里刻下这些契刻的……

同时,杨鸣条也在构思、创作有关殷墟时代贞人生活命运的历史小说。如巴尔特所说,每个文本都具有互文性,它本身就是处于其他文本之间的文本。作家穿越历史到近百年前的安阳,又通过小说的主人公第二次穿越到三千年前的殷墟王朝。其对接、相通、呼应，结合得奇妙无比，小说将这种文本互涉运用到一个新的艺术境界，形成了其多义性，给读者丰富想象的空间。

两个文本，即现代文本与历史文本之间，

一是人物的对应性：如杨鸣条与贞人大犬；蓝母与巫女，在身份、气质、品格等方面都显示出其相通等。

二是情节的对接性：现代学者在寻找古代贞人的踪迹、辨认他几千年前的契刻，寻找甲骨仓库地，而古代文本正演绎着当年贞人运用契刻，如何在危难之际保护好这些龟甲人生戏剧。小说双线交叠的文本互涉，在叙事、人物等方面，有许多留给读者去想象、阐释。

三是在灵异思维中的相互感应：梦幻情景下，两个文本中的人物，虽相隔几千年，却神奇般地相遇了。两个文本，无缝对接了，杨鸣条在牧野之战中，亲眼目睹了贞人可歌可泣的悲剧结局。

四、魔幻写实与悬疑推理

用梦境、幻化、神秘构筑一种新的现实境界，造成一种神奇的艺术效果，再现现实生活的真实，在中外经典文学作品中都有精彩呈现。明代汤显祖是"以梦写戏"的大戏剧家，其《紫钗记》《牡丹亭》《南柯记》《邯郸记》被称为"临川四梦"。汤显祖谈自己的创作心理就直言道："因情成梦，因梦成戏。"《红楼梦》中"贾宝玉神游太虚境，警幻仙曲演红楼梦"亦是经典的梦幻章节。西方文学中，欧洲具有深厚的文化积淀与文学传统，莎士比亚戏剧中早就出现过鬼魂，《浮士德》也出现魔鬼梅菲斯特，卡夫卡的《变形记》中主人公睡了一夜变成甲虫，拉丁美洲从安赫尔·阿斯图里亚斯至加西亚·马尔克斯等作家在世界文坛崛起，魔幻现实主义逐渐定型为一种流派。尽管对这一概念也有争议，但毕竟为大多数学者所接受。魔幻写实作为一种艺术方法更是为中外许多作家运用到自己的创作中。陈河在小说中，吸取借鉴了中西文学经典中写作技巧，将梦幻与神奇熔于一炉，将这一手法使用得淋漓尽致。特别要指出的是，他绝非炫弄技巧，追求时髦，而是与情节的发展，人物的设计与个性有机结合在一起，获得了浑然天成的艺术效果。在《甲骨时光》中，这种魔幻写实主要表现为：一是通过魔幻与心灵感应的穿越历史，穿越时空，二是人物身上表现出的神秘、魔法，如预感、预示力等。

《甲骨时光》中多次写梦境，最精彩的是杨鸣条在梦境中借助蓝母的指引，穿越远古时代的殷墟，营造出神奇迷离的历史空间。小说第十一章的牧野之战，是全书的高潮，最精彩的篇章，这一章运用梦幻写实手法，扣人心弦，可歌可泣，在亦真亦幻中，杨鸣条穿越到三千年前的殷墟朝廷：

> 这个时候，突然起了一阵白色的烟雾，有一匹白马从硫黄的烟雾中走出来。那马一声嘶叫，便嘀嗒嘀嗒地在田野上跑起来。但是没有跑多远，就四蹄生风，在空中飞了起来，此时他发现了英俊的白马其实是一片白云，他看见了地面上出现了一座金碧辉煌的城市。

接着他亲眼目睹了周武王伐纣王的牧野决战，殷商城开始燃烧，变成一片火海，纣王自杀，残酷的战斗中出现日环食，他还看到火山断崖上坐着一个人，那就是贞人，原来这是梦中见到的奇景，而在现实的发掘中所看到的；在H127号坑边的帐篷里面，在它身边一层写着蒙古文的浮土下面，就是那一个甲骨球体和抱着甲骨球的尸骨。还有那一只手掌是怎么回事，为什么会有一具尸体伏在这个甲骨球上面，看这只手掌的五指抠进甲骨缝的样子，杨心里突然跳出一个想法，他就是大犬！梦境与现实惊人一致。

在《甲骨时光》中有两位女性为具有魔法之人。古代文本中为巫女，她与大犬逃出殷商城门时，使用法术躲过守城军官的严密搜查。现代文本中是蓝母。蓝宝光之母，是一位与世隔绝多年的麻风病人，曾经是非常美丽聪慧的女子。她长期独居破败的麻风村。与现代文明隔绝,作家赋予她魔法力,能与杨鸣条之间进行"奇异的心灵沟通",有预感、预兆力。她居然能背出杨鸣条写的贞人小说中的整段文字,这两个人物形象的塑造,烘托出一种神秘气氛。

所谓魔幻写实在小说创作中不仅仅是一种手法,艺术技巧,在优秀作家的写作过程中,其实是一种心灵感应,一种体验,是作家与小说中人物的沟通,心灵的对接与对应。陈河创作《甲骨时光》阅读了大量资料,当读到考古学家董作宾(杨鸣条的原型)把大犬的字刻一一列出,对比着前后期的变化,此刻不禁泪如雨下:"我感觉到在古人和今人之间有一种对应的联系。董作宾和大犬之间有一种前世今生的联系,那个我想象的《诗经》宛丘巫舞女也和大犬以及董作宾有一种前世今生的联系。"正因为这种强烈的感受,或者说创作冲动,促使他用人物心灵的幻化,把相距三千年的古今两位人物链接起来。

陈河在创作《甲骨时光》时,曾几度困惑,甚至写不下去,而一次在意大利佛罗伦萨博物馆,正好看见《达·芬奇密码》的作者丹·布朗与读者见面。悬疑小说的经典之作《达·芬奇密码》曾享誉全球,陈河觉得这是冥冥之中的一种暗示,暗示他去写一本好看的书。同时他也顿获灵感。三十多年前他就有过这样的梦想,写一本非常好看的小说。这次终于等来圆梦的时机:将"悬疑"手法穿插运用到《甲骨时光》的情节发展链条中。

小说第四章开始出现山西侯马县古寺庙里的三折画,这幅画中藏有殷墟甲骨仓库的秘密地址,由此中外考古学家以及文物贩子与外国盗宝贼多方人士都在千方百计地破解这幅画之谜团,悬疑的情节由此拉开序幕。日本人青木、加拿大学者明义士都用当时先进的摄影技术,复制了这幅画,都在研究这三折画。据传画中隐藏着殷墟帝辛时代甲骨仓库的秘密地址,是一幅藏宝图。究竟甲骨仓库地址在图中什么地方,他们都在破译三折画中的秘密,书中充满神秘和悬念,小说用丝丝入扣的推理和演绎来层层剥开"甲骨仓库的秘密地址之谜团",而破译其中的谜团不仅要有实地考察的功夫,同时需要非凡的智力。

小说中的三折画悬念及其破译，有如下鲜明的特色：

其一，紧扣小说主旨，寻找甲骨仓库遗址。小说用悬疑，并非游戏之举，生搬硬套，而是有机融合到小说的中心情节之中。蔡骏认为，任何时候，悬疑小说最打动人的都是小说的社会性。最打动人的悬疑小说都是通过故事以及故事中人物的命运，来反映某种社会问题，甚至更深层次的人性。

其二，悬疑推理具有东方特色。杨鸣条等学者破译三折画，实地观察、走访，亲自打林虑山上的七星道观找到日晷的地方和日晷原物，解开日环食与星座之间的疑点运用殷历谱、星象学、天文学知识，发现古人原来用了障眼法，如不经过复杂的计算与测量是推断不出来的。

其三，三折画嵌入故事情节之中，丰富故事情节的发展，使故事情节更加曲折跌宕，直到小说结尾才解开就中之谜。一张三折画巧妙地串起相距三千年的历史。引起读者的一种阅读期待，使小说更加好看。

江少川学术年表

1993年7月，在华中师范大学中文本科与函授班讲授台港文学课。

1994年10月，"赵淑侠作品国际研讨会"在华中师范大学召开，参与办会，提交论文，大会发言，收入会议论文集。

1994年12月，由华中师范大学与中国经营报联合体成立高阳研究中心，为中心主要研究成员。

1995年5月，高阳研究中心召开高阳创作研讨会，参与办会、编辑《高阳创作研讨会论文集》。

1995年8月，参与高阳研究中心策划"高阳研究特辑"，《通俗文学评论》1995年第三期发表。

1995年11月，参与高阳研究中心策划"高阳名作欣赏"，《通俗文学评论》1995年第四期发表。

1996年1月，合著（三人）《台港文学教程》由长江文艺出版社出版。

1996年10月，"全国高阳作品学术研讨会"在华中师范大学召开，参与办会，提交论文《高阳历史小说的悲剧意识》，大会发言。

1996年11月，合作编撰（三人）《台港文学精品赏读》由长江文艺出版社出版。

1997年2月，主编《解读八面人生——评高阳历史小说》，由中华工商联合出版社出版。

1997年9月，在华中师范大学文学院招收台港文学方向硕士研究生。

1998年4月，参编《高阳作品学术研讨会论文集——高阳的文学观、历史观与小说研究》，由《华中师范大学学报》以专辑出版。

1998年10月，主持"文化视野中的高阳小说研究"获教育部人文社会科学"九五"规划项目立项（教社政司【1998】28号）。

1999年2月，主编《解读八面人生——评高阳历史小说》，由台湾黎明文化事业股份有限公司出版繁体字版。

1999年10月11日，出席"第十届世界华文文学国际研讨会"（福建泉州），提交论文《世纪沧桑中的澳门文学回眸》，大会发言。收入会议论文集。

2000年6月，《台港澳文学作品选》由华中师范大学出版社出版。

2000年10月6日，参与筹办华中师范大学举办的"余光中暨沙田文学国际研讨会"，提交论文《乡愁母题、诗美建构及超越——论余光中诗歌的"中国情结"》，大会发言，收入会议论文集。

2000年11月11日，出席"第十一届世界华文文学国际研讨会"（广东汕头），提交论文《当代香港本土小说的流脉与嬗变》，大会发言，收入会议论文集。

2000年11月，出席"千禧澳门文学研讨会"，提交论文《"后设""聚焦"与生活原生态——初读寂然》，大会发言，收入《澳门日报》出版的《千禧澳门文学研讨集》。

2000年11月，《魔幻写实与志怪传奇：当代港澳社会写真——评澳门作家陶里小说集〈百慕她的诱惑〉》，在《澳门日报》发表。

2000年11月，《世纪沧桑中的澳门文学回眸》，在《澳门日报》发表。

2011年10月27日，参加"第二届世界华文文学中青年学者论坛"（福建武夷山），提交论文《中国长篇意识流小说第一人——论刘以鬯的〈酒徒〉及〈寺内〉》，大会发言。

2002年10月，出席第十二届世界华文文学国际学术研讨会（上海），提交论文《白先勇小说诗学初探》。

2003年9月，出席福建省文联、侨办举办的"余光中原乡行"活动，参加福州"余光中作品探讨会"。

2004年9月，出席"第十三届世界华文文学国际学术研讨会"（山东威海），提交论文《读虹影〈饥饿的女儿〉》。

2006年7月，出席"第十四届世界华文文学国际学术研讨会"（吉林长春），提交论文《文化视野人性开掘现代叙事》，大会发言，收入会议论文集。

2007年9月，与朱文斌合作主编教材《台港澳暨海外华文文学教程》，由华中师范大学出版社出版。

2006年9月，开设讲授海外华文文学课程。

2007年2月，武汉图书馆做讲座，讲演题目：余光中诗歌的情感世界。

2008年10月出席"第十五届世界华文文学国际学术研讨会"（南宁），提交论文《传奇恋情下的蕴含深度——扶桑与洛丽塔的比较研究》，大会发言，收入会议论文集。

2010年7月23日，"首届加拿大华裔华文文学国际学术研讨会"在多伦多召开，提交论文《底层移民家族小说的跨域书写》，获由加中笔会与龙源期刊联合举办的

"加拿大华人华文文学论文奖"。

2010年8月日,赴吉隆坡参加"家园意识与文学流变:第三届马华文学国际研讨会",提交论文《对时间的体验与探寻——读曾翎龙散文》,大会发言,收入会议论文集。

2010年10月,出席"2010海峡诗会——痖弦文学之旅国际学术研讨会",提交论文《重读痖弦现代诗论的思考》。

2010年10月,出席"第十六届世界华文文学国际学术研讨会"(武汉),提交论文《新移民作家的文化立场》,大会发言,收入会议论文集。

2011年11月,出席广州"共享文学时空——世界华文文学研讨会",提交论文《新移民小说美国梦的嬗变》,大会发言。

2012年10月,出席"中国世界华文文学学会成立十周年、世界华文文学学科建设三十周年暨第十七届世界华文文学国际学术研讨会"(福州),提交论文,大会发言,收入会议论文集。

2012年10月,论文《底层移民家族小说的跨域书写》入选《直挂云帆济沧海——世界华文文学学会研究三十年论文集》,中国文史出版社出版。

2012年10月,出席"东南亚华文文学(绍兴)研讨会",提交论文《马华同性恋小说的叙事流变——评马华同志小说〈有志一同〉》,大会发言。

2013年2月,与朱文斌共同主编《台港澳暨海外华文文学作品选》,由华中师范大学出版社出版。

2013年3月,与朱文斌共同主编的教材《台港澳暨海外华文文学教程》获湖北省高校教学成果奖。

2013年12月,出席"海外汉学视域中的华文文学研究学术论坛暨中国世界华文文学学会机构负责人会议"(深圳)。提交论文《新移民小说的空间诗学初探》。

2013年9月始,《世界华人周刊》接连发表海外华裔作家访谈录10篇。

2014年7月,《海山苍苍——海外华裔作家访谈录》由九州出版社出版。

2014年11月,出席"首届中国新移民文学研讨会"(南昌),发表论文《新移民文学经典与经典化的思考,收入论文集《新移民文学的里程碑》,百花洲文艺出版社2016年版。

2014年11月,获北美文艺家协会"海外华文文学研究"特别贡献奖。

2014年11月,出席"首届世界华文文学大会"(广州),提交论文《新移民文学经典化的思考》,大会发言。

2015年5月,出席旧金山"跨越太平洋——北美华人文学国际论坛",提交论文《北美湖北籍华文作家研究》。

2015年5月，出席洛杉矶"美中华文文学论坛"，提交论文《移民作家与文学经典》。

2015年5月，主持"楚文化视域下的湖北华文作家小说研究"获批湖北省教育厅人文社科重大项目。

2016年3月，论文《高阳和他的历史小说》入选台湾《高阳——台湾现当代作家研究资料汇编》66辑，台湾文学馆出版。

2016年5月，出席布拉格"欧华文学会首届国际高端论坛"，发表论文《地球村视域下现代人的精神世界探寻——论林湄长篇小说〈天外〉》。收入《欧华文学会——首届国际高端论坛论文集》。

2016年5月，《海山苍苍——海外华裔作家访谈录》获评"湖北省高等学校人文社会科学研究优秀成果"。

2016年6月，出席暨南大学"新世纪新发展——日本华人文学研讨会"，提交论文《日华诗歌印象——论春野与林祁的两本诗集》。

2016年11月，出席"第二届世界华文文学大会"（北京），发表论文《全球华语境中"离散"与家园写作的当代思考》，大会发言。

2017年4月，出席"华文文学与中华文化海外传播国际学术研讨会暨新移民作家笔会"（徐州），提交论文《地球村视域下新移民小说原乡叙事的嬗变》，大会发言，担任专题论坛主持人。

2017年7月，出席多伦多"回顾与展望：加拿大华人文学与传媒国际学术研讨会"，在圆桌会主题发言，提交论文《呼唤北美文学经典》。

2017年10月出席杭州"含英咀华：世界华文文学的理论探讨与创作实践学术研讨会"，提交论文《穿越华夏历史的天空——读陈河长篇历史新作〈甲骨时光〉》，收入会议论文集。

2017年11月，赴宁夏师范学院讲学，演讲题目：新移民文学的地理空间诗学初探。

2017年11月，出席中南财大中文系"建系十周年暨世界华文文学学术论坛"，提交论文《历史的穿越与现实的沉思》，大会发言，担任讲评人。

2018年1月31日，《桂子山上怀诗魂》在纽约《侨报》发表。

2018年1月起在《文学教育》杂志开设新移民小说评论专栏，每期1篇，拟发12篇。

后 记

这本选集不算长的目录，定睛一看，仿佛幻化为华文文学研究路上的一串串足印。20世纪80年代，百废待举，万象更新，高校校园也是春回大地，学术复苏的新景象。在中文系教写作课的我，一直在寻找学术研究的麦田。与祖国大陆疏离几十年的台湾文学，在以往的岁月，对学中文出身的我辈都相当陌生。

最先进入我视野的是余光中、洛夫、席慕蓉等人的诗歌，聂华苓、白先勇、於梨华、高阳的小说。80年代后期，我的一位表兄回乡探亲返回台北，应我之托，陆续给我寄来几包台湾版的文学书籍，在那个年代非常难得而珍贵。台湾文学，以不同于大陆当代文学的风貌，独异的审美视野及艺术追求将我吸引。中文系的同事们皆"术业有专攻"，何必硬挤上他们的庄稼地，寻辟一条新路径，另种一块新的麦田，何乐而不为？余光中的乡愁诗，洛夫的魔歌，白先勇的《台北人》，於梨华的《又见棕榈，又见棕榈》，高阳的《胡雪岩》，都爱不释卷，激起我浓烈的兴趣，于是决心耕耘这块庄稼田：台湾文学。20世纪90年代初，我在中文系本科与函授班率先开设台港文学课。恰在此时，华中师范大学与中国经营报联合体成立高阳研究中心，我自然成为中心主要研究成员。90年代，我校中文系接连召开了赵淑侠、高阳、余光中三场国际研讨会，形成一股台湾文学研究热。中文系同人师友虽各有其所专业，但对我的选择都大力支持，现在回忆起来，依然心存感激。

在中文系浓郁的台湾文学研究氛围中，我开始了台港文学研究之旅。收录在第一、二辑中的文章大都写在那个时期，进入一个新的文学领域，大量阅读作品是首要的功课。台港文学是新领域，只得笨鸟先飞，以勤补拙。为研究历史小说大家高阳，阅读了约七八百万字的小说，完成《高阳历史小说的悲剧意识》等一组系列论文，《解读八面人生——评高阳历史小说》（主编）在海峡两岸出版繁简字体版。不久逢香港澳门回归，又以极大热忱投入到港澳文学研究之中。当时研究澳门文学，资料奇缺，曾通过多种渠道收集资料，赴澳门考察开会交流，得到澳门基金会、澳门日报的鼎力支持，完成长篇论文《世纪沧桑中的澳门文学回眸》在大陆与澳门发表，同时撰写澳门名家评论。90年代中期，开始招收台港文学方向硕士生。我不太擅长纯理论与文学史研究，以研究个案，作家作品为主。文学评论是构建理论与文学史研究的砖石，它既与学术研究的殿堂链接，又直通广大读者的读书现场。美国学者康纳说过："一方历史，包括文化史，都会丧失光泽，对某一个作家某一部小说，热心的人不得不拿出抹布与擦粉，想叫大家看出时间的锈暗背后是宝贵的金属品。"读到钟爱的作品，有审美感悟与心灵体验或新见解，就及时写下当时的感受，在书上做眉批评点，以备写作好用。一位著名评论家说得好："我是没法逃离文学评论这一行的，我发现我还在爱它，就像爱已经完全不漂亮的糟糠之妻一样。"

　　华文文学研究的几个拐点仿佛都有某种机缘与巧遇。新世纪初，少君为首的新移民作家第一次"组团"回国参加上海的世界华文文学学会第十二届国际学术研讨会。曾敏之先生当年赋诗曰："跨国多元迎世纪，匠心独创向崔巍，天涯浪迹抒文藻，异域越吟著史碑。"在上海浦东名人苑宾馆大会第3小组的"北美华文文学创作"专题讨论中，结识了来自北美的少君、陈瑞琳、张翎与沈宁等作家。这次华文文学盛会拉开了新移民文学研究的大幕。也成为我研究新移民文学的新起点。与国内不少学者一样，新移民文学研究几乎都是台港澳文学研究者的延伸与扩展。

　　为研究海外华文文学积累第一手资料，为使研究更扎实，有底气,接地缘。我开始了长达十多年的新移民作家访谈。第一次访少君就在上海名人苑,此后在面朝大海的金海湾大酒店访谈另一位美籍华人作家,并追踪她的行踪几度做后续访谈。曾赴美到波士顿访哈金、耶鲁大学访苏炜,纽约访张宗之,旧金山访问吕红、刘荒田、王性初、沙石,至洛杉矶访黄宗之、朱雪梅、施玮、虔谦,多伦多访陈河、曾晓文,布拉格访林湄等四十多位作家,总计约五十万字。后结集出版。

借用一位著名学者的话说:治学"深感急迫的问题是理论的稀缺和方法的不足",他道出了我肺腑之言。这十多年来,有意识从宏观视野与理论层面对新移民文学进行研究与诠释,并在方法论上下功夫,加强方法论的自觉。同时继续做作家作品研究,双管齐下,使研究更为宏阔厚重。如新移民文学的发生发展、跨域特征与发展的嬗变,从比较诗学、空间地理诗学与伦理学层面观照新移民文学,对离散、家园、新移民文学经典与经典化的思考等等。这些想法与思索收在本书第三辑中。华文文学研究还有许多如理论建构、学科定位与建设等问题须要研究,任重道远,华文文学界的前辈与青年才俊都做出了可观的成绩,令人敬佩。学无止境,初心不改,吾辈只是添砖加瓦,尽绵薄之力也。

华思半经消月露,丹青不知老将至。毕生执鞭教坛,岁月荏苒,二十多年耕耘华文文学这块土地,始终对其怀有挚爱与敬畏之心。"华文文学研究与写作"已成生命之构成,做之苦哉,爱之愈深也。不揣浅薄,选出这点文字,转盼前人总不如,敝帚自珍而已矣。文章写作时间不同,水平不齐,收录在此的文章为当初的原样,未加增删修改,有的提法也尚可商榷,都是当时的足迹吧。

最后,衷心感谢华文文学界的前辈先贤,感谢世界华文文学研究文库编委会的师友同人,感谢花城出版社,感谢苏炜兄,是你们促使这本书得以付梓。